BRÛLER

MEN OF INKED : TOUT FEU TOUT FLAMME
TOME 2

CHELLE BLISS

MEN OF INKED : TOUT FEU TOUT FLAMME

Tome 1 - Flamme

Tome 2 - Brûler

Tome 3 - Fournaise

Tome 4 - Brasier

Tome 5 - Chaleur

Tome 6 - Étincelle

Tome 7 - Braise

Tome 8 - Éclat

Tome 9 - Cendres

… et plus de chaleur à paraître.

menofinked.com/hw-fr

CHAPITRE
UN
GIGI

— QUOI « C'EST MON PÈRE » ?

Je cligne des yeux, bouche bée, et fixe Pike d'un air hébété.

Sacré nom de Dieu.

Lui lève sur moi ses yeux verts orageux. Il est agenouillé près de ce type qui vient de m'étrangler.

— Genre, le type qui a mis en cloque ma mère.

— J'avais compris, gros malin.

J'ai le corps tout entier tendu si bien que le moindre contact pourrait me briser en mille morceaux.

Pike tourne le regard vers le salaud qui m'a sauté dessus.

— Quel merdier !

Il lui donne une chiquenaude sur la joue. Le type ne bouge pas.

— Au moins, le fumier est K.O.

— Que fichait-il dans mon appartement, à m'étrangler ?

Je frotte ma gorge pour tenter d'apaiser la zone où ses mains ont serré. La réalité commence à me rattraper.

On m'a agressée.

Bon sang, si Pike n'avait pas débarqué au moment crucial, j'aurais pu… Le scénario est trop affreux pour que j'aille au bout de ma pensée.

Il se lève et tend les doigts pour écarter les mains de mon cou.

— Je n'ai aucune foutue idée des raisons qui l'ont poussé à venir ici et à s'en prendre à toi.

Ses mains viennent embrasser mon visage et je vais à leur contact. J'en ai bien besoin.

— Tout ce que je sais, c'est qu'il ne recommencera pas.

Je le regarde attentivement dans les yeux. Je sais qu'il ne laisserait jamais quiconque me faire du mal, surtout un homme qu'il a en aversion.

J'ai des palpitations et les genoux en coton. Les effets de l'adrénaline commencent à s'estomper.

— Et maintenant ? Demandé-je tout en me cramponnant à ses avant-bras pour ne pas perdre l'équilibre.

Une lueur inquiète dans le regard, il passe un bras dans mon dos pour me soutenir.

— Il faut que tu sortes d'ici.

Je repousse ses mains quand il tente de me soulever et je retrouve enfin mes jambes.

— Non, dis-je, avant de faire un signe en direction du salopard à terre. On ne peut pas le laisser là, comme ça.

Pike prend une grande inspiration.

— Il ne va pas aller bien loin, et il vaudrait mieux que tu sois partie à son réveil.

Je secoue la tête et pointe un doigt vers le corps inerte.

— Je ne te laisserai pas ici, tout seul, avec *lui*.

La bouche de Pike se retrousse.

— Tu te fais du mouron pour moi, ma belle ?

J'opine du chef, incapable de sourire, parce qu'un type est étendu, inconscient, sur mon plancher et ce qui devait être une putain de soirée s'est transformé en beau merdier.

— Si tu restes, je reste. Tu auras peut-être besoin de renfort.

Il renverse la tête et marmonne une bordée d'injures. Je reste là, à le regarder parler au plafond.

Comment ai-je pu me retrouver dans un tel bourbier ?

La réponse est pourtant simple… La téquila.

— On devrait pas se débarrasser de lui ? suggéré-je, avec un rire nerveux.

J'ai regardé bien trop de polars à la télévision.

— Mais qu'est-ce que je raconte ? Il n'est pas mort.

Les yeux plissés et le menton baissés, il m'étudie du regard.

— Qui êtes-vous et qu'avez-vous fait de Gigi ?

Je lui gifle l'épaule du poing, avant de retrouver immédiatement mon sérieux.

— Ce n'est pas le moment de blaguer. J'ignore ce qu'on est censé faire en pareil cas.

Il me caresse la joue avec son pouce.

— Et tu crois que moi, je sais ?

Je hausse une épaule.

— Non. Les seules personnes qui sauraient quoi faire quand une connerie pareille arrive, ce sont mes oncles. On devrait peut-être…

Je grimace rien qu'à l'idée d'appeler James ou Thomas.

Pike ferme les yeux et secoue lentement la tête.

3

— Fais chier ! lâche-t-il, les mâchoires serrées. La dernière chose dont j'ai envie, c'est que ta famille se retrouve *à nouveau* mêlée à mes galères.

Pouah. Moi, aussi, pourtant je ne vois pas d'autre issue. On pourrait contacter le FBI. Ils recherchent son père. Seulement, à voir la façon dont ils ont traité Pike la dernière fois, je ne suis pas certaine qu'il envisage cette option.

Je pose une main contre son torse et regarde dans ses grandes prunelles vertes.

— Dans ce cas, tu ferais bien de prendre une pelle et de commencer à creuser profond, parce que rien ne se passe dans cette ville sans que ma famille en ait vent.

Je le vois secouer la tête une fois de plus, comme s'il était surpris d'entendre tous ces trucs délirants se déverser de ma bouche.

— Vas-y, finit-il par dire. Appelle James.

La seconde d'après, j'ai quitté ses bras et je ramasse mon téléphone qui se trouve au sol. Je respire enfin depuis le moment où j'ai passé la porte de mon appartement et que ce salopard s'est jeté sur moi.

Dieu merci, mon père et mes oncles m'ont appris à me défendre, sans quoi… Je frémis et j'essaie de ne pas penser à ce qui aurait pu se produire si je n'avais pas gardé la tête froide et si Pike n'était pas arrivé au bon moment.

Je sélectionne le numéro que j'ai mis en favori la semaine dernière. Je me tasse à la première tonalité de retour, sachant qu'oncle James va piquer une crise.

— Qu'est-ce qui se passe ? me lance-t-il, à peine décroché.

Pas de « bonjour » ni de « Salut, petiote, comment ça va ? » Rien. Nada. Juste « Qu'est-ce qui se passe ? »

Nom d'un petit Jésus.

— Bon, euh… Ne panique pas.

— Vide ton sac, ma nénette. J'ai pas toute la nuit.

J'expose le problème sans détour, comme il me l'a demandé :

— Le père de Pike est ici.

On dit toujours qu'il vaut mieux arracher le sparadrap d'un coup pour en finir, pas vrai ?

— Il est neutralisé ? est sa seule réponse.

Je hausse les épaules comme s'il pouvait me voir. *Neutralisé ?* J'imagine qu'on peut appeler ça comme ça. Aucun risque qu'il s'enfuie en courant, c'est un fait.

— Oui. Il est K.O. et ligoté avec du scotch.

— Avec du scotch ?

James marque une pause.

Je croise le regard de Pike, qui attend près de la chambre, avant de répondre :

— Oui. C'est tout ce qu'on avait sous la main, tonton.

— Ne bougez pas et, pour l'amour du ciel, ne contactez personne d'autre.

J'entends un bruissement au bout de la ligne, suivi d'un cliquetis de métal.

— Retenez-le le temps qu'on arrive. On est dans le coin.

— Il faut vraiment que tu ramènes oncle Thomas ? soupiré-je, les épaules affaissées de deviner que ça va être le cirque.

— Gigi, me reprend-il de ce ton qui me rappelle que je ne suis pas censée discuter, car c'est lui, le boss.

— D'accord, tonton, acquiescé-je d'une voix traînante tout en regardant à nouveau Pike, qui se tient appuyé

5

contre le chambranle de ma chambre. On vous attend. Tu veux l'adresse ?

— Je la connais déjà.

Évidemment qu'il la connaît. Il sait tout.

Il raccroche sans même un « au revoir ».

Je n'ai pas encore ôté le téléphone de mon oreille que Pike me demande :

— Il vient ?

— Ils arrivent dans pas longtemps. Ils sont *dans le coin.*

Je mime des guillemets.

Pike tend les bras, me faisant une place au creux de son buste, quand j'arrive vers la chambre. Je m'y glisse et me blottis tout contre lui.

— On reste planté là en attendant ? demandé-je.

Il baisse les yeux sur moi, la mâchoire serrée, et son front se plisse.

— On ferait peut-être mieux de les attendre dehors.

Je replie les doigts dans son tee-shirt et pose la tête contre son torse.

— James a dit qu'on devait s'assurer qu'il ne prenne pas la fuite.

Pike désigne du menton le corps inerte.

— Tu as vu la quantité de scotch que j'ai utilisé sur cet enfoiré ? Il n'ira nulle part, ma belle.

Je grimace devant l'homme ficelé comme un saucisson.

— Je me demande ce qu'ils vont faire de lui.

— Rien à foutre. Ils peuvent le bazarder dans les marécages, s'ils veulent.

Je me raidis, heurtée par la dureté des propos. Je lève le regard vers lui et murmure :

— Pike ! C'est ton père. Tu ne penses pas ce que tu dis.

— C'est rien de plus qu'un donneur de sperme, Gigi. Il n'a jamais été un père. Pas une fois ce gars ne m'a montré de l'affection. Pas une fois il n'a une parole gentille envers moi. Il n'en a jamais rien eu à carrer de moi. Alors pourquoi je devrais me soucier de ce qui lui arrive, hein ?

Il marque un point et a tous les droits de ressentir de la haine envers son père. Qui suis-je pour le contredire ?

— Eh bien…

Je repose la tête contre son torse et repense à sa phrase.

— … je suis à peu près certaine qu'ils ne vont pas le bazarder dans les marécages.

— Tes oncles ne sont pas vraiment des enfants de chœur.

Je redresse la tête et lui souris. Pike leur ressemble beaucoup. Tout brut de décoffrage avec un cœur tendre.

— Il va falloir faire quelque chose avec cet appartement, continue-t-il, comme pour me détourner de la réalité qui gît à nos pieds.

— C'est-à-dire ?

Je promène le regard sur la pièce, note les murs blancs, le carrelage au sol, et guère plus. L'appartement est vide. Une toile vierge qui n'attend que je me mette en branle et décore.

— Il te faut des meubles, déclare-t-il, énonçant l'évidence.

— Je sais. J'ai eu les clés juste avant qu'on nous embarque au QG des Disciples, et puis maintenant ça.

J'agite la main en direction de son père.

— Un jour, les choses se tasseront suffisamment pour que je puisse faire de cet endroit mon chez-moi.

Il replie la main autour de mon épaule et me serre contre lui, le pouce caressant le carré de peau à découvert.

— Je t'aiderai.

On se tient là, dans ma future chambre, son père gisant inconscient au sol, ligoté, et on parle d'emménagement comme si c'était un jour comme un autre, comme si tout était normal.

Ce type aurait pu me tuer.

Cela pourrait être moi, la personne étendue au sol, ne bougeant plus, ne respirant plus. Ce le serait probablement si Pike était arrivé quelques minutes plus tard.

Bon Dieu.

J'en ai la chair de poule. J'étais tellement plongée dans le feu de l'action au moment où Pike collait une dérouillée au type, que je n'ai pas vraiment réalisé que j'aurais pu passer l'arme à gauche.

Ses doigts continuent de caresser ma peau et une autre agitation s'empare de moi.

— À mon prochain jour de repos, on loue un pick-up et on va acheter ce dont tu as besoin au magasin.

— Je peux m'en charger toute seule. C'est pas la mer à boire.

Tout paraît anodin après ce qui vient de se passer. Que sont quelques meubles, comparés à la mort ?

Il recule d'un pas et pose les mains sur mes épaules, le regard plongé dans le mien. Les traits de son visage sont graves et résolus.

— Ma puce.

— Oui ?

Mes doigts trouvent la couture de son tee-shirt et se glissent sous le tissu de coton, tandis que je relève la tête pour le regarder.

— Quoi ?

— *On* le fait ensemble, m'assure-t-il, comme si c'était lui, le patron.

Je plisse les yeux.

— Je n'ai pas vu ton nom sur le bail et, pour autant que je sache, je suis assez grande pour me débrouiller toute seule.

On se fixe des yeux dans un bras de fer virtuel.

— Tu as toujours été aussi têtue ?

Je hoche la tête, le sourire aux lèvres.

— Plus ou moins.

Il enroule les bras autour de moi et nous fait opérer un demi-tour pour se retrouver face à son père et que je ne le sois plus.

— Tu es complètement givrée.

Comme si je ne le savais pas déjà.

J'enfouis le visage contre sa poitrine. J'aurais dû aller chez lui comme il me l'avait demandé. On ne serait pas là, à attendre mes oncles, son père ligoté parterre.

D'un autre côté, mon agresseur aurait été là à mon retour, non ?

Je resserre le poing sur son tee-shirt et, parcourue d'un frisson, je fixe le mur d'un regard vide.

— Une chance que tu aimes les trucs dingues.

Des coups retentissent à la porte d'entrée et nous font sursauter.

— Ouvre, petiote !

— Sérieux ? Ils sont arrivés en delta-plane, ou quoi ? s'étonne Pike.

— Ils ont dit qu'ils étaient dans le coin. J'imagine que c'était vrai.

9

Je m'écarte de lui et redresse les épaules comme si je me préparais à un combat.

— Bon, c'est parti. Tu es prêt ?

Pike acquiesce d'un bref hochement de tête.

Lorsque j'ouvre la porte, oncle James et oncle Thomas se tiennent côte à côte, les lèvres pincées, le front plissé et l'air énervé, comme à leur habitude. C'est leur marque de fabrique, ils l'ont fignolée.

— Où est-il ? demande Thomas, me passant devant sans même un « bonjour ».

Ces hommes.

— Au fond.

Je pointe le pouce au-dessus de mon épaule, mais seul James se tient encore devant moi.

Il examine mon corps du regard, tandis qu'il entre dans l'appartement.

— Est-ce que ça va ?

Je fais « oui » de la tête sans prononcer un mot, car je ne sais pas exactement comment je me sens. Sur le plan physique, je vais bien, mais se faire attaquer vous transforme de l'intérieur.

Je me sens différente.

Je suis comme engourdie. Je ne vois que ce terme pour décrire ce que j'éprouve depuis ces dernières minutes. Peut-être suis-je en état de choc. Ce n'est pas tous les jours que je vois ma vie défiler devant moi.

— Oui, dis-je enfin d'une petite voix, sans trop y croire, ce qui signifie qu'il ne gobera pas mon mensonge, lui non plus.

James plisse les yeux et tend le bras pour passer ses doigts sur mon cou, à l'endroit où les mains ont serré.

— On reparlera de ça plus tard.

— Plus tard ?

Je déglutis, mais je ne devrais pas m'inquiéter comme ça. C'est moi, la victime, ici, et même si je ne l'étais pas, oncle James me protégerait.

— Plus tard. On a du pain sur la planche.

Ses mains retombent et il me passe devant pour se diriger d'un pas raide vers le fond de l'appartement. Je le suis.

Quand nous entrons dans la chambre, Thomas est accroupi et roule le saligaud sur le flanc.

— Tu t'es bien débrouillé avec le scotch, mon garçon.

Pike se masse le cou et adresse à Thomas un sourire hésitant.

— J'aimerais pouvoir dire que j'avais jamais garrotté qui que ce soit avant ça, confesse-t-il, avant de darder un regard sur moi.

Je défaille à la révélation. Pike a déjà ligoté quelqu'un ? Je me bercerais d'illusions si je pensais que sa vie avait été un long fleuve tranquille. Après tout, il avait fini par rejoindre le gang des Disciples après s'être fait tirer dessus. Je savais que ce n'était pas tout beau tout rose, mais il y a tant de morceaux de sa vie que j'ignore.

À aucun moment de mon existence, je n'ai eu à saucissonner quelqu'un, moi. Jamais. Pas même mes petites sœurs, quand elles étaient de vraies pestes… ce qui, laissez-moi vous dire, était récurrent.

J'aurais dû comprendre que ce n'était pas sa première fois, car il n'a même pas marqué une hésitation pendant qu'il enroulait le scotch autour des poignets et des chevilles de son père, le ligotant fermement avec une facilité déconcertante. Seulement, j'étais tellement occupée à repasser la scène de l'agression dans ma tête que je n'y ai même pas prêté attention.

James s'avance pour découvrir le visage de l'homme.

— Bon sang, tu lui en as collé des belles ! Chapeau.

— Je ne voulais pas lui laisser la possibilité de lui refaire du mal.

Pike tend un bras, enroule une main autour de mon poignet et m'attire vers lui.

Je me presse contre son corps et grommelle dans son tee-shirt :

— Je vais bien.

James pousse un grognement avant de tirer un couteau de sa poche arrière et de trancher le scotch aux chevilles et aux poignets du comateux.

— Je porte le buste et toi, Thomas, tu te charges des pieds.

— Je suis trop vieux pour ces conneries, maugrée mon oncle avant de se pencher pour saisir les pieds de Colton.

— Je peux le faire, offre Pike, qui fait un pas en avant et m'écarte du même coup.

Oncle Thomas relève la tête, le regard outragé.

— Qu'est-ce que tu insinues ? Qu'on est trop frêles pour porter un homme ?

Dieu du ciel. J'écarquille les yeux et me balance sur les talons tout en retenant mon souffle.

— Non, m'sieur, répond aussitôt Pike, qui se rend compte de sa bourde et reprend sa place à mes côtés. Je me disais que c'était mon problème et que je devais vous aider à le régler.

— Ne l'écoute pas.

Balayant la remarque de Thomas d'un geste de la

main, James se redresse et pose son regard inflexible sur Pike.

— Ce n'est pas *ton* problème. C'est *notre* problème. Toi, tu restes ici et tu veilles sur Gigi. Emmène-la chez toi pour cette nuit. Nous, on va s'occuper de ton père. C'est pas le premier type qu'on doit porter et c'est probablement pas le dernier.

Pas le premier qu'on a porté ? Ma mâchoire se décroche. Je vois tout à coup mes oncles sous un nouveau jour. J'ai toujours su qu'il avait fait des « choses », mais je n'ai jamais vraiment cherché à savoir ce que ça voulait dire exactement… jusqu'à maintenant.

— Qu'allez-vous faire de lui ?

Je les vois s'échanger un regard.

— On va pas le faire disparaître ou autre, réplique Thomas, qui rit comme si l'idée était absurde et, l'espace d'un instant, je suis soulagée.

— Oui, ce serait *illégal*, ajoute James, baissant la voix d'une drôle de façon, si bien que je cligne des yeux, l'air perplexe.

Mon cerveau a beau tourner au ralenti, l'embarras dans son ton ne m'a pas échappé. Mes oncles sont-ils vraiment le genre d'hommes à faire disparaître quelqu'un ?

— Quoi ? fais-je, affolée, car ils me fichent vraiment les jetons.

J'ignore comment cette part d'ombre m'a échappé, mais, à présent, elle me saute aux yeux.

Bordel de merde.

— Tout le monde va vivre, trésor, répond avec douceur Thomas, qui tente d'apaiser mes craintes. On va simplement le traîner jusqu'au bureau du FBI et le balancer là. Ils en feront leur affaire.

J'ai peut-être légèrement dramatisé en tirant des conclusions hâtives et pris leurs propos un peu trop au pied de la lettre. Je n'ai jamais vraiment pensé que mes oncles étaient des êtres mauvais, mais en même temps... ils s'acoquinaient bien avec des hommes comme Tiny.

Bien consciente que j'ai eu l'air idiote, je lance sur un ton goguenard :

— Évidemment ! Je sais bien que vous n'alliez pas le jeter en pâture aux alligators.

— Jamais on ferait un truc pareil.

James lance un regard en coin à Thomas, tandis qu'il se penche pour saisir les bras inertes de Colton.

— Thomas, les jambes. Finissons-en que je puisse rentrer avant le lever du soleil.

Thomas pousse un grognement lorsqu'il empoigne les chevilles de mon agresseur.

— Je peux pas piffer le FBI. Ils vont nous poser un milliard de questions. On peut pas le déposer au bureau du shérif, et basta ?

James peine sous l'effort.

— J'ai déjà averti les fédéraux qu'on n'avait pas le temps pour leurs conneries. Tout ce qu'ils veulent, c'est mettre la main sur Colton et ils m'ont répondu qu'ils se foutaient royalement de ce qu'on avait à leur dire.

Je lève les yeux sur Pike tandis qu'ils emportent son père dans le couloir.

— Tu veux les accompagner ?

Il passe un bras autour de moi et nous pousse en avant pour les suivre.

— Pas question, ma belle. Je ne te quitte pas d'une semelle ce soir.

— Je vais bien, dis-je dans un murmure, même si je

sens le poids de la dernière demi-heure commencer à peser sur moi comme une couette qu'on aurait imbibée d'eau.

Pike s'immobilise, place un index sous mon menton et me relève la tête pour me forcer à le regarder.

— J'ai dit que je ne te quittais pas d'une semelle. Je ne veux pas me répéter. Je suis exactement là où je veux être.

Il pointe le menton en direction de mes oncles.

— Et puis, ils m'ont définitivement flanqué la trouille. Ce sont de bons gars, Gigi. Tu as de la chance de les avoir à tes côtés.

— Je sais.

Je m'apprête à lui rappeler qu'ils sont également là pour lui, mais un râle de Thomas nous fait tourner la tête vers eux.

— J'avais oublié à quel point un poids mort est une horreur à transporter, grogne James.

Pike et moi les observons d'un œil fasciné tandis qu'ils passent la porte d'entrée, manquant de cogner la tête de leur fardeau contre le bâti.

— T'as fini de te plaindre ou tu tiens à ce que les voisins nous voient sortir un corps de l'appartement de notre nièce ?

Thomas s'arrête net, les pieds de Colton entre les mains.

James le fusille du regard et marmonne entre ses dents :

— J'ai fini, vieux schnoque. Avance.

Thomas pousse un grognement tandis qu'il s'efforce de trouver une meilleure prise et manque de lâcher les chevilles du type sur le perron.

— Tu radotes comme une petite vieille.

— Ils sont toujours comme ça ? me demande Pike tandis qu'on les suit, à bonne distance, dehors.

— Parfois, ils sont pires, dis-je tout en glissant un pouce sous la ceinture de son pantalon.

— On n'a pas besoin de chaperons, nous lance James, avant de faire un mouvement de tête en direction de l'appartement de Pike. Emmène-la chez toi. Posez-vous et dormez un peu. On en reparle demain.

— Génial, marmonne Pike tout en baissant les yeux vers moi. Ça va pas être triste.

— Ils aboient beaucoup, mais ne mordent pas.

Je lui souris. J'espère dire vrai.

— Ce sont de gentils géants.

— Qui ont déjà transporté des corps, me rappelle-t-il, comme si je pouvais oublier ce qui venait de se dire, ce qui n'est pas le cas.

Je pose une main sur son torse.

— Oublie-les. Tu es l'un des nôtres maintenant.

Une brève lueur embrase son regard, mais, quelle que soit l'émotion que mes mots ont pu remuer en lui, elle se masque immédiatement. Qu'on le veuille ou non, Pike fait partie de la bande, à présent. Ma famille est tout aussi embourbée dans ce pétrin que lui.

— Allons nous coucher, me répond-il, passant outre à ma remarque.

Je soupire, mais acquiesce d'un hochement de tête, car le lit m'appelle.

— Cette soirée était censée se terminer comme ça, mais en plus torride.

— Il y a toujours demain pour ça, ma belle.

Il s'arrête sur le pas de sa porte et suit des yeux James

et Thomas qui transportent son enfoiré de père jusqu'à la voiture.

— Pas certain que je suis l'un des vôtres. Encore moins quand ton père aura appris ce qui s'est passé ce soir.

J'observe mes oncles et mon estomac se noue.

— Laisse-moi gérer ça avec lui.

— Je dois me comporter en homme et l'affronter moi-même, Gigi. C'est la seule façon de gagner son respect.

— Si tu veux.

Mon père risque de se fâcher tout rouge à s'en péter une veine en apprenant ce qui s'est passé ce soir, mais soit.

— Mais pour ton info, ça va pas être beau à voir.

— Je me suis jamais dit que ce serait facile.

CHAPITRE
DEUX

PIKE

— REDIS-MOI ÇA.

Le père de Gigi tourne la tête et me tend l'oreille comme s'il n'avait pas entendu un traître mot de ce que je venais de dire.

Debout devant son bureau, je croise les bras et le regarde droit dans les yeux.

— Mon père se trouvait chez Gigi hier soir.

Joe se pince l'arête du nez et grimace comme s'il venait d'avaler un tas de fumier encore chaud.

— Et ?

Un muscle tressaille à sa mâchoire.

Ça ne se goupille pas vraiment comme je l'avais espéré. Je ne sais pas ce qui m'a pris. Je savais que ça n'allait pas être simple, mais, bordel, je ne crois pas avoir eu une conversation plus difficile de toute mon existence.

J'essaie de me rappeler que je parle au père de Gigi, et non à mon boss. Il s'inquiète pour sa fille, ce qui est compréhensible et attendu.

— Et il a agressé Gigi, mais elle a su se défendre. Je l'ai assommé avant que ça dégénère.

Je déglutis et tâche de ne pas penser à ce qui aurait pu se passer si je n'avais pas…

Il ferme les yeux et serre les dents.

— Et ?

Bordel de Dieu.

Joe le Muet est encore plus flippant que Joe le Tempétueux. Je sais comment m'y prendre avec des hommes au sale caractère et à la grande gueule, mais les silencieux… ceux-là, c'est une autre paire de manche.

— Et on a appelé Thomas et James. Ils l'ont emmené au FBI, où il se trouve actuellement et restera dans l'immédiat.

Joe lève le regard vers moi, ses yeux bleus étincelant ni plus ni moins de rage. Il serre le poing contre l'accoudoir de son fauteuil et le desserre en étirant les doigts.

— Donc, ma fille s'est fait agresser, parce que… ?

Il attend que je termine la phrase.

Je suis certain qu'il se retient de m'éclater la tête comme une pastèque. Il veut me faire dire que c'est de ma faute. Que je suis à l'origine des problèmes qui ont frappé à la porte de sa fille.

Et honnêtement, c'est le cas.

— Parce que mon père est un salopard.

Je lui donne ce que je peux, mais pas ce qu'il attend.

— J'ignore ce qu'il faisait chez elle, mais il y était et j'ai géré le problème.

— Giovanna ! beugle Joe si fort que mes oreilles se mettent à siffler. Ramène tes fesses ici.

— Je ne pense pas que…

Mes mots s'évanouissent devant le regard assassin qu'il me jette.

Il se lève brusquement et s'appuie sur le bureau, les jointures contre le bois, pour me regarder les yeux dans les yeux.

— Voilà le problème, Pike. Tu ne penses pas. Ma fille aurait pu se faire trucider hier soir à cause de toi… Non. Je reprends.

Il secoue la tête, serrant les dents jusqu'à ce qu'elles se mettent à grincer.

— Ma fille aurait pu se faire trucider *deux fois* depuis que tu as débarqué dans sa vie.

Je rejette la tête sur le côté comme s'il venait de me flanquer une droite. Ses mots sont douloureux, mais exacts.

— Papa ! lui lance Gigi d'une voix indignée, comme s'il avait dépassé les bornes. Qu'est-ce qui te prend, bon sang ?

Il tourne la tête vers la porte sans se retirer de mon espace vital.

— Qu'est-ce qui me prend ?

Elle hoche la tête.

Il lève la main et se touche la poitrine.

— Qu'est-ce qui *me* prend ? répète-t-il sur un ton à déféquer dans son froc.

Gigi rejette ses longs cheveux bruns derrière une épaule avant de croiser les bras et de soutenir son regard.

— Oui, p'pa. Tu fais un tel raffut que tout le salon, qui, en passant, est bondé, peut t'entendre. On dirait un fou furieux.

Joe se raidit et la regarde bouche bée.

— *Je* suis fou ?

Elle hoche à nouveau la tête, les lèvres pincées, le regard plein de reproches.

— Tu agis tout comme.

Je me passe une main sur le visage et marmonne tout bas :

— Putain de merde.

Joe recule d'un pas, les poings serrés le long du corps, la cage thoracique bombée comme s'il était à deux doigts de péter une durite.

— Pardon si je perds un tantinet mes moyens, mais tu as failli te faire tuer deux reprises à cause de…

Il tourne le regard vers moi et crache :

— … lui.

— Laisse-nous une minute, ma belle, lui dis-je lorsqu'elle s'apprête à ouvrir la bouche, probablement pour dire quelque chose qu'elle regretta plus tard.

Son regard glacial glisse vers moi et elle me fouille des yeux, comme si elle trouvait que c'était une mauvaise idée. Cette conversation doit se tenir d'homme à homme. Joe et moi devons avoir une discussion nette et franche sur ce qui se joue et sur mes sentiments envers sa fille.

Gigi secoue la tête et tourne à nouveau les yeux vers son père.

— J'ai autre chose à faire.

Elle jette un bras en l'air et agite la main vers nous.

— Réglez vos petites affaires. Je ne veux plus entendre crier et, papa…

Elle attend, incline la tête vers lui jusqu'à ce qu'il daigne la regarder.

— Ne sors pas d'ici tant que tu n'auras pas retrouvé ton calme et que tu ne seras pas redevenu un être sensé.

Nous la regardons, bouche bée, quitter la pièce d'un

pas raide, le claquement de ses talons hauts retentissant dans le couloir qui mène au salon, signe qu'elle en impose.

— Bordel, je la préférais vraiment quand elle avait cinq ans, grommelle Joe avant de se rasseoir lourdement sur son fauteuil.

J'essaie d'imaginer une toute petite fille pleine de culot et de tendresse. Bon Dieu, son paternel a dû lui manger dans la main dès sa naissance.

— Un jour, quand tu auras des enfants, tu comprendras ce que je ressens, Pike. Depuis que tu es entré dans sa vie, tu n'as fait que la mettre en danger.

Il secoue lentement la tête et me fixe avec de petits yeux, tel un faucon.

— Je ne peux pas approuver votre relation. J'en suis tout simplement incapable.

Je respire un bon coup et me dis que c'est le moment de tout déballer.

— On a vu un tas de saloperies la semaine dernière, et on en a essuyé encore plus, Joe.

J'empoigne le siège face à lui et, m'y carrant, je m'efforce de me calmer.

— Les trucs moches, je peux pas les empêcher de se produire. Ce que je peux te promettre, c'est de veiller sur sa sécurité. Je ferai tout ce qui est en mon pouvoir pour la protéger. Bordel, je serais capable de me prendre une balle à sa place sans même sourciller !

— La plupart des hommes n'ont pas à avoir ce genre de préoccupation, tu en as conscience ? Des gens normaux ne pensent pas à se faire abattre.

Il hausse un sourcil.

Il a raison, mais je ne peux pas changer la donne, changer le milieu dans lequel je suis né. Tout ce que je peux faire, c'est d'essayer de limiter les dégâts causés par l'incroyable merdier dont j'essaie de me défaire.

— Tu préférerais voir Gigi avec je ne sais quel gratte-papier qui va au bureau tous les jours, bosse tard et enfile probablement sa secrétaire parce que c'est un toquard ? Tu voudrais la voir avec un type qui n'a pas une once de loyauté dans le sang ?

Joe m'étudie silencieusement du regard durant un temps qui me paraît interminable.

— Évidemment que je ne lui souhaite pas ça, finit-il par lâcher, mais je ne veux pas non plus de quelqu'un qui est rattrapé par son passé.

Je me passe la main dans les cheveux, tâchant de ne pas hausser le ton, de parler calmement.

— C'est le passé de mon père, pas le mien. Tu me juges sur des choses qui sont indépendantes de ma volonté. Des choses qui se sont passées quand j'étais gosse, Joe. Gosse, putain !

Il tressaille lorsque j'aboie cette dernière déclaration, mais ça ne m'arrête pas. Je dois camper sur mes positions, sans quoi je continuerai à me faire écraser toute ma vie.

— Je n'ai pas eu l'enfance d'un Gallo, entouré de gens qui m'aiment. De gens qui ne se préoccupent que de mon bien-être vingt-quatre heures sur vingt-quatre. De gens qui seront toujours là pour veiller sur moi.

J'essuie mes paumes moites sur mon jean et prends une grande respiration.

— J'ai jamais eu personne, moi, hormis ma grand-mère, qui n'en avait d'ailleurs strictement rien à foutre de moi. Tu sais ce que ça fait d'être aussi seul ? De n'avoir aucune notion de ce qu'est l'amour ou la sécurité, même enfant ?

Je marque une pause et lorsqu'il commence à ouvrir la bouche, je poursuis :

— Moi, oui. Je n'ai jamais pu compter que sur moi-même. J'ai pas connu les repas du dimanche, les réveillons de Noël en famille, les fêtes d'anniversaire, et autres conneries que la plupart des gens vivent dans une vie. J'ai eu que dalle et je pars de rien, mais, aujourd'hui, j'essaie de m'en sortir. De repartir à zéro. De m'élever de ce milieu, de devenir quelqu'un de bien. Quelqu'un de différent.

Je lève une main pour le faire taire. Je veux qu'il m'écoute jusqu'au bout, et la dernière chose dont j'ai envie, c'est qu'il m'interrompe.

— Le fait que tu me tiennes pour responsable de leurs fautes, que tu me dises de me tenir à l'écart de ta fille à cause de faits indépendants de ma volonté, c'est purement de la connerie. Je te croyais meilleur. Plus juste. Plus…

— Ça suffit, grogne-t-il.

— J'ai pas terminé.

Et je lève le menton avec provocation.

— Tu as parlé, alors c'est à mon tour, argue-t-il tout en se passant une main sur le visage. Les enfants, ça vous file de l'anxiété et un mal de crâne à vie. Peu importe son âge, je me ferai toujours du souci pour ma fille.

Les yeux braqués sur moi, il se tord les mains et ajoute :

— Que suis-je censé faire ? Arrêter ?

Je hausse une épaule et secoue la tête.

— Elle n'aurait jamais dû être mêlée aux affaires de mon père. Je suis désolé, c'est tout ce que je peux dire.

Je baisse les yeux et agrippe mes genoux pour faire cesser le tremblement de mes jambes.

— J'ai beau essayer d'oublier mes parents, d'une manière ou d'une autre, toute leur haine, toutes leurs conneries, ça me poursuit.

Je lève à nouveau les yeux sur lui.

— Tu t'inquiètes constamment pour Gigi. Pas une fois mes parents ne se sont fait du mouron pour moi. Pas une fois ils ne se sont inquiétés de me savoir entier. Pas une fois ils ne se sont demandé si quelque chose pouvait nous toucher, mon frère et moi. Ce sont deux immondes égoïstes à deux balles, mais j'ai beau essayer de m'en défaire, je traîne leurs conneries.

Joe se passe une main sur les lèvres, ses doigts frottant la barbe naissante le long de sa mâchoire.

— La vie ne t'a pas gâté.

— Ma vie est super aujourd'hui, c'est mon enfance qui a été merdique.

— Personne ne devrait se traîner les casseroles de ses parents. Personne ne devrait se demander si, oui ou non, il sera encore en vie la minute d'après, à cause d'un marché passé par son père.

Je soutiens le regard de Joe.

— Avec lui en détention provisoire, les DiSantis morts et ma mère à six pieds sous terre, j'espère que tout ça est derrière moi.

Une ombre passe sur le visage de Joe tandis qu'il hoche la tête.

— Je suis désolé pour ta mère.

Je veux lui répliquer que je ne le suis pas, parce que c'est la vérité. C'est peut-être moche et cruel de penser ça, mais cette femme n'en a jamais rien eu à foutre de moi. Pourquoi devrais-je me soucier d'elle ?

— Tu comptes aller dans le Tennessee pour mettre en

ordre ses affaires ? me demande-t-il lorsqu'il voit que je ne réponds rien.

Je cligne des yeux à plusieurs reprises, les sourcils froncés. Suis-je censé faire ça ? Est-ce le genre de choses que l'on entreprend en pareille situation ?

— Possible, répliqué-je, car je n'ai aucune idée des démarches à effectuer quand on perd un membre de sa famille.

— Prends le temps qu'il te faut, m'offre-t-il avec une telle gentillesse dans la voix que j'en suis complètement dérouté.

Et puis, ça fait tilt.

Il essaie de se débarrasser de moi.

— Je dois en parler à ma grand-mère, mais je serai absent un jour ou deux, max. Mon frère et elle devraient réussir à se débrouiller seuls. Ça fait des années qu'ils font sans moi.

Joe se penche en avant et pose les coudes sur le bureau.

— Il vit avec ta grand-mère ?

Je hoche la tête.

— Depuis que ma mère…

— Je comprends. Je vais te donner un tuyau. J'ai des frères moi aussi et je peux te dire que le tien ne va pas bien. Il a besoin de toi comme jamais.

Vraiment ? Depuis que j'ai appris la mort de ma mère, je ne me suis pas tellement inquiété du sort d'Austin.

— Tu crois ?

— La mort change les gens. Surtout quand il s'agit de la mort de quelqu'un qu'on aime. Tu ne portes peut-être pas tes parents dans ton cœur, mais il est possible qu'Austin, oui. Il doit gérer ses émotions et ce n'est pas simple à son âge. En fait, ça ne l'est jamais. Cette fois, il va avoir besoin de ta force pour surmonter ça.

— Ça fait des années qu'on a cessé d'être proches.

Dix ans, pour être exact. Je n'ai pas revu Austin depuis que j'ai mis les voiles, laissant mes parents et le reste derrière moi.

— Vous êtes du même sang. Proche ou non, il va avoir besoin de toi. Il va être rappelé à la réalité. À son âge, tu te croyais invulnérable. Tu as oublié ? Là, il va prendre conscience qu'il n'est pas éternel.

Je me carre dans mon siège et souffle. Il y a des choses auxquelles je n'avais pas songé.

— Oui, murmuré-je.

L'ombre de mes parents s'est accrochée à moi, m'a contaminée. J'ai passé dix ans à essayer de me défaire de cette époque de ma vie, de cette haine gratuite qu'ils ont toujours exprimée envers moi.

Pourquoi ? Je n'en ai aucune idée, mais, à ce stade de mon existence, je n'en ai plus rien à carrer.

À l'âge d'Austin, en revanche, j'étais révoltée. Je voulais que la terre entière ressente la même douleur que moi.

— Tu vas avoir besoin de bien plus qu'un jour ou deux pour l'aider à passer le cap. Ne te presse pas pour nous. Izzy décalera tes rendez-vous. Tu n'as à t'inquiéter de rien, hormis de passer du temps avec ta famille.

— Merci.

Je baisse la tête pour tenter de montrer un minimum de courtoisie même si je sais qu'il ne se donne pas autant de mal par simple bonté de cœur.

— Maintenant, on peut revenir au cadavre dans le placard ?

Joe relève le menton, une grimace à la bouche, tandis qu'il tire sur le col de son tee-shirt noir.

— Je ne suis pas content.

— Du fait qu'on soit ensemble ?

— De tout, me répond-il platement. De ce qu'il s'est passé à Daytona. De la fusillade et de ton père. De tout, me répète-t-il.

Je me penche en avant, pose les coudes sur les genoux et le regarde droit dans les yeux.

— Je ne peux rien changer à ce qui s'est passé, mais je peux m'assurer qu'il ne lui arrive plus rien de ce genre. L'aimer plus que personne l'aime et ne l'aimera jamais. La rendre heureuse comme personne. Putain…

Je m'interromps, m'adosse au siège et conclus :

— Je le fais déjà !

Il prend une grande inspiration avant de soupirer.

— Quand j'imaginais ma toute petite fille adulte, je ne la voyais pas avec un type comme toi. Je pensais qu'elle se trouverait un étudiant à la fac, se caserait et fonderait une famille. Je ne l'ai jamais imaginée en train de sauver sa peau et se cachant dans un foutu placard pendant que les balles pleuvent.

Je vois bien qu'il n'est pas prêt à laisser passer ce petit incident. C'est gravé dans son cerveau et, quand il me regarde, tout ce qu'il voit, c'est un type qui a mis en danger sa fille.

— Des merdes, ça arrive.

Je n'ai ni une voiture tape-à-l'œil ni le compte en banque de Rothschild, mais, merde, je fais ce que je peux avec ce que j'ai.

— Je n'ai peut-être pas baigné dans le luxe ni l'amour de mes parents, mais j'ai un bon fond, Joe.

Il pousse un grognement, et je me redresse, préparé à donner le coup de grâce.

— Je bosse dur. Je fais ce qu'il faut. Je protège ceux que j'aime, même si ça doit me coûter la vie. Je me serais volontiers interposé entre une balle et ta fille. Je ferais n'importe quoi pour veiller à sa sécurité et à ce qu'elle soit heureuse. Désolé si c'est pas suffisant à tes yeux, mais la seule personne à décider si Gigi doit être ma nana, c'est Gigi. Personne d'autre.

Je pose une main sur le torse.

— Pas moi.

Puis, je le pointe du doigt.

— Ni toi, ni ta femme, ni qui que ce soit dans ce salon. Gigi, point barre.

Je tends le pouce en direction de la porte pour faire passer le message.

Joe tourne brusquement la tête comme si je venais de lui flanquer une gifle.

— Je te trouve bien bavard tout à coup, petit.

La commissure de ses lèvres s'incurve imperceptiblement et, l'espace d'une minute, j'ai comme le sentiment qu'on progresse.

Il n'y a que deux issues possibles à cette discussion : soit il lâche l'affaire et nous laisse respirer, soit il frappe plus fort et sème la discorde entre nous, uniquement pour prouver l'ascendant qu'il a sur sa fille.

Je ne cherche pas à bousiller leur relation pour sauver la nôtre. C'est la dernière chose que je souhaite faire. Gigi entretient un lien spécial avec son père – que dis-je ! Avec toute sa famille – et jamais je ne la laisserai y renoncer pour quelqu'un comme moi.

Un petit rictus aux lèvres, je hausse les épaules et admets :

— Je peux pas te forcer la main, alors il faut bien que je te combatte avec la seule arme dont je dispose. Tu peux me dire ce que tu veux sur notre relation, à Gigi et à moi, sur moi, sur le fait que tout ça ne te plaise pas. Je suis grand. Je peux l'encaisser. Mais sache qu'elle l'est aussi.

Joe écarquille les yeux, abasourdi, mais je ne me démonte pas.

— Je te respecte. Je te respectais avant même de passer la porte d'Inked. Encore plus après avoir vu comment tu te comportes avec ta famille. L'amour que tu leur portes… c'est un truc que je m'évertue à trouver dans la vie et auquel je veux m'accrocher. T'avoir pour ennemi, c'est la dernière chose dont j'ai envie.

Il ouvre la bouche, mais je secoue la tête.

— J'ai essayé de mettre fin à ma relation avec ta fille après la fusillade au QG des Disciples. Elle a rien voulu entendre. Tu sais comment elle est. Elle va camper sur ses positions et faire comme bon lui chante, quoi qu'on en dise ou qu'on en pense, toi et moi.

J'incline la tête sur le côté et attends sa réponse. Il semble surpris par mes propos, comme pris de court, et il me regarde sans un mouvement.

Je peux supporter sa colère.

Je peux encaisser son dédain pour notre liaison.

Le seul truc qui me tape sur le nerf, c'est son silence.

— Je…

— Tais-toi, lâche-t-il d'une voix grinçante.

Je referme aussi sec le clapet et me penche en avant. L'homme a enfin retrouvé la parole, alors je ne vais pas le couper dans son élan.

— Suzy m'a fait une scène ce matin.

Il enfonce les doigts dans son front et fronce les sourcils.

— D'après elle, il faut que j'arrête de me regarder le nombril et que je laisse Giovanna vivre sa vie. Ne t'y trompe pas, Suzy n'est pas contente de ce qui s'est passé la semaine dernière. Elle est terrifiée. Mais elle a tenu le même discours que toi, sans toutes ces menaces déguisées et ces jurons.

— Ça y est ? On a fait la paix ? s'exclame une voix féminine.

On tourne la tête en direction de la porte pour découvrir Izzy en train de nous observer.

— Oui, réplique Joe, qui lui fait signe de partir.

— Sûr ?

Elle pose les yeux sur moi, comme si elle n'en croyait rien.

— Oui, dis-je. On a bientôt terminé.

— Pendant que vous jacassez histoires de cœur et sentiments, vos clients font le pied de grue, nous reproche-t-elle. Passez à la conclusion, les gars !

Elle repart d'un pas raide, ses talons claquant contre le carrelage du couloir, comme Gigi plus tôt.

Joe pivote sur son fauteuil de gauche à droite et pousse un soupir.

— Cette situation ne me plaît pas. Tout ce que je veux, c'est que ma fille soit heureuse…

— Elle l'est.

— … Qu'elle ait un compagnon sur qui elle peut compter. Un compagnon qui l'aimera plus qu'il ne s'aime lui-même. Je doute encore que tu sois cet homme, Pike.

— Je suis cet homme.

Bordel de merde. J'étais prêt à me prendre une balle à sa place. Qu'est-ce qu'il lui faut de plus ?

— Tout ce que je sais, c'est que tu as *rencontré* ma gosse à Daytona, et te voilà maintenant ici. Mais tu as raison…

Enfin.

— … je ne peux pas régenter sa vie. Je ne peux plus lui dicter sa conduite. C'est une grande fille. Elle a des idées bien à elle et ça depuis toute petite. Je n'ai pas à aimer ou non ce qui se passe entre vous. Jamais. Ce que je sais, en revanche, c'est que plus j'essaierai de l'éloigner de toi, plus elle s'accrochera à toi.

Il se passe une main dans les cheveux, grince des dents, et, moi, je me tais. J'ai dit tout ce que j'avais à dire. Maintenant, c'est à son tour de vider son sac s'il veut être en paix avec tout ça.

— Retourne dans le Tennessee et laisse les choses se tasser ici. Donne-moi le temps de digérer la frayeur d'avoir failli perdre ma fille, le temps d'y voir clair, et après on verra comment je me sens. Toute ma vie, j'ai tâché d'être juste. J'ai bien conscience que tout le monde n'a pas eu la chance de grandir avec de bons de parents, d'être entouré d'une grande famille. Je sais que tu n'as pas été verni, mais il est temps que tu traces ta propre voie et que tu changes le cours de ta vie.

— C'est ce que j'essaie de faire depuis une décennie, Joe. Venir ici, à Inked, est un moyen de repartir à zéro et me faire une place dans ce monde. Je veux laisser le passé au passé. Je veux ce que je n'ai jamais eu.

Il se lève et fait craquer ses doigts.

— Je n'approuve peut-être pas ta relation avec ma fille,

mais ça ne veut pas dire que je ne t'admire pas pour ce que tu essaies de faire de ta vie.

— Bon, ça suffit ! braille Gigi, qui déboule dans la pièce et vient se planter à côté du bureau. Et, papa...

Elle tourne les yeux vers lui et redresse le dos.

— ... pour ta gouverne, je pars dans le Tennessee avec Pike.

Il ouvre la bouche pour répliquer, mais elle secoue la tête et ses yeux se plissent.

— Je ne veux rien entendre.

Elle tend une main vers moi que je prends et serre.

— Izzy va décaler mes rendez-vous. Ça me fera du bien de partir quelques jours, loin de tout ça, pour me remettre les idées en place. Pike a besoin de quelqu'un à ses côtés pour enterrer sa mère, et cette personne, ce sera moi. Compris ?

Joe cligne des yeux, abasourdi.

— Oui, ma chérie.

— Bien.

Elle sourit et reporte son attention sur moi.

— Bouclons d'abord notre journée et partons ensuite. Ta grand-mère et ton frère ont besoin de toi à leurs côtés.

Je me frotte le cou, époustouflé par le cran de ma nana, et marmonne :

— Je le suppose.

— Alors, c'est décidé. On prendra la route demain matin.

— Peut-être que Pike a envie de se rendre seul dans sa famille, tente Joe, qui essaie encore de mettre de la distance entre nous.

Elle laisse retomber une épaule, penche la tête sur le côté et tourne le regard vers lui.

— Tu ne voudrais pas avoir maman à tes côtés s'il arrivait quelque chose à papi et mamie ?

Son père acquiesce d'un hochement de tête, les sourcils froncés.

— Je ne me verrai pas affronter quoi que ce soit sans elle.

— Voilà !

Elle brandit une main, comme si elle savait déjà ce qu'il s'apprêtait à répliquer.

— Je ne veux pas t'entendre m'expliquer en quoi c'est différent, parce que ça ne l'est pas. Personne ne devrait affronter ça seul.

— Très bien, grogne-t-il, ce qui me laisse sur le cul, et elle aussi, à voir le léger le mouvement de recul de sa tête. Va là-bas avec lui.

— Merci.

Elle me tire vers la porte, laissant son père planté à son bureau. À l'entrée du couloir, elle se tourne vers lui.

— Et, papa…

Elle marque une pause.

— Oui ?

— Je ne te demandais pas la permission.

Je fais des yeux ronds et me mords la lèvre pour ne pas rire. Cette nénette en a dans le ventre.

Elle n'a peur de personne.

Pas même de son père.

CHAPITRE
TROIS

GIGI

— TU VEUX deux veillées ou une ? demande la grand-mère de Pike au téléphone.

Je garde les yeux sur mon pick-up pour ne pas faire ma fouineuse, tandis que nous traversons le parking du fast-food, mais ce n'est pas simple. Je sirote mon soda et fais mine de ne pas écouter leur conversation alors que j'en entends tous les mots.

Lorsqu'il lui a parlé avant de quitter la Floride, il ne semblait pas y avoir de tension entre eux. Or, maintenant qu'ils discutent des funérailles de sa mère, le malaise dans leur voix est tangible.

— Déjà, je ne vois pas pourquoi on en fait une alors, pourquoi deux ?

Pike passe une main dans ses cheveux châtains et me lance un regard, un grommellement aux lèvres.

Je lui retourne un sourire crispé, paille entre les dents. Je me retiens de lui dire de se détendre. Il s'agit de sa mère après tout. Seulement, la haine est ancrée profondément en lui. Bien qu'elle soit morte, les sentiments de Pike à son égard n'ont pas changé d'un poil.

— Pas de ça avec moi, mon garçon, lui rétorque sa grand-mère. Il y a des gens ici qui aimerait lui rendre un dernier hommage. Alors, choisis. Une ou deux ?

— Une, maugrée-t-il.

— Tu vois ? Ce n'était pas si difficile, lui rétorque-t-elle, la voix emplie de sarcasme.

— Pourquoi discuter de tout ça maintenant ? Ça peut pas attendre notre arrivée ?

Il tire vraiment la tête.

— La maison funéraire a un agenda à tenir. On ne sait pas qui va mourir aujourd'hui et nous prendre la place, alors on doit finaliser ça maintenant.

Pike récupère la clé du pick-up au fond de sa poche et presse le bouton pour ouvrir les portes.

— Rien à branler de quand on le fait ni de combien de créneaux on dispose. Je veux juste passer à autre chose.

Il s'adosse au véhicule, les coudes sur le châssis du coffre, le regard perdu au loin.

Je viens me tenir près de lui et aspire la dernière goutte de mon soda, les yeux rivés sur lui. Plus on se rapproche de sa ville natale, plus Monsieur devient ronchon. Cette petite discussion avec sa grand-mère lui tape sur le système et je suis à peu près certaine que ça ne va qu'empirer. Pour lui, c'est la série noire et depuis ce matin, il est imbuvable. Un ours mal léché.

— Tu n'es pas le seul concerné, Pike. Et Austin dans tout ça ?

Bim. Mamie n'a pas tort.

Pike ferme les yeux et aspire une bouffée d'air à l'évocation de son petit frère.

36

— Très bien. Puisque c'est important pour lui, vois avec lui au lieu de me poser la question.

J'esquisse une grimace et tourne le visage pour qu'il ne me voie pas. Bon sang, il faut qu'il redescende d'un cran et se mette un peu à la place de son frère.

— Nous avons suffisamment de tracas ici. Tu as intérêt à te ressaisir avant de franchir le seuil de cette maison. Mets le passé de côté et pense à ton frère. C'est un enfant et il vient tout juste de perdre la personne qui l'aimait le plus au monde. Entendu ?

Les plis sur le front de Pike se creusent un peu plus.

— Cinq sur cinq. On arrive d'ici quelques heures pour discuter de tout ça.

— J'ai hâte de vous voir, mais rends-moi service…

Elle marque une pause.

— … change d'attitude, arrivé en Géorgie.

Je pouffe et me couvre la bouche d'une main. Il me lance un regard.

— Fais chier, lâche-t-il après qu'il a raccroché, le visage levé vers le ciel, les yeux clos. Quelle merde !

Je lui caresse le dos et me rapproche un peu. Je ne sais pas trop quoi faire en pareille situation, mais je tiens à être là pour lui.

— Ça va aller, lui dis-je pour tenter d'apaiser les démons qui le hantent.

Il penche la tête vers la mienne. Tant d'émotions se reflètent dans ses yeux.

— Tout part en vrille.

Plus qu'en vrille.

— Je sais.

Depuis que Pike est réapparu dans ma vie, tout est devenu fou. J'ai vécu plus de trucs délirants en une semaine que dans mes vingt ans d'existence. Il n'a vraiment pas tort quand il dit que tout part *en vrille*.

Il passe les bras autour de ma taille et me serre contre lui.

— Je suis désolé de t'avoir entraînée là-dedans. Tu ne mérites pas d'assister à tout ça.

Je glisse une main sous son tee-shirt et fais courir mes ongles sur la peau de ses reins, tandis que je plaque une joue contre son torse musclé.

— Je veux être à tes côtés, murmuré-je dans son tee-shirt.

Ses lèvres sont contre mes cheveux.

— Tu mérites cette famille heureuse qu'est la tienne, le genre qu'on ne voit que dans les contes de fées, Gigi. La mienne est craignos. Les Moore, ça n'a rien à voir avec les Gallo. J'ai jamais voulu t'entraîner dans toutes ces conneries.

— Nous ne sommes pas parfaits, Pike. Aucune famille ne l'est. Certes, vu de l'extérieur, on croirait à un tableau de Norman Rockwell, mais on se chamaille tout le temps et des trucs dingues nous arrivent, à nous aussi.

— Ma belle, quand ta famille pète, ça fait presque des paillettes.

Il a osé. Je relève la tête, le nez froncé, et lui lance un regard de reproches.

— Tu crois ça ?

Il opine du chef, ses mains plaquées sur mon dos.

— J'ai jamais rencontré une famille comme la tienne. Vous vous aimez tous. Vous feriez n'importe quoi les uns pour les autres. Vous vous disputez parfois, c'est vrai, mais ça déborde d'amour chez vous.

Je m'écarte, bouche bée. Vu ses parents, le fait qu'il ignore ce que veut dire le mot *famille ne devrait pas m'étonner*.

— C'est comme ça que fonctionne une famille.

— C'est comme ça que fonctionne *ta* famille.

Je penche la tête et croise les bras.

— Parce que t'es dans ce domaine ?

J'aurais dû me taire. J'ai eu tort de lui jeter son enfance désastreuse à la figure, mais ça a été plus fort que moi. Je ne sais pas retenir ma langue bien longtemps. Parler de ma famille, c'est le moyen le plus sûr pour me faire démarrer au quart de tour et que je me mette à cracher inconsidérément mon venin.

Il hausse les épaules.

— Je sais pas. Le peu de temps que j'ai passé avec les Gallo, j'ai…

— Choisis bien tes mots, l'avertis-je, prête à lui dire ses quatre vérités.

Son comportement à la noix, depuis qu'on est partis, je peux faire avec.

Sa colère, passe encore.

La seule chose que je ne supporte pas, ce sont les piques sur ma famille.

Il prend une grande respiration et pousse un soupir.

— Quand tu regardes ma famille, tu te dis « Quelle bande de paumés », hein ?

— Pas vraiment, esquivé-je.

Je ne suis pas certaine que *paumé* est un terme suffisamment fort pour décrire les Moore. Je ne connaîtrai jamais sa mère. En revanche, son père, le peu de temps que j'ai passé avec lui… il a tenté de me faire la peau. Sa grand-mère et Austin me sont complètement étrangers, mais ils ne le seront pas bien longtemps.

Pike me dévisage comme s'il ne me savait pas sincère.

— Tu es une piètre menteuse.

Puis, il secoue la tête, un sourire en coin.

— Peut-être la pire de la planète.

Je ris et hausse les épaules.

— Je ne voulais pas te blesser.

— Allez, en route, me dit-il tout en faisant un geste en direction de l'habitacle. J'aimerais y être avant la tombée de la nuit.

Je commence à me diriger vers l'avant du pick-up, quand il m'attrape la main. Je pousse un petit cri et tressaute, quand il m'attire à nouveau dans ses bras.

— Promets-moi que tu ne vas pas me haïr après ce voyage, m'implore-t-il, ses yeux fouillant les miens.

— Évidemment !

Interloquée, je cligne des yeux.

— Pourquoi te haïrais-je ?

Il prend mon visage entre ses mains et me caresse la mâchoire avec les pouces.

— Quand tu découvriras d'où je viens et le peu de famille qu'il me reste, ça risque de ne pas te plaire. Parfois, c'est plus facile de rebrousser chemin plutôt que de traverser un marécage boueux, même s'il y a un truc vraiment génial au bout.

— C'est toi le truc vraiment génial ? dis-je sur un ton espiègle.

— C'est nous le truc vraiment génial.

Il a prononcé cette phrase avec le plus grand des sérieux.

Et moi, je n'arrive pas à contenir ce sourire idiot qui s'étire sur mon visage. Je pose une main sur son torse, à l'endroit où se trouve le cœur.

— On a déjà vécu des choses vraiment moches ensemble, Pike, et je suis toujours là.

Il pose son front contre le mien, les paumes épousant toujours mes joues.

— Putain, heureusement les petits miracles existent, chuchote-t-il.

Je me tais et le laisse à son ravissement. Je me contente de respirer son odeur et de contempler la mélancolie qui marque ses traits.

Il rouvre les yeux et les plonge dans les miens.

— Je retire ce que j'ai dit plus tôt.

— Quoi donc ? murmuré-je tout en agrippant son tee-shirt des deux mains.

— Je suis content que tu m'accompagnes. Je crois que j'aurais pas réussi à le surmonter tout seul, me confesse-t-il.

En un claquement de doigts, l'ours mal léché s'est envolé et celui que j'aime est de retour.

— C'est à tes côtés que je veux être, et nulle part ailleurs. Je ne te laisserai jamais traverser un truc pareil seul.

Il y a encore peu, je n'avais qu'une envie : qu'il retourne à Daytona. Je n'en revenais pas de le voir se pointer à Inked, tout droit sorti de nulle part, et je doutais que ce soit le fruit du hasard. Or, après tout ce que nous avons traversé, son arrestation, le petit séjour au QG des Disciples, et la tentative de meurtre, j'ai un sentiment presque animal envers lui.

J'ai ce besoin irrésistible de m'assurer qu'il va bien et d'être à ses côtés, ce que je n'ai jamais ressenti auparavant envers qui que ce soit.

Les doigts de Pike me relèvent les mentons et approchent ma bouche de la sienne. Ses lèvres sur les miennes sont aussi légères qu'une caresse, mais pleines de la douceur du moment. Je pourrais rester ainsi pour l'éternité, à le couvrir de tendres baisers.

À cet instant, la vie est simple.

Rien n'essaie de se dresser entre nous. Personne ne nous piaille à l'oreille qu'on est nocifs l'un pour l'autre ou tente de nous zigouiller.

— On ferait bien d'y aller, déclare-t-il lorsqu'il écarte son visage du mien, mettant fin au baiser. Ma grand-mère nous attend et, si elle est déjà hargneuse, plus elle patientera, pire ce sera.

Super.

— On dirait Maria.

— Constance peut être pire, affirme-t-il.

Il laisse retomber ses mains et brise le contact.

Je m'écarte lentement et, sans le quitter des yeux, je contourne le pick-up pour rejoindre le côté passager.

— Alors qu'est-ce qu'on fait encore ici ? C'est déjà assez nul comme ça de faire la connaissance de ta grand-mère dans ces circonstances. Je ne tiens pas à la faire attendre. Il faut que je lui plaise, Pike.

— Pourquoi ? me demande-t-il alors qu'il se glisse à l'intérieur du véhicule et que je m'installe à ses côtés. Tout ce qui compte, c'est que tu me plaises.

Je me tourne vers lui et le regarde en papillotant des paupières : il n'a visiblement rien compris à mon sujet, même après tout ce qu'on a traversé.

— Tu débarques ou quoi ?

Il fronce les sourcils et lance un regard vers moi tout en tournant la clé dans le contact.

— Comment ça, je débarque ?

Je hoche vivement la tête.

— Tu sais bien que la famille, ça compte pour moi. Genre, plus que *tout*. Pas seulement la mienne. La tienne aussi. Si ta grand-mère ne m'aimait pas…

Je marque une pause et secoue la tête, désabusée, car le regard qu'il m'adresse indique clairement qu'il ne me comprend absolument pas.

— Démarre, lui lancé-je, avec un geste en direction du pare-brise. Je t'expliquerai en route. On gaspille de précieuses heures de clarté.

— On est à trois heures seulement de notre destination, me rétorque-t-il, comme si c'était censé faire toute la différence.

Je croise les bras, les lèvres pincées, et le fixe du regard.

— C'est bon, me lance-t-il, un poil excédé.

Il passe un bras derrière mon siège, puis amorce une marche arrière brutale et quitte la place de stationnement plus vite que je ne m'y étais préparée.

Eh bah. Pike Moore n'aime pas qu'on lui dise ce qu'il a à faire.

Je me cramponne à la portière et tourne le visage vers lui. J'ai envie de lui coller une gifle.

— Quoi ? assène-t-il, avec un regard en coin.

Je secoue lentement la tête, me répète qu'il traverse un moment difficile, et je prends une grande respiration pour ne pas dire un truc que je regretterai à coup sûr. *Fous-lui la paix, Gigi. Laisse-le passer ses nerfs comme ça lui chante, il faut que ça sorte*. Je sais qu'il ressent tout un tas d'émotions qu'il garde en lui.

— Revenons à nos moutons, reprends-je d'une voix calme et posée. Je tiens à ce que ta grand-mère et Austin m'apprécient. Ça compte beaucoup pour moi. Tout comme ça compte que ma famille t'apprécie.

— Je crois que ça, c'est mort.

Il ne m'adresse même pas un regard lorsqu'il prononce la phrase.

— Qu'est-ce qui est mort ?

Je plisse les yeux. Mon cœur s'est mis à battre plus vite.

Il plante son regard dans le mien, tandis que nous patientons à un feu rouge avant d'entrer sur l'autoroute.

— Ta famille, surtout ton père, ne m'aimera jamais.

— C'est faux.

Il se tourne à nouveau vers la route et jette un coup d'œil dans le rétroviseur quand le feu passe au vert.

— La discussion que j'ai eue avec ton père hier était tout, sauf amicale.

— Il se remettra du choc. Ça va lui passer.

Pike lâche un rire amer.

— J'ai connu un paquet d'hommes comme ton père, et s'il y a bien une chose qu'ils ne font pas, c'est de passer à autre chose, surtout quand ça touche à leur femme ou leurs enfants.

Je fixe à mon tour la route et tente vainement de desserrer la mâchoire.

— Mon père n'est pas comme la plupart des hommes.

— T'as tout compris, s'empresse-t-il de me répondre. Il est pire.

Je tourne brusquement les yeux vers lui et serre les poings sur mes cuisses.

— Je le connais depuis toujours. Ça *va* lui passer et dès qu'il te connaîtra comme je te connais, il t'aimera lui aussi. Par contre, si tu continues à faire ta tête de mule…

— Tu te fourres le doigt dans l'œil, ma belle.

Il me lance un bref regard.

— Ton père et moi, on sera jamais copains. Il me verra toujours comme celui qui a mis la vie de sa fifille en danger.

Je serre les dents. Cette conversation m'agace.

— Je sais que tu penses connaître mon père, mais tu es loin du compte. C'est vrai, il est protecteur…

— Protecteur ?

Il lâche un rire.

— Ton vieux est bien plus que protecteur.

— Laisse-moi finir ! râlé-je tout en le fusillant du regard. Ma famille sait pardonner, tu peux me croire. Personne ne te tiendra rigueur de choses que tu n'as pas faites et qui sont indépendantes de ta volonté. Tu n'es pas responsable de ce qui nous est arrivé. Mon père le sait. Au fond de lui, il le comprend. Il a simplement besoin de temps pour se calmer et retrouver ses esprits.

Pike secoue la tête, un bras au-dessus du volant, comme si on faisait une balade dominicale.

— Tu as besoin de te sentir aimée, je le sais, bébé, mais pas moi. Je suis ce que je suis. Je ne changerai pas. Qu'il s'agisse de mon milieu d'origine ou de mon passé avant d'avoir poussé la porte d'Inked. Que ton père m'aime ou non, je m'en remettrai. Ça ne changera pas mes sentiments pour toi.

Je prends une grande inspiration et digère ses paroles avant d'oser ouvrir la bouche. Mon corps tout entier est raide et le fait de me savoir coincée dans le pick-up, incapable de sortir, n'aide pas à faire redescendre ma colère.

— Tu crois franchement que je peux vivre avec l'idée que toi et mon père, vous vous mangez le nez constamment ? pesté-je, la bouche béante.

Il hausse les épaules.

— J'en sais rien. On verra bien.

Je me passe la main sur le visage, excédée, et pousse un grognement rageux dans ma paume.

— Sans déconner… Je n'aurais jamais dû te laisser lui parler après ce qui s'est passé.

— Nan, ma belle. C'était à moi de le faire. Je devais lui montrer que j'ai des couilles au cul, et c'est ce que j'ai fait. Il a peut-être pas aimé ce que je lui ai dit, mais je l'ai dit quand même. Point barre. On passe à autre chose.

J'écarquille les yeux.

— *On passe à autre chose* et *point barre* ?

Non, mais je rêve !

Pike hoche la tête sans me regarder, les yeux rivés à la circulation.

— Tu es sérieux, là ? m'égosillé-je sur un ton irrité, la voix montant dans les aigus.

— Je peux pas forcer ton père à m'aimer.

Je ferme les yeux et murmure :

— Connard.

— C'est moi, le connard ?

Je préfère ne pas le regarder. Je suis trop énervée. Je me contente de fixer la route et réponds sèchement :

— Oui. Réveille-moi quand tu voudras que je prenne le relais.

Mais qu'est-ce que je fais avec un mec comme Pike ? Il ressemble beaucoup trop à mon père, ça me gonfle parfois. Il est lunatique, caractériel, autoritaire. Depuis qu'il a débarqué dans ma vie, rien n'est simple.

À Daytona, c'était facile. On était loin de tout et de tout le monde. Il n'y avait pas mes parents pour se mêler de nos affaires ou de truands qui voulaient notre peau.

Pike traverse une mauvaise passe. Une passe vraiment sale. Il doit faire face à la mort de sa mère et s'apprête à affronter son passé, y compris son petit frère et sa grand-mère qu'il n'a pas vus depuis des années.

Tout ce que je peux faire, c'est être là pour lui et espérer que le type que j'ai connu à Daytona, le joyeux imbécile qui a attiré mon regard, me revienne.

Je ferme les paupières. J'ai simplement envie de me retrouver seule quelques instants. Puisque c'est impossible, je trouve une autre option : je vais piquer un somme.

— On est arrivé, ma belle.

Les doigts de Pike me caressent la joue si délicatement que je les sens à peine.

Je tente de me réveiller et marmonne :

— Déjà ?

— J'en ai bien peur.

Je cligne des paupières pour tenter de dissiper le brouillard dans ma tête. Le gris sans fin de la route a laissé place à une explosion de couleurs : une pelouse verdoyante et un ciel jaune orangé par le soleil qui se couche derrière les montagnes.

— Les voilà.

Pike penche la tête vers le pare-brise, tandis que je m'étire.

Je suis son regard jusqu'à une vieille dame et un jeune homme qui sortent d'une maison blanche entourée d'un magnifique porche. Je baisse le pare-soleil et ouvre le miroir pour m'assurer que je n'ai pas la mine aussi déterrée que je le pense.

— Tu es belle, me dit Pike, tandis que j'essuie le mascara qui a fait des pâtés sous mes yeux.

— Tu aurais dû me prévenir qu'on arrivait, gémis-je, en panique.

— J'ai essayé, mais tu ne te réveillais pas. Vu la vitesse à laquelle ma grand-mère marche, tu as encore deux bonnes minutes.

— Putain, ces hommes, marmonné-je tout en rabattant le pare-soleil, bien consciente que je ne pourrai pas faire mieux.

C'est à cet instant que je parviens à mieux distinguer son frère, Austin. Le garçon est une réplique de Pike, en plus jeune, à l'exception de ses cheveux bruns et de l'absence de tatouages. Il tient le bras de sa grand-mère et l'aide à traverser l'allée en bon petit gentleman.

— La vache, lâche Pike, tandis qu'il les examine du regard. Je réalise seulement maintenant que ça fait un bail que je les ai quittés.

Je tends le bras et, lui prenant la main, je glisse mes doigts entre les siens. Certes, il a été vraiment casse-pied, mais je suis là pour le soutenir, alors je vais le soutenir.

— Prêt ?

Je lui caresse le poignet avec le pouce.

— Pas le choix, me répond-il avec un haussement d'épaules.

— Je suis là pour toi.

J'aurais préféré que les circonstances soient plus heureuses.

Un mince sourire se dessine sur son visage et il me serre les doigts en guise de remerciement avant de saisir avec l'autre main la poignée de la portière.

— Je ne voudrais personne d'autre à mes côtés.

Il sort.

Je me glisse à mon tour hors du pick-up et reste un peu en retrait lorsqu'il avance vers sa grand-mère.

Le regard d'Austin passe de Pike à moi. Lorsque nos yeux se croisent, un petit sourire se met à danser sur ses lèvres et il me décoche un clin d'œil comme s'il me voyait déjà m'agenouiller devant lui et proclamer que j'ai flashé sur le mauvais Moore.

Doux Jésus.

J'arque un sourcil et fixe le môme d'un air incrédule. Bon, ne vous méprenez pas, il est grave canon, mais c'est un bébé.

— Mamie, je te présente Gigi, annonce Pike, qui attire mon attention et me fait oublier Austin.

J'adresse un grand sourire à la charmante vieille dame à la chevelure blanche et aux prunelles marron très expressives.

— C'est un honneur de vous rencontrer, madame, déclaré-je tout en rabattant une mèche de cheveux derrière l'oreille.

Elle avance vers moi, un sourire creusant les rides autour de sa bouche.

— Approche, trésor. Mes vieilles billes n'y voient plus très clair.

Elle me fait signe d'approcher et je m'exécute, réduisant la distance entre nous. Je lance un regard à Pike, qui se contente de hocher la tête.

Elle me prend les mains et les serre, avant de me regarder dans les yeux.

— Une vraie beauté au naturel, murmure-t-elle. J'aime les filles qui n'ont pas besoin de se peinturlurer le visage pour être vues.

Je n'ose pas lui annoncer qu'une bonne partie de mon « visage » s'est estompé entre la Floride et le Tennessee. Je n'ai jamais porté une tonne de maquillage, mais je quitte rarement la maison aussi « nue ».

— Merci, madame.

— Appelle-moi Connie.

Elle me tapote la main et m'offre un accueil chaleureux malgré le moment particulièrement éprouvant qu'ils traversent.

— Connie, reprends-je, tandis que Pike va rejoindre son frère et nous laisse seules.

Connie suit Pike des yeux sans me lâcher les mains et regarde les deux frères échanger des mots qu'aucune de nous ne parvient à entendre.

— J'ai le cœur gonflé de joie, me confie Connie, tandis qu'elle observe, souriante, ses petits-fils. C'est bon de les voir ensemble. Quel dommage qu'il ait fallu leur mère meurt pour que ce moment se produise !

— Oui, murmuré-je en retour, pendant que les deux garçons se donnent l'accolade pour la première fois depuis des années.

— Ils ont besoin l'un de l'autre, poursuit Constance. On est incomplet lorsqu'on est séparé de nos frères et sœurs.

Je comprends ce qu'elle veut dire. Lorsque j'ai quitté

le nid pour aller à l'université, ça m'a fait bizarre de me retrouver sans mes petites sœurs. Elles avaient été présentes à chaque instant de ma vie. J'avais rarement des moments à moi et, du jour au lendemain, tout était devenu silencieux.

— Peut-être tisseront-ils de cette tragédie un lien plus fort que jamais. Ils n'ont plus de famille. Il ne leur reste que l'un et l'autre, ajoute-t-elle.

Je tourne le regard vers Constance, nos mains toujours entrelacées.

— Ils vous ont, vous.

— Trésor, je suis une vieille dame. Mes jours sont comptés et je pourrais partir en paix si je sais que je ne les laisse pas seuls.

La mélancolie s'empare de moi tandis qu'elle parle. Je pense rarement à l'écoulement du temps. La mort est une chose sur laquelle je ne m'attarde pas. Or, alors que je suis là, près de Connie, à l'écouter me faire part de ses souhaits pour Pike et Austin, ma propre mortalité me revient en pleine face.

— Je suis certaine qu'ils vont se rapprocher maintenant qu'ils sont adultes, dis-je pour la rassurer.

Seulement, qui sait ce qui trotte dans la tête de Pike ? Il ne parle guère de son frère. On dirait deux étrangers, bien qu'ils aient grandi sous le même toit. Je ne m'imagine pas ressentir la même chose pour mes sœurs.

— Laissons-les un peu ensemble. Un thé glacé ? me propose-t-elle tout en m'entraînant vers la maison.

Ils sont tellement absorbés par leur conversation qu'aucun d'eux ne remarque que nous nous en allons. J'espère qu'ils trouveront le moyen de renouer.

— Avec plaisir.

Je lance un dernier coup d'œil à Pike et Austin, avant de suivre Constance à l'intérieur.

Sans la famille, nous ne sommes rien, et, là, ils ont besoin de se retrouver.

CHAPITRE
QUATRE

PIKE

AUSTIN S'EFFONDRE PRESQUE contre moi sitôt que je le prends dans mes bras.

— Je suis tellement content que tu sois là, murmure-t-il, me serrant comme si j'étais le seul à pouvoir le maintenir encore debout. Je me sens hyper seul.

C'est la première fois que j'ai un pincement au cœur depuis que j'ai appris la mort de ma mère. Je ne suis pas triste pour cette peau de vache. C'est pour mon frère que je suis chamboulé.

— Je suis venu pour toi.

Je le serre plus près de mon cœur pour lui insuffler la force dont il a besoin.

— T'as aucune idée de ce que j'ai vécu ces derniers jours, me dit-il.

Il s'écarte, les yeux brillants et baignés de larmes.

— Personne peut savoir, ajoute-t-il.

Il n'a plus rien du petit môme que j'ai laissé derrière moi quand je me suis tiré de ce bled paumé et ai fui la vie que j'y menais.

— Tu m'as manqué, lâche-t-il sans me laisser le temps de répliquer.

Je réalise à peine que mon frère est aujourd'hui un jeune homme et non plus un petit garçon.

— Tu m'as manqué aussi, avoué-je pour la première fois de ma vie.

Si mes parents ne m'ont jamais bien traité, ils ont couvé Austin. Cependant, je n'ai jamais entretenu d'animosité à son égard. Il ne m'a jamais nargué ni fait quoi que soit pour susciter ma rancœur. C'est à mes parents que j'en veux. Lui seul me montrait de l'affection et de l'attention, ce qui rendait mes vieux dingues.

— Vous restez ici quelques jours ?

J'acquiesce d'un hochement de tête, incapable de retrouver ma voix, submergé par la culpabilité d'avoir loupé toutes ces années. De ne pas avoir été là pour lui. D'avoir raté tous les moments clés de sa vie. De ne pas figurer dans une grande partie de ses souvenirs et de savoir que je n'y figurerai jamais.

— Tu m'as l'air…

Austin laisse sa phrase en suspens et se balance sur ses pieds.

Je hausse un sourcil et esquisse un petit sourire dans l'espoir de détendre l'atmosphère.

— J'ai une sale gueule, tu peux le dire.

Il passe une main dans ses cheveux bruns et regarde ses pieds pour dissimuler son sourire.

— C'est toi qui l'as dit.

Un silence gênant s'installe. Je ne sais pas trop quoi dire après toutes ces années d'absence et je suis à peu près certain que lui non plus.

Je jette un coup d'œil en direction du patio où se trouvaient Gigi et grand-mère, mais elles ont disparu.

— La vie a le chic pour te tanner la peau. Tu verras quand tu seras plus vieux.

— Si c'était le cas, j'aurais l'air d'un vieux morceau de cuir, réplique-t-il avec une moue. Je suis pas prêt à affronter tout ça.

— Tu n'as que dix-sept ans, Aus. Ta peau de bébé est trop neuve pour marquer.

Je lui donne un petit coup taquin à l'épaule, même si le moment n'est pas vraiment à la rigolade.

— Tu as soif ? me demande-t-il, tandis qu'il se ressaisit enfin et redresse le dos.

Je hoche la tête.

— Je serais pas contre un verre.

— Mamie a acheté un pack de bière à l'épicerie du coin, mais elle refuse que j'en prenne une.

Il lève ses yeux bleus au ciel et se frotte la nuque.

— C'est pas l'éclate avec elle, frérot.

— T'as pas besoin d'éclate. L'éclate, dans le coin, c'est synonyme d'emmerdes et de mauvaises fréquentations.

Je pointe un doigt sur lui.

— Et ce genre d'éclate-là, c'est la dernière chose dont tu as besoin.

Austin repousse mon doigt et passe un bras autour de mes épaules.

— Y a rien de mal à boire un verre avec mon frère. J'ai juste envie de décompresser, taper la discute autour d'une bière et savoir enfin où tu étais passé ces dix dernières années.

— Crois-moi, tu ne veux pas savoir.

— Bien sûr que je veux savoir ! Tu as disparu du jour au lendemain. Pouf ! Plus personne.

Je grimace. Une bile de culpabilité vient de me remplir l'estomac.

Il tourne le visage vers moi et me foudroie du regard, alors je me prépare à la suite.

— C'est comme si tu étais mort, sauf que tu étais vivant et que tu m'as oublié.

L'entendre me dire que je l'ai abandonné m'atteint au vif. Je n'ai jamais vraiment réfléchi à la manière dont mon départ pouvait l'affecter. Il n'avait que sept ans quand je suis parti, et ça ne m'était même pas venu à l'esprit qu'il le remarquerait.

Franchement, on se voyait à peine. Mes parents y avaient veillé. Ils avaient tout fait pour nous séparer dès lors que j'étais parti vivre chez ma grand-mère.

— Allons chercher cette bière et buvons-la au bord de la rivière, ça te dit ? Proposé-je.

La grand-mère ne va pas nous en chier une pendule.

— Tu vas les chercher et on se retrouve là-bas ?

Il fait un geste en direction du sentier qui traverse encore aujourd'hui les épaisses broussailles longeant l'allée.

— Ce sera plus simple si c'est toi qui les demandes, ajoute-t-il, tandis que sa main retombe de mon épaule.

— Je t'y retrouve dans cinq minutes.

Puis, il disparaît dans les bois et je pars en direction de la maison.

Rien n'a changé depuis ma dernière visite. On dirait que le temps s'est arrêté net, pendant que, moi, j'ai continué ma vie.

— Où est Austin ? demande ma grand-mère, penchée au-dessus de l'îlot central de la cuisine sur lequel sont posés deux verres d'Ice-tea.

— Il est à la rivière, il m'attend, dis-je avec un regard en direction de ma copine, qui semble à l'aise, assise dans cette cuisine.

Grand-mère hausse un sourcil, car elle sait exactement ce qui se manigance près de la rivière.

— Il n'a que dix-sept ans, Pike.

Je hausse les épaules, avant de me placer derrière Gigi et de passer mes bras autour de ses épaules.

— Certain que ce ne sera pas sa première bière.

Gigi me regarde par-dessus son épaule et pose ses mains sur les miennes.

— Ne bois pas trop, d'accord ?

Je plante un baiser sur le sommet de son crâne sous l'œil attentif de ma grand-mère.

— Que quelques-unes, ma belle. Promis. On sera vite de retour. Ça ne te dérange pas de rester ici avec elle ?

Grand-mère croise les bras, incline la tête sur le côté et plisse les yeux.

— Voilà que tu m'appelles *elle*, maintenant ?

Je ris.

— Mamie, je te connais. Je veux juste m'assurer que tu seras gentille avec ma copine.

Elle secoue la tête d'un air désabusé et fronce le nez.

— C'est la première femme que tu amènes à la maison. Tu penses bien que je vais me montrer gentille ! Mais, ça ne veut pas dire que je n'ai aucune question à propos de mon petit-fils ou de la belle môme qui se tient dans ma cuisine.

Ses lèvres s'étirent en un sourire.

— Tout ira bien. Je te le promets.

— Va rejoindre ton frère, confirme Gigi, qui s'efforce de se retenir de glousser devant le ridicule de la conversation. Je sens que ta grand-mère et moi, on va s'entendre à merveille.

— Nous, nous allons discuter entre femmes, renchérit ma grand-mère tout en braquant son regard sur moi. Toi, tu as besoin de ton petit moment entre garçons avec ton frère.

— On n'est plus vraiment des *garçons*, mais on doit avoir une conversation d'homme à homme, je te l'accorde.

J'embrasse Gigi sur la joue avant de me diriger vers le réfrigérateur. J'ouvre la porte, saisis le pack de six bières et, lorsque je me retourne, les deux femmes m'observent d'un air fasciné.

— Quoi ?

Ma grand-mère sourit.

— C'est simplement bon de te revoir ici. Va retrouver Austin. Ne tardez pas trop, nous allons commencer à préparer le dîner, Gigi et moi.

— Et vous comptez cuisiner quoi ? répliqué-je, le pouce pointé en direction du réfrigérateur quasiment vide. Il n'y a rien là-dedans.

— Pike, il m'est arrivé de cuisiner avec moins que ça. Allez, du balai !

Elle me chasse de la cuisine.

La balade est courte pour rejoindre la rive où se trouve Austin. Il est assis dans un fauteuil en bois Adirondack, courbé en avant, les coudes sur les genoux, un long bâton dans la main avec lequel il tapote la surface de l'eau.

— Désolé, j'ai été long.

Je pose le pack de bière entre nous et m'installe sur la chaise de jardin à côté de lui.

— Les gonzesses…

— Tu as traité mamie de *gonzesse* devant elle ? s'étonne Austin.

Je hausse les épaules et je ris, car il sait aussi bien que moi combien elle déteste ce mot.

— P'têt bien.

Je tends le bras pour prendre deux bières et lui en offre une.

— Qu'elle essaie de me botter le cul maintenant ! Je suis un poil trop grand et trop rapide pour elle.

Austin se joint à mon rire et prend la bière que je lui tends.

— Elle est trop vieille pour tout ça. Aujourd'hui, elle te fait juste son regard, là, celui quand t'as merdé. Tu vois lequel ?

Je hoche la tête, car je vois très bien comment elle parvient à vous filer les jetons rien qu'avec la menace qui plane dans son regard et la torsion de sa bouche.

— J'y ai souvent le droit, poursuit-il, avant de dévisser la capsule de sa bière et de la jeter dans la vase. Elle est peut-être moins rapide aujourd'hui, mais elle fait toujours autant flipper.

Je décompresse peu à peu dans cet endroit où j'ai souvent traîné durant mon adolescence.

— Mamie aboie beaucoup, mais elle est pas méchante. On ne peut pas en dire autant de certains autres.

Austin fait la moue. Il est jeune, mais il a bien vu ce qui se passait la maison.

— Je sais pas pourquoi ils ont toujours été très gentils avec moi et t'ont traité, toi, comme de la merde.

Le chagrin passe dans son regard.

— Je suis désolé.

— Tu n'as rien fait de mal. Oublie ça, Aus. Chacun a son lot de conneries dans la vie et, celui-là, c'était le mien. Tout ça est derrière moi. Je me suis enfui et suis allé là où on voulait de moi. J'ai beau être né dans une famille, j'ai fait ce qu'il fallait pour m'en choisir une nouvelle.

Son regard se perd au loin, tandis qu'il pose la bouteille entre ses jambes.

— Où es-tu allé ?

Je suis son regard et contemple les arbres, moi aussi. On a tous les deux connu la souffrance. La mienne a été causée par ceux qu'il aimait de plus et la sienne par mon absence et le décès de notre mère.

— Je me suis tiré, voilà tout, je confie à voix basse tout en enfonçant les talons de mes bottines dans la vase épaisse de la berge. Je voulais être n'importe où, sauf ici.

Il me jette un coup d'œil, les sourcils foncés.

— Et t'as atterri où ?

— J'ai pris la direction du sud.

Je hausse nonchalamment les épaules et me demande combien de mon histoire je devrais lui confier. Et puis, je me dis que je ferais mieux de ne rien lui cacher.

— Je suis parti avec cinq cents billets en poche. J'ai créché dans des motels plutôt glauques en chemin vers la Floride, claquant le plus gros de mon fric avant même d'avoir atteint la frontière de l'état.

Il se tourne sur son siège pour m'accorder toute son attention. Attention dont je me passerais bien, mais que je n'ai pas d'autre choix que d'accepter.

— Du coup, qu'est-ce que tu as fait ?

— Ma vie a pris un tournant inattendu près de Jacksonville.

Il hausse les sourcils de curiosité.

— Jacksonville ?

— Oui. J'étais là, tranquille, à faire le plein de ma bécane, quand c'est parti en vrille.

— Qu'est-ce qui s'est passé ?

— Je me suis pris une balle ce soir-là.

Je souris en repensant à la stupidité de la scène.

Ses yeux deviennent ronds aussitôt que les mots franchissent mes lèvres.

— Tu t'es fait tirer dessus ?

— Des bikers en pleine prise de bec avec des nuls tout près de la station essence. J'ai été pris entre deux feux.

— La vache, murmure-t-il tout en secouant la tête. Où as-tu été touché ?

— À l'épaule.

Je frotte l'endroit où j'aurai toujours une cicatrice.

— J'étais pas tellement amoché, mais j'étais furax. Je me suis bastonné avec un des bikers et il a fini par me castagner l'épaule, me faire mordre la poussière.

— Tu déconnes ? lance Austin, bouche bée. Pour de vrai ? L'enfoiré t'a frappé au niveau de ta blessure ?

Je hoche la tête. Ça paraît complètement tordu.

— J'ai perdu connaissance sous la douleur. Je ne me souviens de rien, jusqu'à ce que je me réveille à leur QG.

Austin ravale sa salive et ses jointures sont blanches de trop serrer sa bière.

— T'as flippé ?

Je secoue la tête. Je mens à fond, parce qu'en vérité, il faut être un abruti fini pour ne pas faire dans son froc en pareille situation.

— Bah, tu sais, j'en menais pas large en me réveillant.

On m'avait soigné l'épaule et la balle avait été extraite, mais j'avais aucune idée de ce qu'ils comptaient faire de moi. Quand j'ai vu passer le type qui m'avait tabassé, il a fallu trois hommes pour me retenir.

Je ricane en me remémorant la tête de Morris quand je me suis jeté sur lui.

Austin me décoche un sourire suffisant.

— Je lui aurais dégommé la mâchoire. L'enculé aurait bouffé de la soupe pendant un mois.

La verdeur de mon frère me fait sourire. S'il connaissait Morris et avait ne serait-ce que posé les yeux sur l'homme, il comprendrait vite qu'il n'a absolument pas la puissance nécessaire pour lui briser la mâchoire.

— J'ai pas pu lui rendre la monnaie de sa pièce, mais après avoir discuté avec lui, j'ai compris pourquoi il avait fait ça.

— Je crois que j'aurais jamais pu pardonner un truc pareil, marmonne-t-il dans sa barbe.

Je siffle la moitié de ma bière et laisse le liquide frais me tapisser la gorge, pendant que je m'efforce de trouver quelques paroles de sagesse à répliquer.

— En grandissant, on réalise que la rancune n'en vaut pas toujours la peine. À un moment donné, il faut savoir passer à autre chose, sans quoi tu resteras toujours tourné vers le passé.

Austin s'adosse à son siège et ses yeux retournent à la forêt trouée par les rayons du soleil couchant.

— Je suppose, murmure-t-il. Que s'est-il passé ensuite ?

Je lâche un soupir, car il y a tant à en dire. Je pourrais parler de mon séjour chez les Disciples durant des jours que ce serait encore insuffisant pour décrire tout ce qui s'y est passé.

— Ils m'ont proposé de rester quand ils ont appris que j'avais nulle part où aller. Alors, j'ai vécu là-bas quelques années. Je traînais avec eux, j'avais l'impression de faire partie d'une famille pour la première fois de ma vie.

La seule famille que j'ai connue.

— Attends un peu, me dit-il, tournant brusquement ses yeux vers moi. Tu as vécu avec un gang de bikers ?

Avec un hochement de tête, je porte la bière à mes lèvres avant de suspendre mon geste.

— Seulement quelque temps.

— Tu as dit quelques années, me corrige-t-il, me renvoyant les mots au visage.

Je hausse les épaules.

— C'est bien ce que j'ai dit, quelque temps. En vieillissant, les années ne paraissent plus si longues. C'est passé comme une flèche.

— Tu as fait des virées en moto et tué des gens ? me demande-t-il, tout excité.

Je fais non de la tête.

— Jamais. J'ai jamais porté le patch du prospect. Jamais voulu faire partie d'un club de bikers. Ils m'ont filé un endroit où crécher et j'ai fait quelques trucs pour eux, histoire de faire ma part, mais, sans déconner, c'était pas aussi dingue que tu as l'air de le croire. Tu regardes trop la télé.

— *Sons of Anarchy*, c'était ma série préférée ! Et maintenant, je découvre que j'ai Jax Teller dans ma famille.

J'éclate de rire devant sa remarque.

— Austin, je ne suis pas et n'ai jamais été Jax Teller. Je faisais pas partie des Disciples. Je portais pas leur cuir.

63

J'étais plus une « aide à domicile » qu'autre chose. Ils m'ont filé une piaule, de la bouffe et m'ont laissé traîner avec eux, c'est tout.

— Et genre, ils font des bringues démentielles ?

Il hausse un sourcil, parce qu'il a dix-sept ans et doit penser au sexe aussi souvent qu'il respire.

— Non.

C'est un mensonge, et je tâche de garder une expression aussi neutre que possible.

— Mytho, me lance-t-il tout en roulant des yeux. T'es en train de me dire qu'y a pas de nanas qui traînent à moitié sapées dans leur QG ?

— Si c'est le cas, je les ai jamais croisées.

C'est le récit que j'ai choisi de raconter, alors je m'y tiens. Pas question de faire passer, même un tout petit peu, cette vie pour celle à laquelle n'importe quel ado en chaleur aimerait goûter.

— Bref, baragouine-t-il contre le goulot de sa bière. Combien de temps es-tu resté avec eux ?

— Quelques années, histoire de me roder, peaufiner mes talents de tatoueur. J'aime dessiner. Ça a toujours été mon truc. Mon échappatoire. Sauf que dessiner dans un carnet et dessiner sur la chair, c'est deux choses différentes.

— Je me rappelle, tu étais tout le temps en train de gribouiller un truc ou un autre.

— Les gars du club m'ont laissé les utiliser comme cobaye. Ils ont eu des tattoos gratos jusqu'à ce que je touche ma bille.

— Donc, tu avais le gîte et le couvert, et eux des tatouages gratos ? résume-t-il.

— Un truc dans le genre.

— C'est plutôt honnête. Et puis, les nichons et les culs, ça devait être en bonus.

Et il se marre, parce qu'il sait très bien que je ne lui raconte pas tout.

Je vais rester sur ma version, parce qu'il n'a pas besoin de savoir pour les *nichons* et les *culs*.

Bordel, il y en avait tellement. De toutes les formes, toutes les tailles, tous les âges… Des chaudasses qui ne cherchaient rien d'autre que de se faire enfiler par tous les membres du club.

J'étais jeune, et tout ce qui m'importait, c'était de prendre mon pied. Le long terme, ça ne m'intéressait pas. Je voulais des coups d'un soir, et les nénettes qui squattaient le club étaient parfaites pour ce rôle.

— J'avais pas besoin d'eux pour ça. J'ai jamais eu trop de problèmes pour me trouver des nichons et des culs, petit, je réplique avec un clin d'œil. C'est bien la seule chose que nos vieux nous ont refilée… de bons gènes. On est beaux gosses.

— Je sais pas toi, mais, moi, je suis bien gaulé.

Il pose une main sur le torse et esquisse un sourire fiérot.

— Demande à n'importe quelle gonzesse du coin, renchérit-il. Elles font toutes la queue pour se frotter à moi.

Je lève les yeux au ciel. Je me souviens de l'époque où j'étais aussi prétentieux que lui. C'est ça, la jeunesse. La vie trouve toujours le moyen de te rappeler que tu n'es pas aussi brillant que tu le penses.

— Tu m'en diras tant !

Je ris en le voyant s'embrasser le biceps.

— Je suis sûr que ma perfection ne t'a pas échappé.

Bon, j'aimerais savoir ce qui s'est passé et pourquoi tu as quitté les Disciples.

Je descends le reste de ma bière et m'en sors une nouvelle. On va bien finir par tarir le sujet et en venir à ce qui a suivi mon départ.

— Il était simplement temps de partir. Après avoir travaillé dans le coin comme tatoueur durant près d'une année, j'ai mis les voiles vers le sud, à quelques heures de Jacksonville, là où je pouvais me trouver une place dans un bon salon. Je voyais encore les gars, on se retrouvait chaque année à la Bike Week de Daytona, mais je visais plus haut, ce que j'aurais jamais pu trouver chez les Disciples.

— Du coup, tu vivais quelque part au sud de Jacksonville ?

Je secoue la tête.

— Je vis au nord de Tampa maintenant.

Il fronce les sourcils.

— Tampa ? Comment t'es arrivé là ?

— J'ai vécu un certain temps près de Daytona. Je tatouais dans un salon plutôt correct, mais je voulais bosser dans le meilleur de Floride. Ces gars-là font des tattoos de malade qui se retrouvent dans tous les magazines de tatouages. Le jour où j'ai laissé ma première marque sur quelqu'un, j'ai eu envie de travailler là-bas.

— Et c'est à Tampa ?

— C'est à une heure au nord de la ville. Dans un trou paumé, mais pas comme ici. On trouve quand même des trucs autour, mais la vie là-bas est bien plus tranquille qu'à Daytona et son tourisme à la con.

— Et la bombe qui t'accompagne dans tout ça ?

Il fait un mouvement de tête en direction du sentier qui mène chez notre grand-mère.

— Je l'ai rencontrée à Daytona, mais c'est sa famille qui tient Inked. Elle y travaille et, à présent, moi aussi.

— Sans déconner ! Tu te tapes la fille du patron !

Il est bouche bée.

— Fais gaffe à ce que tu dis. C'est de ma nana dont tu parles.

— Ben…

Il remue sa bière tout en essuyant du pouce les gouttes de condensation accrochées à la bouteille.

— … tu couches avec elle, non ? C'est pas juste une copine avec qui tu traînes ?

— Oui, c'est ma copine.

— Au final, t'as ce que tu voulais ? T'as réalisé ton rêve et, en prime, t'as une copine.

— C'est elle, le véritable rêve, confessé-je, la gorge serrée. Mais, ça, je ne le savais pas quand j'ai passé la porte d'Inked. Je pensais avoir accompli mon rêve, en me dégotant cette place. Mais, Gigi…

Je secoue la tête, incapable de contenir le sourire qui me monte aux lèvres.

— Cette fille et sa famille, c'était eux, mon rêve. Simplement, je ne le savais pas avant que ça me tombe du ciel.

Austin donne un coup de pied dans la terre et y pose sa bière avant d'en prendre une autre.

— Tu as une famille ici, tu le sais, m'apostrophe-t-il tout en posant les yeux sur moi.

— Mamie et toi, je ne vous ai jamais oubliés. Avec le temps, on s'éloigne des gens, et…

Je marque une pause et passe une main sur mon jean.

— … je me suis dit qu'il serait plus facile pour tout le monde que je disparaisse.

Il fronce les sourcils.

— Plus facile pour qui ?

Je cligne des paupières, à court de mots.

— Pour nous ou pour toi ? ajoute-t-il.

C'est comme s'il venait de me coller son poing en plein sternum sans même lever un doigt. Les mots font mal.

— Pour moi, j'imagine, dis-je en toute honnêteté.

Austin se penche en avant, pose les coudes sur les genoux et plante son regard au sol.

— J'avais besoin de toi. J'aurais voulu que tu restes. Je n'avais que sept ans quand t'es parti. J'aimais bien te rendre visite ici.

Il tourne les yeux vers moi.

— Je m'en fichais de ce que pouvait dire maman et papa, tu étais et tu restes mon frère. Je me souviens encore du jour où je suis entré chez mamie et qu'elle m'a annoncé que tu étais parti.

Il secoue la tête et pousse un long soupir.

— C'était comme se prendre une gifle en pleine face.

— Je suis désolé.

Je me frotte le front et fais la grimace devant ces paroles qui font écho à toutes les émotions que j'ai enfouies profondément en moi et que je ne laisse jamais remonter à la surface.

— Je n'aurais pas dû partir sans te dire au revoir. J'ai été un frère merdique.

— Tu *es* un frère merdique, réplique-t-il, remuant le couteau dans la plaie.

Je l'observe attentivement. Les cheveux bruns, la

carrure large, la silhouette athlétique. Nous n'avons rien en commun.

— J'espère bien changer ça. Je dois me racheter pour le temps perdu avec toi.

— En effet, tu dois te racheter.

Il ne cille même pas au moment de prononcer les mots.

— C'est franchement naze qu'il a fallu que maman meure pour que tu reviennes ici, mais je suis content que tu sois là.

— Je suis désolé pour ce qui lui est arrivé.

Je pose la tête sur le dossier de la chaise et regarde défiler les nuages au-dessus de nous.

— Elle et moi, on avait une relation compliquée, mais je ne lui souhaitais pas un truc pareil.

— J'étais là, déballe Austin, et je détache mon regard du ciel pour le poser sur lui. Personne ne le sait. Pas même mamie.

Je me raidis.

— T'étais où ?

— Dans la maison, répond-il calmement.

Bordel de merde.

— Quand elle est morte ?

Il hoche la tête en silence. Sa lèvre tremble.

— On s'est cachés. Elle m'a dit de rester tapi, quoi qu'il arrive. Ils m'ont trouvé en premier et se sont servis de moi pour la faire sortir de sa cachette.

— Ils t'ont trouvé ?

J'essaie d'imaginer la terreur qu'il a dû ressentir.

Il hoche à nouveau la tête, une ride solidement plantée entre les sourcils.

— J'étais planqué dans le placard et ils m'ont tiré de ma cachette. J'ai essayé de me défendre, mais ils étaient trop nombreux pour moi. Je leur ai dit qu'elle était pas là, que j'étais seul, mais ils m'ont pas cru.

Il s'affaisse en avant et soupire.

J'aimerais tellement lui effacer ces affreux souvenirs.

— Merde, alors.

— Ils m'ont collé des beignes avant de me faire une balayette pour que je tombe par terre. Et là, ils m'ont pointé un flingue sur la tempe, au beau milieu du salon, et ont attendu. Ils savaient que maman finirait par se montrer.

Médusé, je secoue la tête. J'imagine la scène : ce môme de dix-sept ans, apeuré, une arme sur la tempe, et sa mère qui l'aime, forcée à sortir de sa cachette.

Atroce.

— Ça s'est passé en quelques minutes. Elle est descendue et les a suppliés de me laisser partir.

Il détourne la tête et s'essuie les joues avec le dos de la main.

— Ils ont dû me frapper avec la crosse, parce que l'instant d'après j'étais K.O. J'ai pas vu ce qu'il s'est passé, mais quand je me suis réveillé…

Il marque une pause et ravale sa salive, sa pomme d'Adam remue comme si elle menait un combat perdu d'avance.

— Maman baignait dans une mare de sang, l'arrière de la tête explosé.

Il se remet à fixer les arbres et s'efforce d'être fort, quand, moi, j'aurais craqué.

— Nom de Dieu ! murmuré-je, avant de prendre une grande respiration. Ça me désole que tu aies vécu tout ça. Que tu aies dû trouver maman dans cet état. Que tu aies dû traverser cette épreuve tout seul.

— Maintenant que tu es là, peut-être que…

Il me regarde avec un tel espoir dans les yeux que mon cœur saigne.

— … j'aurais plus jamais à traverser un truc pareil tout seul.

— Oui.

C'est une promesse que je ne peux pas tenir, et je le sais.

CHAPITRE
CINQ
PIKE

JE SUIS ASSIS sous le porche et m'efforce de digérer tout ce qu'Austin vient de m'apprendre, quand les bottines de Gigi apparaissent dans mon champ de vision.

— Que décides-tu à propos de ton frère ? me demande-t-elle.

Mes yeux remontent lentement ses jambes nues, son joli petit débardeur, et s'arrêtent enfin sur son visage.

— Quoi, qu'est-ce que je décide à propos d'Austin ?

Elle croise les bras et fronce les sourcils comme si on ne parlait pas la même langue.

— Après ça, je veux dire. Que va-t-il lui arriver ?

Que va-t-il lui arriver ? Je n'ai pas vraiment réfléchi à ce que fera Austin une fois les funérailles terminées.

— J'imagine qu'il va rester ici.

Les traits de Gigi prennent une expression indéchiffrable.

— Tu as conscience que ta grand-mère vieillit ?

— Je suis pas aveugle.

72

— Elle n'a peut-être pas envie d'élever un autre enfant à son âge.

— Enfant ?

Je ris et m'adosse à la chaise.

— Il a dix-sept ans. C'est plus vraiment un enfant et, dans un an, il ira à l'université ou où bon lui chante.

— Pike, me lance-t-elle avec un air de reproche tout en secouant la tête, comme si je venais de lui sortir la plus grosse connerie de la terre.

— Gigi.

— Il ne peut pas rester ici.

Je renverse la tête.

— Ah bon, et pourquoi ? Moi, je suis resté ici et je m'en porte bien.

— Non, qu'elle me rétorque tout en tapant du pied, visiblement furax contre moi… encore une fois. Ta grand-mère ne peut pas s'occuper d'un garçon de dix-sept qui est en train de traverser une période difficile après la mort de sa mère. Quelqu'un doit le surveiller pour qu'il ne finisse pas mal entouré. Imagine que tu aies été un homme différent et que tu aies intégré le gang. Où en serais-tu maintenant ?

Je croise les mains derrière la tête et essaie de garder mon calme pendant qu'elle monte en pression.

— Personne ne peut gérer personne, rétorqué-je, m'asseyant sur sa remarque. S'il doit foirer sa vie, il la foirera, qu'il reste ici ou aille ailleurs.

— Il ne la foirera pas si quelqu'un le guide.

— Il est grand maintenant.

Elle pose les mains sur les hanches, et je comprends qu'elle se prépare à la bataille.

— C'est un ado.

73

— Si, à dix-sept, il ne sait toujours pas comment s'éviter les emmerdes, on ne peut rien faire pour lui, Gigi.

En vérité, embarquer Austin avec moi et être responsable de quelqu'un d'autre que moi-même me fout les foies.

Elle pousse un soupir tremblotant.

— J'arrive pas à croire ce que j'entends.

— Que veux-tu que je fasse, bordel ?

Cela dit, elle n'est pas totalement à côté de la plaque, je le sais bien.

— Tu n'as vraiment pas de cœur, des fois.

Elle veut diriger ma vie. J'ai déjà vu les Gallo faire ça entre eux. C'est devenu un sport chez eux.

— Tu dois le ramener chez toi, me dit-elle enfin pour en venir au fait.

Je secoue la tête. Je pense que j'ai dû mal comprendre.

— Répète.

Elle pose son derrière contre la rambarde et soupire à nouveau.

— Ça n'a pas de sens qu'il reste ici. Il a besoin de toi. Tu as un appart, un boulot stable, et même si parfois tu agis comme un con, tu es foncièrement un type bien.

— Merci du compliment, marmonné-je dans ma barbe.

— Arrête, me rabroue-t-elle. Pourquoi le laisser ici ?

— Elle a raison, lance ma grand-mère, planquée derrière la moustiquaire à écouter aux portes comme à son habitude.

— Manquait plus que ça.

Voilà qu'elles vont se mettre à deux sur le dos.

— Bon, Pike, reprend ma grand-mère, qui vient s'asseoir dans le rocking-chair près de moi. Ta petite amie…

Elle fait un mouvement de tête en direction de Gigi, qui se tient là, un petit sourire satisfait aux lèvres.

— … n'a pas tort au sujet de ton frère.

Je me frotte le front, me préparant à être assailli de toutes parts. Je n'ai pas pensé que ma grand-mère voudrait qu'Austin reparte avec moi, mais alors pas une seconde.

Bordel, on se connaît à peine tous les deux.

Le gosse jouait encore aux petites voitures la dernière fois qu'on s'est trouvé dans la même pièce. Aujourd'hui, il les conduit.

— Tu ne peux quand même pas croire que c'est une bonne idée ? répliqué-je sur un ton caustique.

Ma grand-mère hoche la tête et m'adresse ce sourire plein de douceur qui a toujours réussi à m'attendrir.

— Il a besoin d'être guidé.

Je me penche en avant, pose les coudes sur les genoux et scrute le plancher de bois sous mes pieds.

— J'ai déjà du mal à me guider moi-même, mamie. Je ne pense pas que l'emmener soit une bonne idée.

Pas question que ce gamin rentre avec moi.

— Ton père est en prison et ta mère dans un cercueil. Il a besoin d'un homme dans sa vie pour lui montrer le chemin. Il doit apprendre à survivre dans ce monde de fous qui m'échappe. Je suis vieille, Pike. Trop vieille pour élever un adolescent.

Elle avale une longue gorgée de son thé, le temps que j'assimile ses paroles.

J'observe Gigi, qui contemple ses pieds et évite complètement mon regard, pendant que ma grand-mère reprend :

— Si Austin était une fille, je l'aurais gardée avec moi. Je lui aurais montré comment se conduire en société et ne pas se laisser marcher sur les pieds par les garçons. Or, ce n'est pas le cas. Dieu sait que ton père n'a pas fait son éducation. Donc, il ne reste que toi pour t'en charger, je sais quel homme tu es.

Sans ma grand-mère, j'ignore où je serais aujourd'hui, ni même qui je serais devenu. Chaque fois que j'ai entrepris quelque chose, je me suis demandé si ça pouvait la décevoir, et c'est cette seule perspective qui m'a empêché de faire des conneries ces dix dernières années.

— Non. N'y compte pas, dis-je, avant de me lever de ma chaise. Le débat est clos.

— C'est ce qu'on verra, réplique-t-elle sur un ton crâneur.

J'évite de me retourner pour voir son sourire fiérot.

Vie de merde.

CHAPITRE
SIX

PIKE

— TU ENTRES AVEC MOI ? me demande Austin, dans le couloir de la maison funéraire.

Gigi me presse la main, m'implorant en silence de ne pas me comporter en connard.

— Bien sûr, lui dis-je pour faire plaisir à ma copine, mais à mon plus grand désarroi.

La dernière chose dont j'ai envie, c'est de passer un moment seul avec cette femme qui m'a traité comme un moins que rien durant une grande partie de mon enfance.

Préférerais-je qu'elle soit en vie ? Évidemment.

Je ne souhaiterais à personne la mort, à moins que cette dernière ait voulu me buter ou buter l'un des miens. En revanche, suis-je affligé du fait qu'elle ait poussé son dernier souffle ?

Pas le moins du monde.

Austin recoiffe ses cheveux bruns, s'assurant pour la énième fois depuis qu'on a franchi les portes du funérarium que rien ne dépasse. Il paraît dix de plus dans son costume noir et n'a plus rien du gamin que j'ai laissé derrière moi.

Gigi se hisse sur la pointe des pieds et ses lèvres m'effleurent la joue.

— Soutiens-le, me chuchote-t-elle. Il a besoin de toi.

Je plonge le regard dans ses prunelles bleues.

— Bien sûr, dis-je pour la rassurer à voix basse de sorte qu'elle seule m'entende.

Ma grand-mère se tourne vers Austin et rajuste sa cravate pour s'assurer qu'elle est parfaitement mise comme il vient de le faire avec ses cheveux.

— Tu as le droit de pleurer, lui dit-elle lorsqu'il relève la tête.

— Je ne vais pas pleurer, mamie.

Elle lui touche la joue des bouts des doigts et lui adresse un sourire peiné.

— Je sais que tu es un grand garçon maintenant, Austin, mais tu as le droit de ressentir du chagrin.

Il saisit délicatement son poignet et écarte doucement sa main.

— Ça va aller.

Je lâche Gigi et rajuste ma veste pour je ne sais quelle foutue raison. Je retiens mon souffle lorsque le maître de cérémonie se place face à la double porte.

— Si quelque chose vous déplaisait, veuillez me le faire savoir, nous déclare-t-il sur un ton solennel.

Si quelque chose nous déplaisait ?

Y a-t-il quoi que ce soit de plaisant à participer à des funérailles ?

— Certainement, monsieur, lui répond Austin, avec beaucoup de maturité.

Il ne cesse de me surprendre. Il traite l'homme avec

élégance et respect, ce que je serais incapable de faire. Et encore ! Je ne suis pas bouleversé d'être là, moi. Non seulement il paraît plus vieux que ce qu'il est, mais, en plus, il agit parfois comme tel. Bien sûr, des traces du petit garçon subsistent, cependant il a vu des choses qui dépassent mon imagination.

Il l'a trouvée morte.

Je respire un bon coup et je suis mon frère à l'intérieur de la pièce meublée de chaises en bois soigneusement disposées en rangs égaux. Au fond, entouré de fleurs, repose un cercueil blanc, la partie supérieure du couvercle relevée, le visage de ma mère exposé aux regards.

Austin se fige et ses épaules se raidissent.

— Je sais pas si j'en suis capable.

J'ai son dos face à moi et son regard est braqué sur notre mère.

Je viens me placer près de lui et pose une main sur son épaule.

— Je serai là, à tes côtés.

Il prend une grande inspiration, ferme les yeux quelques instants et murmure des paroles si basses que je n'arrive pas à en saisir les mots. Lorsqu'enfin il expire, il ouvre les yeux et me lance un coup d'œil par-dessus son épaule.

— Je crois que j'y serais pas arrivé sans toi, frérot.

Chaque fois qu'il m'appelle frérot, la culpabilité de l'avoir abandonné s'enracine un peu plus en moi, se cale dans ma moelle épinière.

J'aimerais pouvoir remonter le temps.

Repenser mon départ. J'aurais dû garder le contact avec lui. Ça n'aurait rien changé à l'issue, mais cela aurait pu donner à ma présence plus de sens qu'elle n'en a aujourd'hui.

Voyant qu'il n'avance pas, je lui presse doucement l'épaule pour lui signifier mon soutien.

— Je ne vais nulle part, lui promets-je.

— J'espère bien.

Il fait un pas en avant et se détache de moi.

Ses enjambées sont amples et lentes, tandis qu'il se rapproche peu à peu d'Augusta Moore.

Cette mondaine grand luxe.

Cette mère à chier.

Ses genoux se dérobent dès qu'il se trouve à quelques centimètres d'elle, et il se laisse tomber sur la minuscule banquette qui flanque le cercueil. Ses mains tremblent lorsqu'il les pose sur le rebord du coffre en bois.

— Putain, souffle-t-il, et je le vois se frotter les joues du revers des doigts, essuyant sans doute les larmes qu'il avait affirmé ne pas verser.

Je me glisse sur une des chaises du premier rang, prenant soin de lui laisser l'intimité suffisante pour qu'il donne libre cours à son chagrin.

Je regarde devant moi et les mots *À notre mère aimante*, enchâssés dans une composition florale qui repose sur le couvercle du cercueil, attirent mon attention.

La bonne blague.

— Elle a l'air bien, entends-je dire Austin. Tu trouves pas ?

Je la regarde pour faire plaisir à mon frère, et je revois, pour la première fois depuis des années, le visage de ma mère.

— Oui.

Ma gorge commence à se serrer, tandis que je réalise que la femme qui m'a mis au monde est partie. Morte.

J'ai le cerveau qui bourdonne. Un tas de choses me passe par la tête.

De foutues émotions que je ne pensais pas ressentir me balaient et me recouvrent comme une seconde peau.

De la tristesse.

Du remords.

De la nostalgie.

Des regrets.

— *Souviens-toi, mon chéri. Je t'aimerais toujours, me dit-elle tandis qu'elle passe ma tête dans l'encolure de mon pyjama préféré. N'en doute jamais.*

Je me jette à son cou dès qu'elle commence à s'écarter et plante un baiser mouillé sur sa joue.

— *Je t'aime aussi, maman, murmuré-je contre sa peau douce. Je t'aimerai pour toujours !*

— *Pour toujours.*

Elle m'enveloppe de ses bras pour me serrer fort, le visage enfoui au creux de mon cou, et me chatouille la taille.

— *Allez, zou ! Au lit. Je vais te lire une histoire.*

Je bondis presque pour me dégager et monte dans mon lit trop cool en forme de voiture de course pour me blottir sous la couette.

— *Je veux celle avec le baseball.*

Je lui souris et la regarde se diriger vers ma table de nuit où se trouve déjà le livre.

Elle s'assied sur le lit, me touche le nez du bout de son doigt fin, et me fait un grand sourire.

— *Comme s'il n'existait que celle-là.*

Je glousse, parce que j'adore ce moment de la journée.

C'est notre moment à nous.

Sans papa. Il a été super grincheux aujourd'hui et m'ignore encore plus que d'habitude.

Mais maman... elle me rend heureux.

Je porte une main à mon cou et desserre ma cravate, tout à coup oppressé. Comment une mère si aimante a -t-elle pu changer ainsi du tout au tout ?

— *Qui est Ashton ?* demande mon père à ma mère, qui tend la main pour prendre la cafetière.

Je lève les yeux, parce que son ton est plus furieux qu'à l'habitude. Le camion dans ma main reste en suspens dans l'air et je ne peux m'empêcher de fixer ma mère qui se tient totalement immobile. On dirait qu'elle est gelée sur place.

— *Ashton ?* murmure-t-elle.

Elle lance un drôle de regard à mon père par-dessus son épaule.

Il arrive dans son dos, brandit un bout de papier et l'agite devant son visage.

— *Ne me prends pas pour un con, Augusta. Je sais qui c'est, mais je veux l'entendre de ta bouche de sale menteuse.*

J'écarquille les yeux quand je le vois lui empoigner le bras et la forcer à se retourner vers lui. Même si papa n'est pas gentil, il n'a jamais levé la main sur elle avant.

— *Colton, tu me fais mal !*

Elle baisse les yeux sur sa main et grimace.

— *Je n'ai aucune idée de qui il s'agit,* ajoute-t-elle.

Le visage de papa devient encore plus rouge et sa mâchoire tressaille de la même façon que lorsqu'il s'en prend à moi parce que je suis casse-pied.

— *Tu sais ce que c'est ?*

Il secoue le morceau de papier.

Elle le regarde droit dans les yeux, sans prendre la peine de jeter un coup d'œil à la feuille blanche.

— Je savais que ce bâtard n'était pas de moi. Ça fait deux ans que j'ai ce résultat d'ADN pour le prouver, mais j'arrivais pas à savoir qui tu avais sauté...

Il prononce le mot tellement fort qu'elle sursaute.

— ... jusqu'à aujourd'hui.

Je me lève d'un bond, lâche le camion sur la moquette, et cours vers la cuisine.

— Lâche-la ! hurlé-je tout en tirant sur le bras de mon père.

Il tourne son regard haineux vers moi, les lèvres retroussées.

— Dégage, petit merdeux !

Il me repousse d'un coup de coude.

Je m'effondre en arrière et me rattrape avec les mains avant que mon derrière ne touche le sol.

— Ne la touche pas ! hurlé-je, me remettant debout pour voler à sa rescousse.

Je dois la sauver.

Je ne me suis pas entièrement redressé que le pied de mon père se retrouve en l'air et m'atteint au ventre. Je vole en arrière et mes fesses viennent s'écraser contre le carrelage. Je suffoque et mes yeux se remplissent de larmes.

— Je t'en supplie, non ! l'implore-t-elle. Je dirais ce que tu veux savoir. Laisse-le tranquille.

Les joues pleines de larmes, je suis roulé en boule et j'essaie de retrouver mon souffle.

Personne ne vient à mon secours.

Personne, pas même ma mère, ne semble s'inquiéter de voir que je n'arrive pas à respirer.

— *Qui est ce type ?*

— *Il ne vit plus ici.*

— *Je te préviens, Augusta... ! la menace-t-il.*

Il lève une nouvelle fois la main et elle sursaute.

— *Il nous distribuait le courrier.*

Mon père plisse les yeux et son corps tout entier vacille en arrière comme s'il venait de recevoir un coup de poing.

— *Tu as baisé avec le facteur ?*

Ma mère soutient son regard courroucé et lui sourit avec un air de défi.

— *Plusieurs fois, le provoque-t-elle. Un nombre incalculable de fois.*

— *Le môme qui porte mon nom est le fils d'un putain de facteur ?*

Le sourire de ma mère s'agrandit.

— *Tout à fait.*

— *Et lui ?*

Il baisse les yeux sur le ventre de ma mère, où mon petit frère grandit.

— *C'est le tien.*

Les doigts de mon père s'enroulent autour de sa gorge et elle devient toute rouge.

— *Si je découvre que celui-là n'est pas le mien, Augusta...*

Des larmes se mettent à couler sur les joues de ma mère.

— *Je t'en prie, croasse-t-elle d'une voix étranglée, les mains tirant vainement sur les doigts de mon père. Je n'arrive pas à respirer.*

— *Lui, là, rugit-il, tourné vers moi. Il n'est rien. Ni pour moi ni pour toi. Il n'est rien, tu m'entends ?*

— *C'est...*

— *C'est quoi ? la défie mon père.*

— *C'est mon fils.*

— *Il n'est rien pour toi. Si tu veux que tes enfants restent en vie, il n'est rien, pigé ?*

J'essuie les larmes sur mon visage et renifle lorsque mon nez se met à couler.

Je ne suis pas rien.

Je suis leur petit garçon.

Je suis celui que maman aime le plus au monde.

Mon père approche son visage si près du sien que leurs nez se touchent.

— *Que Dieu m'en soit témoin, si tu veux que ton petit bâtard et toi continuiez à vivre, tu vas faire ce que je te dis de faire.*

— *Mais je ne peux pas...*

— *Si ! hurle-t-il.*

Elle hoche la tête lorsque son regard se tourne vers moi un bref instant, et je me dis que tout va s'arranger.

Seulement, il la secoue comme un prunier et la soulève par la gorge.

— *Je ne plaisante pas, Augusta. Ne me pousse pas.*

Ses yeux me quittent et son regard devient vide.

— *Oui, Colton, halète-t-elle.*

Il la repose sur le sol et lui lâche le cou.

— *Traînée, marmonne-t-il, avant de se tourner vers moi. Rien qu'un bon à rien de bâtard.*

Je suis un bon garçon. J'obéis aux règles et j'écoute toujours ce que maman me dit, prenant soin de ne pas contrarier papa. Aujourd'hui, je n'ai rien fait de mal. Pourtant, il a l'air plus que jamais fâché contre moi.

— *Maman, murmuré-je, levant les bras à la recherche de son réconfort.*

Elle fait un pas en avant et je lui souris, pensant qu'elle va éponger mon chagrin et me faire câlin comme elle sait si bien le faire.

Elle ne se penche pas vers moi.

Elle ne me regarde même pas.

Elle avance, ramasse le morceau de papier qu'il a laissé tomber par terre et sort de la cuisine.

— Pike ? Murmure Austin.

Je suis incapable de bouger, tandis que les souvenirs enfouis au fond de moi refont surface.

Colton Moore n'est pas mon père.

Cette information oubliée depuis longtemps me revient en pleine poitrine et me laisse avec plus d'interrogations que de réponses. Je ne saurai jamais le pourquoi du comment. Comment a-t-elle pu si facilement me rejeter ? D'accord, elle essayait de me protéger, il n'empêche qu'elle aurait pu s'enfuir et refaire sa vie ailleurs avec nous. Elle aurait pu faire autre chose que d'agir ainsi.

— Oui ? dis-je un peu sonné.

Je cligne des paupières pour chasser les larmes qui emplissent mes yeux. Lui me scrute, toujours agenouillé devant le cercueil de notre mère.

— Ça va ? s'inquiète-t-il.

Je préfère hocher la tête, car je crains que ma voix me trahisse.

— Tu veux dire quelque chose à maman ?

Plus que tu aurais envie d'entendre.

— Viens t'agenouiller avec moi, m'implore-t-il tout en me faisant signe de le rejoindre. J'ai besoin de toi à mes côtés.

Mis à part ma grand-mère, Austin est la seule personne qui m'ait donné le sentiment d'appartenir à cette famille.

Dès lors qu'il a su parler, il m'a vénéré, me poussant constamment de jouer avec lui aux petites voitures quand, moi, je passais mon temps à en vouloir à la terre entière.

Je le rejoins, car mon petit frère a droit à toute mon attention.

Il m'attrape la main aussitôt que je m'installe près de lui.

— Elle n'était pas toujours une horrible mère, Pike, commente-t-il, comme s'il lisait dans mes pensées. Pas vrai ?

Je fais non de la tête, ravalant le chagrin qui m'étouffe.

— Pas toujours, petit.

Jusqu'à ce que j'entre dans cette pièce, j'avais refoulé tous les bons moments vécus avec elle. Il était plus simple de ne pas penser aux jours heureux, à cette période de ma vie où je me suis senti aimé, avant que mon père me retire tout.

Elle a laissé faire.

Elle n'a jamais riposté.

Elle n'a pas tenté de s'enfuir.

Elle m'a laissé tomber.

Il serre mes doigts tandis que je jette un coup d'œil à la figure pâle et sereine de ma mère.

— Elle t'aimait, tu sais.

— On ne dirait pas, Aus.

— Tu sais, me chuchote-t-il, bien que nous soyons seuls, parfois, quand papa n'était pas là, elle me parlait de toi.

J'ai un mouvement de recul.

— Austin, tu n'es pas obligé de me mentir pour me réconforter. Je suis un grand garçon et je sais exactement ce qu'elle ressentait pour moi.

Il secoue la tête, les yeux rembrunis et graves, bien que toujours embués de larmes.

— Je me souviens de la façon dont elle te traitait, frérot. J'étais présent. J'étais peut-être petit, mais j'avais des yeux pour voir.

Il penche la tête en avant et la secoue brièvement.

— C'était pas juste et je comprendrais jamais pourquoi elle était comme ça, mais, parfois, elle parlait de toi comme si tu étais tout pour elle.

— Tu étais tout pour elle, Austin. Maman t'adorait. Papa aussi.

— Elle va me manquer, admet-il avec tristesse. Personne ne m'aimera comme elle m'a aimé.

J'aimerais pouvoir en dire autant. Elle me manque, cette version de ma mère nichée si profondément dans ma mémoire qu'il m'a fallu voir sa dépouille pour m'en souvenir.

C'est elle que je vais regretter.

En revanche, cette enveloppe-là… cette femme affreuse qui m'a rejeté, elle peut toujours courir.

— Je t'aime, Austin.

Je jette un coup d'œil vers lui et pose ma main au-dessus de la sienne.

— Je t'aimerais toujours. Je ne peux pas remplacer maman, mais je veux que tu saches que tu n'es pas seul.

Il m'adresse un sourire mou et me tire la main pour la placer avec la sienne sur le rebord du cercueil.

— Au moins, elle aura fait un truc bien dans sa vie : elle nous aura offert un frère à chacun.

— Toutes mes condoléances, déclame Mme Daniels, ma professeure d'anglais au lycée, tandis qu'elle me serre la main. C'était une femme adorable.

— Merci, répété-je pour la énième fois de l'après-midi.

Je suis en mode pilotage automatique et ma voix est celle d'un robot.

— Madame Dee, la salue Austin à côté de moi, lui serrant la main sitôt qu'elle la lui tend.

Je prends une grande et tremblante inspiration lorsque Gigi me prend la main.

— Tu t'en sors bien, bébé. Encore une petite heure.

Je souris à la personne suivante, M. Porter, le boucher.

— Le départ de votre mère laisse une plaie béante dans notre ville, fiston.

Je lui serre la main et lui adresse un sourire forcé, car il devait connaître une femme différente de celle dans mes souvenirs.

— Merci, dis-je poliment.

— Elle était tellement charitable, tellement gentille.

Augusta Moore n'était ni charitable ni gentille. Du moins, pas avec moi. Seulement, les habitants de cette ville la voient différemment et j'ai beau faire un effort, je n'arrive pas à comprendre tous ces compliments.

— Je suis certain que d'autres lui succéderont sans difficulté, monsieur Porter.

Les rides sur son front se creusent et il me réplique d'un ton offusqué :

— Fiston, votre mère était la première donatrice de notre programme d'aide aux sans-abri. Elle avait une tendresse particulière pour les enfants dans le besoin et je ne sais pas comment nous allons réussir à nourrir toutes ces bouches sans sa générosité.

Minute, papillon.

Ma mère se préoccupait des enfants dans le besoin ? Tous les gens de ce patelin la voient comme une sainte. Bizarrement, elle est devenue la mère Térésa du Tennessee après mon départ.

Ces funérailles étaient censées m'aider à faire mon deuil. Au bout du compte, je repars avec plus de questions que j'en avais avant de venir.

CHAPITRE
SEPT

PIKE

— VOUS REPARTEZ AUJOURD'HUI ? me demande ma grand-mère, tandis qu'elle se verse une tasse de café.

— Oui.

Nous sommes seuls. Gigi et Austin dorment encore et le soleil n'a même pas embrassé l'horizon. Je n'ai pas fermé l'œil de la nuit. J'avais trop de choses en tête pour trouver même une minute de repos.

Elle marche en direction de la table et pose sa tasse avant de s'asseoir face à moi.

— Tu emmènes Austin avec vous ?

Je remue mon café. J'ai bataillé toute la nuit pour répondre à cette question.

— Je pense.

— Il n'y a pas à réfléchir, Pike.

De l'autre côté de la table, mamie me regarde attentivement et son ongle pianote sur la tasse.

— Tu l'emmènes ou tu ne l'emmènes pas, c'est aussi

simple que ça. Au fond de toi, tu sais que c'est la bonne chose à faire.

— Tu es au courant à propos d'Ashton ?

Elle prend une inspiration.

— C'est un nom que je n'ai plus entendu depuis bien longtemps.

— Alors, comme ça, tu es courant.

Je baisse les yeux. La seule grand-mère que j'ai connue n'est même pas la mienne et elle le savait.

Elle le savait.

— Mon petit chou, soupire-t-elle, avant de tendre une main pour la poser sur la mienne. Enlève-toi ça de la tête.

Je relève les yeux. Cette grosseur que j'ai ressentie hier dans la gorge est de retour, plus imposante que jamais.

— Tu es tout autant mon petit-fils qu'Austin. Toi et moi, nous avons tissé un lien. Un lien que je n'ai jamais partagé avec qui que ce soit d'autre.

— Depuis quand le sais-tu ? demandé-je dans un murmure.

Elle baisse les yeux et cligne des paupières.

— Depuis que tu es tout petit. Tu devais avoir six ans. Lorsque j'ai appris sa liaison, ta mère était enceinte d'un enfant qu'elle a perdu.

— Elle a fait une fausse couche ? Comment se fait-il que je ne m'en souvienne pas ?

Elle me tapote la main et m'offre un sourire peiné.

— Ils t'ont déposé ici et tu as passé une semaine avec moi. Je t'ai raconté qu'ils étaient partis en vacances.

Je me tourne vers la fenêtre et regarde la pâture déserte.

— Je m'en souviens.

Tant de pans de mon enfance sont flous. Comme si

j'avais tout refoulé, mélangeant les faits pour me prémunir contre la douleur et la colère. Des années entières passées à l'as, des événements tout bonnement effacés de ma mémoire.

— Ta mère ne l'aurait jamais admis à voix haute, mais je suis convaincue que ton père…

Elle marque une pause et fait une grimace.

— Colton, plutôt, avait joué un rôle dans la perte de cet enfant.

— Je ne m'en souviens pas, mamie, mais je sais qu'il avait levé la main sur elle. Je l'ai vu de mes propres yeux.

Elle baisse la tête et la secoue d'un air dépité, une torsion dans les lèvres.

— Je ne sais pas comment je me suis débrouillée pour élever un salaud pareil.

Je tends les doigts pour les enrouler autour de sa main et j'attends qu'elle lève à nouveau les yeux vers moi.

— Tu as fait ce que tu pouvais. Tu es affectueuse et tu as bon cœur. Parfois, l'être humain naît mauvais et, quoi qu'on fasse, on ne peut pas changer sa destinée.

— Tu es plein de sagesse, mon enfant. Tu as toujours été en avance sur ton âge. Tu as été obligé de grandir plus vite. J'aurais dû me battre davantage pour te ramener avec moi. Tu sais, j'ai essayé pendant des années. Colton se mettait dans une rage folle chaque fois que j'abordais le sujet. Mais, quand tu es devenu plus grand, il a compris qu'il ne pourrait plus avoir la mainmise sur toi et c'est seulement à partir de là qu'il m'a laissé t'emmener. Je voulais t'élever. Je voulais t'aimer comme tu aurais dû être aimé par tes parents.

— Je te serai toujours reconnaissant de m'avoir offert un foyer, mamie.

— C'est ça, la famille, Pike. Ou, du moins, ce que c'est censé être.

Elle plonge une main dans la poche de sa robe de chambre et en retire une enveloppe qu'elle glisse en travers de la table.

— J'attendais le bon moment pour te la donner et je pense qu'il n'arrivera jamais, mais j'imagine qu'on n'aura jamais mieux.

Elle en tapote le recto, là où mon nom est écrit de la main de ma mère.

— Ta mère m'a demandé de te la remettre si quelque chose lui arrivait. J'espère que cela t'apportera un peu de paix.

La main de ma grand-mère se retire de l'enveloppe. Puis, elle se lève et quitte la table.

— Mamie…

J'aimerais qu'elle reste.

— Lis-la, Pike, m'ordonne-t-elle, sans même un regard en arrière. Je serai sous le porche quand tu auras terminé.

Lorsque je retourne l'enveloppe, je m'aperçois qu'elle a été décachetée. Ça ne fait pas un pli, ma grand-mère a lu chaque mot de la lettre avant de se décider à me la remettre.

Je sors l'unique feuille de papier en accordéon, dont les deux faces sont recouvertes de l'écriture élégante et ronde de ma mère. Je la déplie, retiens mon souffle et me mets à lire.

Mon cher Pike,

Je m'excuse.

C'est une déclaration d'une telle banalité. Si seulement j'avais eu la chance de pouvoir te dire les mots en face. Quoi qu'il en soit, je me devais de te les dire. J'ai été une mère affreuse et bien pire encore en te laissant pour compte.

J'aurais dû être plus forte.

J'aurais dû me battre.

Pour toi.

Pour moi.

Pour nous.

J'ai été lâche, trop effrayée par Colton, terrorisée à l'idée de m'enfuir. Un homme comme lui n'aurait reculé devant rien pour nous retrouver, donner corps à tous ces cauchemars que j'ai faits.

Ton bonheur en a été sacrifié.

L'amour auquel tu avais droit t'a été arraché et tu as dû porter sur tes épaules le poids d'une responsabilité qui ne t'incombait pas. Comme si tu avais fait quelque chose de mal. Je t'ai vu changer au fil des ans.

La douleur.

La colère.

La solitude que tu as endurée en raison de ma terrible décision.

Je t'aime, mon fils.

Je t'ai aimé plus que tu ne le comprendras ou ne le croiras jamais.

Le regret que je porte en moi me ronge les entrailles et me marque d'une invisible cicatrice.

Colton m'a pris un enfant, alors il était hors de question qu'il vous prenne, Austin et toi.

Tu en as aussi été la victime, mais j'ai fait mon devoir pour te garder en vie, dans l'espoir de pouvoir me racheter plus tard.

À mesure que les années sont passées, tu es devenu distant, plein de haine, à juste titre. Dès lors, j'ai su que mes mots sonneraient creux et je t'ai laissé tranquille, me disant que ta hargne te serait plus facile à supporter que la vérité.

Colton Moore n'est pas ton père.

Bien que tu portes son nom, le sang à cet individu abominable qui a menacé mes enfants il y a bien longtemps ne coule pas dans tes veines.

Ton père s'appelle Ashton Miller. Un homme bon et jovial qui vit à quelques bourgades d'ici, mais qui ignore ton existence.

Fais ce qui te plaira de cette information. Garde-la précieusement pour toi ou pars à sa recherche. Il sera peut-être heureux de découvrir qu'il a un autre enfant, mais peut-être en as-tu assez soupé de la famille pour t'exposer à de nouvelles blessures ou un nouveau rejet.

J'aurais aimé que la vie soit différente.

J'aurais aimé être plus forte et te porter l'amour que tu méritais.

Au moins, tu as Austin, un garçon qui t'a aimé dès son premier souffle. La vision qu'il a de toi n'a pas été entachée par la haine de Colton.

J'espère qu'à ma mort, tu chériras ton frère, le prendras sous ton aile et feras tout ce qui est en ton pouvoir pour le protéger de son père et de quiconque lui voudrait du mal.

Ne lui tiens pas rigueur de mes fautes.

Ne hais pas ce petit garçon qui t'adorait et t'admirait. Il a autant besoin de toi aujourd'hui que toi de lui.

Je ne cherche pas à obtenir ton pardon.

C'est trop pour cela.

Je veux simplement que tu saches que tu es aimé.

Que tu étais désiré.

Simplement, mes peurs et mes faiblesses m'ont empê-chée d'être la mère que tu méritais d'avoir.

J'espère que tu trouveras la paix et le bonheur. J'aime-rais être là pour voir l'homme que tu es devenu. Robuste et fort, sans l'ombre d'un doute.

Ouvre ton cœur à quelqu'un.

Laisse entrer l'amour dans ta vie. Trouve la paix.

Voilà mon souhait pour toi, mon fils.

Trouve ce bonheur que je n'ai jamais pu t'offrir.

Je t'aime à jamais,

Ta mère.

Je replie la feuille de papier et reste assis là, à digérer les mots, tandis que mes doigts errent sur les lettres noires.

Ces paroles sont bien gentilles à lire, mais elles arrivent trop tard pour me donner du baume au cœur.

Je fourre la lettre dans ma poche. Je ne voudrais pas qu'Austin tombe sur les révélations de ma mère. S'il apprend la nouvelle, il risque d'être dévasté.

Je sors de la maison et ma grand-mère lève la tête vers moi. Elle me regarde attentivement.

— Bon, tu emmènes Austin ? me redemande-t-elle, passant outre à la lettre.

— Oui, je l'emmène, lâché-je, sans me laisser le temps de cogiter.

— Bien.

Elle me sourit et tapote l'accoudoir du fauteuil à côté du sien.

— Maintenant, viens t'asseoir près de ta vieille grand-mère et fais-lui conversation. Demain, ça va être calme par ici.

Je m'installe sur le fauteuil et pose ma tasse de café sur le genou.

— Pourquoi ne viens-tu pas avec nous ?

S'il est vrai que je déteste ce bled, j'aime ma grand-mère. J'aurais dû lui rendre visite au fil des ans, mais garder mes distances me facilitait la tâche. C'était le seul moyen de ne pas laisser le mal regagner mon cœur.

L'absence n'a peut-être pas attisé mes passions, mais il m'a permis de faire comme si mon passé n'avait jamais existé.

— Allons, ne sois pas bête, me réplique-t-elle, balayant ma suggestion de la main. J'adore cette ville. Je ne me verrais pas vivre ailleurs. Mais, veux-tu bien faire une promesse à ta vieille grand-mère ?

— Tout ce que tu voudras.

— Ne reste pas trop longtemps sans venir me voir cette fois.

— J'ai été con, mamie.

Elle acquiesce d'un hochement de tête.

— En effet, mais tout ça appartient au passé et je crains de ne plus avoir une décennie devant moi pour t'attendre. Peut-être aurais-je la chance de te voir à Noël.

— Pourquoi ne pas venir le passer en Floride ? La météo est clémente à cette période de l'année. Je pourrais te montrer où je travaille et où je vis. Te montrer la vie que je me suis construite.

Son sourire réapparaît.

— Ça me ferait très plaisir.

Au même instant, Austin sort d'un pas nonchalant et s'étire tout en grattant son torse nu.

— Ça parle de Noël ? ânonne-t-il au beau milieu d'un bâillement.

— Tu as bien entendu. J'étais en train de dire à ton frère que je vous rendrai visite à Noël.

Austin tourne brusquement les yeux vers moi.

— *Nous* rendre visite ? répète-t-il, un sourcil arqué. Je repars avec toi ?

Je hoche la tête.

— Mais seulement si tu en as envie.

Il lance le poing en l'air et pousse un cri sonore.

— Grave ! La plage, les petites minettes… Pourquoi je refuserais ?

Je ne veux pas briser ses rêves, mais je vis loin de la plage. Quant aux *petites minettes*… Elles ressemblent pas mal à celles du Tennessee.

— Je sais pas, admets-je. Au cas où.

Il va vite comprendre que la vision romancée de la Floride n'est pas la réalité.

Je le vois repartir vers la porte bien plus énergiquement que lorsqu'il est sorti de son pas traînant quelques secondes plus tôt.

— Je vais faire ma valise.

Avant d'agripper la poignée de la porte, il se penche en avant et plante un baiser sur la joue de notre grand-mère.

— Tu vas me manquer, mamie.

— Mmh-mmh… marmonne-t-elle tout en lui adressant un sourire. Tu sembles anéanti par la nouvelle.

— Mais on se voit à Noël, pas vrai ?

Elle hoche la tête.

— Oui, je viendrais avec mon bikini.

Il fait une grimace.

— T'emballe pas, mamie !

Elle rit et lui fait signe de déguerpir, avant de tourner la tête vers moi.

— Tu as pris la bonne décision, Pike. Je suis fière de toi.

Je me cale dans mon fauteuil.

— J'en sais trop rien, mais j'imagine que je ne peux pas faire pire que ses parents.

— Et que décides-tu pour Ashton ? m'interroge-t-elle, pour parler enfin de la lettre qu'elle m'a remise.

— Il ignore mon existence, alors autant que ça reste ainsi.

Elle approuve d'un bref hochement de tête, les lèvres pincées, comme si elle voulait me donner son avis, mais qu'elle s'y refusait.

— C'est à toi de voir.

— Je sais.

Je respire un bon coup et me lève du fauteuil. Il faut que je me bouge le cul.

— Je ferais bien d'aller réveiller ma copine et qu'on décolle.

Je n'ai pas le temps de faire un pas en direction de la porte que ma grand-mère est debout, les bras autour de ma taille.

— J'aime beaucoup cette petite, Pike. Elle a une bonne influence sur toi. Un peu accaparante, mais c'est une crème.

Ses yeux pétillent lorsqu'elle rajoute :

— Ne la laisse pas filer, celle-là.

Je la serre dans mes bras et me penche pour l'embrasser sur le front.

— J'ai bien l'intention de la garder, mamie.

— Ça, c'est mon garçon. Allez, file ! J'ai un déjeuner avec les paroissiennes ce midi.

— Mamie, que fait-on pour pa…

Je m'interromps, me rappelant qu'il n'est pas mon père.

— Que fait-on pour Colton ?

Elle porte sa petite main à mon visage et prend ma joue au creux de sa paume.

— Rien, mon fils. Laisse-le ainsi. Il a semé le vent. Il est temps pour lui de récolter la tempête.

— Tu sais comment il a été arrêté ?

Elle secoue la tête et sa main quitte ma joue.

— Il a agressé Gigi chez elle. Elle et moi, nous sommes voisines de palier. Je n'arrive pas à comprendre pourquoi il a fait ça.

— Voilà une question que tu devras lui poser. Il y a bien longtemps que j'ai renoncé à le comprendre.

Je ne suis pas certain que quiconque puisse un jour comprendre Colton Moore. Tout ce que je sais, c'est qu'il n'en vaut pas la chandelle.

Il n'est rien pour moi.

CHAPITRE
HUIT
GIGI

— BON, prête ? me demande Pike dans l'allée de ma grand-mère, Austin installé sur la banquette arrière, ses écouteurs enfoncés dans les oreilles.

— Tu crois que mon père va criser ?

Je connais la réponse, mais je lui pose la question quand même.

Bien sûr que Joe Gallo va péter les plombs. C'est un truc récurrent chez lui, et je ne m'y suis toujours pas faite.

— Je sais pas, me répond Pike avec un sourire forcé.

Je jette un coup d'œil à son frère par-dessus mon épaule et fais une grimace.

— Je connais mon père. Il a pas un caractère facile, tu sais ? Il va partir en vrille.

Pike lâche un rire nerveux et se masse le front.

Je me couvre le visage des deux mains et pousse un grognement frustré.

— On ferait peut-être mieux de s'en aller.

Il écarte une paume de ma joue.

102

— Parfois, il faut bien lui faire face. On va pas pouvoir lui cacher Austin une éternité.

— Quoi, Austin ? demande mon frère, qui s'est avancé vers nous, fourrant la tête entre les deux sièges. Où on est ?

Il jette un coup d'œil à travers le pare-brise et détaille du regard la maison de mes grands-parents.

— La vache ! Quelqu'un a décroché le jackpot, ici !

Pike tourne le buste pour regarder son frère en face.

— C'est la maison de ses grands-parents. Je compte sur toi pour bien te conduire. Pigé ?

Austin lui adresse un sourire en coin et les lève les deux mains en l'air.

— Tranquille, frérot. J'ai plus cinq ans. Je sais comment m'y prendre avec les vieux.

Je lève les yeux au ciel, parce que je sais déjà que c'est une énorme bourde.

— Seigneur !

— Je te préviens, si tu me fais honte… menace Pike.

Je n'aurais jamais imaginé qu'il puisse se montrer si paternaliste.

C'en est mignon, même.

Austin penche la tête sur le côté et son visage se froisse.

— Il faut te détendre un peu. Je vais bien me conduire. Je peux mettre n'importe qui dans ma poche.

Il adresse à Pike un sourire suffisant, suivi de ce satané clin d'œil.

Je me mords la lèvre et secoue la tête de dépit, avant de murmurer pour moi-même :

— On court au désastre.

Pike me presse la main et m'offre un sourire de réconfort.

— Ça va aller, ma belle.

Austin ôte les écouteurs de ses oreilles et les enroule autour de son téléphone, nous regardant tour à tour.

— C'est quoi le problème ? Vous êtes tendus comme des strings.

— C'est mon père, le problème, dis-je, avant de me tourner vers lui. Il est en colère contre Pike et, maintenant...

— En gros, je suis le cadeau empoisonné dont personne ne veut, c'est ça ? avance Austin tout en haussant un sourcil, la voix remplie de tristesse.

Je fronce les sourcils. Je n'aime pas qu'il se sente indésirable.

— Bien sûr qu'on veut de toi ! C'est juste que ça va être une sacrée surprise pour lui.

— Je vais lui plaire, se targue Austin avec exaltation, le torse gonflé comme s'il déchirait un max. Tout le monde m'adore.

— Finissons-en. Soit on reste assis là toute la journée à se demander comment ton père va réagir, soit on entre làdedans, et advienne que pourra.

Austin ouvre la portière et descend du pick-up.

— T'en fais pas. Ton padre sera mon BFF avant la fin de la journée, me promet-il.

Je bondis hors de la voiture, marche sur ses talons dans l'allée et le dépasse avant qu'il ait le temps de frapper à la porte d'entrée. Je me retourne et lui bloque le passage.

— Écoute, je sais que tout ça est nouveau pour toi, mais il faut pas se rater. Ça passe ou ça casse. Tu comprends ?

Austin retourne sa casquette à l'envers et se frappe le torse avec le poing.

— Je vais lui sortir le grand jeu, sœurette.

Je roule des yeux. *Ce gosse.* Il me rappelle tous ces petits prétentieux que j'ai connus au lycée. Des vaniteux convaincus d'être un don de Dieu au commun des mortels.

— T'inquiète. Il va bien se comporter.

Pike lui balance ce regard qui veut dire *Déconne pas* et que mon père m'a jeté plus d'une fois.

On entre, Pike et Austin à ma suite, et je retiens mon souffle. On va se recevoir une quantité de questions.

Je n'ai pas fait quelques mètres dans l'entrée que j'aperçois le regard de mon père. Il est assis dans le salon, la porte d'entrée pile dans sa ligne de mire. Il ne s'est pas installé là par hasard. Il attendait que l'on franchisse la porte pour pouvoir lancer à Pike son regard assassin dès notre entrée.

C'est tout lui, ça.

Les yeux de mon père passent de mon visage à celui de Pike pour se poser enfin sur Austin. Il se lève aussitôt et se dirige vers nous d'un pas raide, la mâchoire serrée, les yeux plissés.

Oh, purée.

— Chérie ! me lance ma mère, qui vient d'apparaître devant papa, sortie de nulle part. Une ninja. Mon père la colle au train tout en fusillant Pike des yeux comme si ce dernier venait de braquer une banque ou je ne sais quoi.

— Maman ! m'exclamé-je joyeusement.

Je l'attrape prestement et la serre dans mes bras, tandis que je renvoie à mon père son regard noir.

— Qui est donc ce jeune et beau diable à côté de ton beau diable à toi ? me murmure-t-elle à l'oreille, avec un gloussement dans la voix.

Je desserre mon étreinte et jette un coup d'œil par-dessus mon épaule.

— C'est Austin, le frère de Pike.

— Oh !

Ma mère se raidit avant de m'avoir complètement lâchée et elle s'empresse d'aller vers lui.

— Mon pauvre petit ! s'exclame-t-elle, lui tendant les bras comme elle le ferait avec l'un de ses proches. Je m'appelle Suzy. Je suis la maman de Gigi.

Austin semble un peu déboussolé lorsque ma mère le prend dans ses bras et le serre de toutes ses forces.

— Bonjour, m'dame, la salue-t-il d'une petite voix étouffée.

En voilà un qui a vite perdu sa morgue.

— Tu tiens le coup ? lui demande-t-elle.

Ma mère se soucie de tout le monde, et c'est franche-ment mignon quand cet intérêt n'est pas dirigé vers moi.

Je la contourne, la laissant à ses petites affaires, et je pose à nouveau le regard sur mon père. Il se tient raide, les bras le long du corps, les poings serrés. S'il est furieux ? Sans aucun doute.

Je croise les bras, baisse les épaules, incline la tête sur le côté et lui renvoie les mêmes ondes. *Alors, tu vas dire quoi maintenant, le cador ?* Le sourcil haut, j'attends qu'il ouvre la bouche, mais il se contente de serrer les mâchoires et de ravaler les invectives qui lui brûlent les lèvres.

— Après les funérailles, expliqué-je pour lui rappeler que les deux hommes derrière moi viennent de perdre leur mère, Pike a jugé bon de rentrer avec Austin pour sa dernière année de lycée. La famille d'abord, pas vrai ?

Je lui renvoie certes ses propres paroles au visage, mais avec un soupçon de sourire.

Eh vlan !

— Nous sommes très heureux de t'accueillir, assure maman au frère de Pike. La famille, c'est ce qu'il y a de plus important chez nous, et vous arrivez à temps pour le repas du dimanche. J'espère que vous avez faim.

— Je meurs de faim ! déclare Austin tout en se frottant le ventre. Y avait pas vraiment de quoi manger dans le frigo de Pike.

— Je m'attendais pas à avoir de la compagnie, marmonne son frère, qui me prend la main et tâche d'ignorer l'agressivité omniprésente de mon père. Ça va, toi ?

Je hoche la tête.

— Et toi ?

— Super, me répond-il, d'un air franchement peu convaincu.

— Que se trame-t-il ici ? résonne la voix de ma grand-mère de la cuisine.

— Nous avons un invité surprise, lui crie maman.

En moins de trois secondes, ma grand-mère nous a rejoints dans l'entrée et écarte mon père de son chemin.

— Plus on est de fous, plus on rit, lance-t-elle.

Ses yeux détaillent Austin, avant de se tourner vers Pike.

— Il y a comme un air de famille. C'est qu'il en pousse des trognons dans le Tennessee !

— Mamie ! grommelé-je, me couvrant le visage d'embarras.

Elle prend ma joue au creux de sa paume et me regarde avec rien de moins que de la joie.

— Mon bouchon, je suis âgée, pas morte !

Puis elle pose ses mains sur mes épaules et ajoute :

— Au fait, devine qui est de retour !

— Qui ?

Je promène le regard autour de moi. Personne ne sort de l'ordinaire, mis à part Austin.

— Tamara et Lily sont finalement rentrées pour les vacances d'été.

Elle pointe le pouce en direction de la véranda.

— Elles prennent un bain de soleil au bord de la piscine.

J'écarquille les yeux et, pour la première fois depuis des jours, je suis hyper excitée. Tamara me manque depuis qu'elle est collée à son chieur de petit ami. Quant à Lily… J'ai l'impression que ça fait des lustres qu'on ne s'est pas vues.

— Je peux te parler ?

Mon père me fait signe de le suivre dans le bureau de mon grand-père, ruinant toute ma joie.

— Seul à seul, ajoute-t-il.

Je presse la main de Pike et m'efforce de lui sourire.

— Accorde-nous dix minutes. Si je ne reviens pas d'ici là, envoie les secours. L'un de nous deux pourrait ne pas en ressortir vivant.

— Je suis désolé, me souffle Pike tout en jetant un coup d'œil à mon père par-dessus mon épaule. Tout ça est de ma faute.

— Arrête, tu n'y es pour rien. Mon père, j'en fais mon affaire. Fais-moi confiance.

Je l'embrasse rapidement sur les lèvres, avant de me retourner pour affronter un Joe Gallo très, très fâché.

— Allons-y, papa.

Je pars en direction du bureau sans même l'attendre.

— Joseph ! le rabroue ma mère, qui essaie de me venir en aide, l'appelant par son prénom comme s'il allait avoir des ennuis.

Il m'y suit et entre.

— Giovanna.

Ah. J'ai le droit, moi aussi, à mon prénom tout entier. L'affaire est grave.

— Oui, papa ?

Je croise à nouveau les bras et le regarde refermer la porte du bureau derrière nous.

Il pousse un grand soupir bruyant et se frotte le visage des deux mains.

— Crois-tu que fréquenter un homme issu d'une famille de malfrats et qui a maintenant à sa charge un ado est vraiment raisonnable ?

— Tu es sérieux ? rétorqué-je tout en relâchant une épaule.

Il croise à son tour les bras et me singe.

— Plus sérieux que jamais.

Je soutiens son regard et serre les dents.

— Et alors ? Le père de Pike est un sale type et sa mère est morte. Il n'y est pour rien, lui. Et ce môme, là…

Je pointe un doigt en direction de l'entrée.

— … qui a dix-sept, au passage, se retrouve orphelin. Qu'était censé faire Pike ?

Exaspérée, je lève les mains au ciel.

— Le laisser se démerder tout seul ?

Mon père regarde le plafond, la mâchoire contractée.

— Bien sûr que non. Pike a fait ce que n'importe qui ferait en pareille situation. Mon problème n'est pas ce qu'il fait de sa vie. Mon problème est ce que tu fais de *ta* vie.

Je ricane et pose les mains sur les hanches.

— Quel âge j'ai ?

— Vingt-deux ans.

— Donc, je suis adulte, non ?

Ses yeux m'envoient des éclairs. Il sait où je veux en venir et il sait que j'ai raison. Bon sang, cet homme déteste avoir tort.

— Certes, mais je reste ton père.

— Dans ce cas, tu devrais me soutenir plutôt que de prendre la mouche chaque fois que je ne fais pas ce que tu veux. Tu te souviens de ce que tu m'as toujours dit ?

Ses épaules s'affaissent. Il sait pertinemment que j'ai enregistré chacune de ses paroles pour pouvoir les lui ressortir dans ces moments-là.

— Quoi ? grommelle-t-il.

— Tu m'as toujours dit d'avoir du caractère et d'être mon propre maître. De suivre mon cœur et de ne jamais laisser qui que ce soit me détourner du droit chemin. Tu m'as martelé que la famille était la chose la plus importante au monde. On se serre les coudes, quoi qu'il arrive, et on ne tourne jamais le dos à quelqu'un dans le besoin.

Il lève le menton.

— J'ai dit tout ça, moi ?

J'opine du chef.

— Si tu veux, je peux continuer comme ça.

Il secoue la tête et lève les mains au ciel.

— Et puis merde ! J'imaginais autre chose pour toi.

— Autre chose ?

Je hausse un sourcil avec un air de défi.

— Genre, quoi ?

— J'aurais voulu que ta vie soit plus simple, que tu sois heureuse.

— Breaking news, papa. Je *suis* heureuse.

Il fait rouler une épaule et incline la tête de gauche à droite tout en poussant un grognement de frustration.

— À quel prix ? Laisse-moi te rafraîchir la mémoire.

Je lève les yeux au ciel. *C'est reparti pour un tour.*

— Pike a été arrêté et emmené dans les bureaux du FBI pour être interrogé…

— Pour quelque chose qu'il n'a pas fait, le coupé-je.

Il brandit la main pour me faire taire.

— Il, et toi avec, trésor, a été obligé de se cacher.

— Ce n'était pas après moi qu'ils en avaient.

À nouveau, il lève la main.

— Une fusillade a éclaté au QG et, si j'en crois les rumeurs, Pike a abattu un homme d'une balle dans la tête.

— Il nous a sauvé la vie ! rétorqué-je en grimaçant, parce que, merde ! Ras le cul de lui et de cette conversation.

Cette satanée paume est de nouveau en l'air pendant qu'il poursuit :

— La mère de Pike se fait assassiner entre-deux.

— Encore une fois, Pike n'y est pour rien.

— Ensuite, tu rentres chez toi et son père, posté dans ton appartement, tente de te tuer.

Je pousse un soupir et redresse les épaules.

— Pike m'a sauvé la vie.

— Sans ce foutu Pike, tu n'aurais pas eu besoin qu'on te sauve la vie, bordel !

Je sursaute, car mon père jure rarement quand il me parle et, là, il s'est lâché.

— Ce n'est pas de sa faute, marmonné-je pour la énième fois.

— Et voilà que, maintenant…

111

Il fait un pas vers moi, avant d'ajouter à voix basse :

— … tu reviens des funérailles de sa mère avec un adolescent dans les pattes.

— La famille d'abord, papa.

Il croise une nouvelle fois les bras. Ma remarque ne l'amuse visiblement pas.

— Tu ambitionnes vraiment d'être belle-mère à vingt-deux ans, Giovanna ?

Je hausse les épaules avec désinvolture.

— Austin n'a pas besoin d'une mère. Il a besoin d'une amie et de savoir qu'il existe encore des gens qui tiennent à lui. Peut-être que…

Je lui lance un regard sévère.

— … Peut-être que tu devrais faire un effort et apprendre à connaître ce garçon dont la mère vient d'être assassinée sous ses yeux, plutôt que de lui donner l'impression qu'il n'est pas le bienvenu.

Mon père a un mouvement de recul.

— Il était présent ?

J'acquiesce d'un hochement de tête.

— Les types l'ont assommé, mais, quand il s'est réveillé, il a retrouvé son corps sans vie.

Mon père prend une grande inspiration.

— Merde, alors.

— Bah, oui.

Il se frotte la nuque, tête baissée, le regard perdu au sol.

— Quelle horreur !

— Au lieu de juger sans savoir et de sortir de tes gonds, tu ferais peut-être bien de te renseigner avant.

— Ça me fait au mal au cœur pour le petit. Il n'empêche que je n'approuve pas ta relation avec Pike.

Je viens me planter bien en face de lui.

— Ça te plaît pas que je sois tombée amoureuse d'un homme qui te ressemble trait pour trait ?

— Nous n'avons rien en commun, rétorque-t-il, offusqué.

Je ris à gorge déployée.

— Au contraire, vous avez tout en commun. Je devais peut-être aller voir un psy, tiens ! Allons, papa, j'aime Pike pour les mêmes raisons que je t'aime, bon sang !

— Simplement, ne faites pas un truc stupide, comme prendre la fuite et vous marier à Las Vegas. C'est tout frais entre vous et, avec l'arrivée d'Austin, ce sera suffisamment compliqué comme ça. Je ne voudrais pas tu aies à nouveau le cœur brisé, ma chérie.

— Papa, on n'a pas eu à aller jusqu'à Las Vegas. On s'est mariés au Tennessee.

C'est un mensonge, mais je me dis que ça lui fera les pieds.

— Quoi ?

Ses yeux sont ronds et son visage a perdu toutes ses couleurs.

— Je plaisante !

J'abrège ses souffrances, alors que j'aurais franchement dû le laisser mariner un peu plus longtemps.

La veine qui traverse son front de haut en bas est toute gonflée.

— Je ne trouve pas ça drôle.

— Moi, oui ! osé-je, avec un sourire. Pike est un type vraiment bien, papa. Tu l'aimais beaucoup avant que tout ça arrive. Tu m'as même poussée à être son amie, tu te rappelles ?

Je lui donne un petit coup d'épaule.

113

Il marmonne dans sa barbe avant de s'éclaircir la voix.

— J'ai été bête.

— Non. *Là*, tu es bête, rectifié-je, une main posée sur son avant-bras massif. Sois gentil avec Pike et Austin. Ils ont bien besoin d'amis en ce moment, papa.

— Chéri ? résonne la voix de ma mère de l'autre côté de la porte, suivie de trois petits coups contre le bois.

— Oui, mon cœur ?

Mon père se retourne vers la porte et je profite de cet instant de répit pour me détendre, car toute cette conversation m'a franchement épuisée.

Maman ouvre et nous regarde tour à tour.

— Sortez de là et profitez un peu de votre famille. Ta mère réclame Gigi et elle m'a chargée de te dire que tu devais laisser la petite tranquille.

J'esquisse un petit sourire narquois et suis presque aussitôt refroidie par le regard noir de mon père.

— On a terminé, maman, dis-je, mettant fin à la conversation, qu'il le veuille ou non.

Elle me fait signe de prendre congé.

— Laisse-nous un instant, Gigi.

Je hoche la tête et souris à mon père tout en refermant la porte derrière moi.

Tu vas prendre cher, papa.

Quelqu'un va se faire botter le cul et, pour une fois, ce ne sera pas moi.

CHAPITRE
NEUF

PIKE

— CES QUELQUES JOURS ont dû être difficiles. Pauvre chou.

Fran se tient debout derrière moi et me pétrit les épaules.

— Je vais te faire du bien, tu vas voir.

Des paroles inoffensives, connaissant la cocotte.

Son mari, en revanche, ne l'est pas.

— Fran, enlève tes pattes de ce garçon, gronde Bear de l'autre côté de la table, les yeux braqués sur sa femme comme s'il s'apprêtait à la traîner hors de la pièce. Il a pas besoin qu'une vieille dame le tripote.

Les doigts de Fran me malaxent un peu plus fort. Elle masse mes épaules raides comme une pro.

— Tu adores quand je te le fais, lui répond-elle, sans se démonter.

Bear secoue lentement la tête et arque un sourcil, les mâchoires crispées.

— Il a sa propre femme pour ça.

Gigi entre dans la cuisine d'un pas gaillard et secoue la tête sitôt qu'elle aperçoit les mains de Fran sur moi.

— Tantie, il faut toujours que tu aies les mains baladeuses, c'est plus fort que toi !

— Tu prends le relais ? lui demande sa tante.

Gigi me décoche un clin d'œil amusé et lève aussitôt le regard sur sa tante.

— Je comptais aller rejoindre Lily et Tamara, mais si tes mains fatiguent, je vais prendre ta suite.

Me voilà sauvé.

— Ça va, ma poupée, lui réplique-t-elle. Je pourrais faire ça *toute* la journée.

J'imagine très bien le petit sourire goguenard sur le visage de Fran et, à en juger la mine renfrognée de Bear, je ne suis pas loin de la vérité.

— Je vais prendre un peu l'air, ça me fera le plus grand bien, dis-je tout en tapotant la main de Fran sur mon épaule, avant de repousser ma chaise et de m'esquiver.

— Je suis là si tu as besoin d'un nouveau petit pelotage, me lance-t-elle.

Elle me fait un clin d'œil et j'ai le visage instantanément en feu.

— N'y compte pas, ma belle ! s'offusque Bear. Viens par là et embrasse-moi.

Il tapote sa cuisse et Fran contourne la table pour le rejoindre.

— Brave fille, la félicite-t-il, et il l'embrasse à pleine bouche sitôt qu'elle s'est plantée sur ses genoux.

Je prends Gigi à part avant qu'elle ait le temps de filer rejoindre ses cousines dans le patio et lui demande :

— Comment ça s'est passé ?

— Bien, dit-elle en roulant des yeux. Tu sais comment il est. Mais, je pense qu'il y a du progrès.

— Qui en est à l'initiative, lui ou toi ?

— Nous deux.

Elle hausse une épaule et ricane doucement.

— Bon, moi.

Par-dessus son épaule, j'aperçois son père qui traverse le salon d'un pas raide, l'air franchement grognon.

— Je devrais peut-être aller lui parler.

Elle remonte une main sur mon torse pour la poser sur mon épaule. Je baisse les yeux vers elle.

— Ne fais pas ça, objecte-t-elle. J'ai tout réglé, vraiment.

Elle le pense, j'en suis convaincu. Seulement, je dois ravoir une discussion d'homme à homme avec son père. Il faut mettre un terme à toutes ses conneries.

— Super, ma belle, la remercié-je, et je dépose un petit baiser sur ses lèvres.

— Où est Austin ? me demande-t-elle sur un ton mielleux.

Elle essaie clairement de changer de sujet.

Je tourne le regard en direction de la piscine et aperçois Casanova étendu entre les deux filles.

— Il est dehors avec tes cousines.

— Crotte ! marmonne-t-elle. J'espère qu'il fantasme pas sur elles.

Je ris.

— Il a dix-sept. Ça va jamais plus loin que les fantasmes à cet âge-là.

Elle glousse et m'écarte, avant de s'engouffrer par la baie vitrée.

— Gigi ! s'exclament les deux jeunes femmes qui

courent se jeter dans ses bras, la renversant presque dans leur élan de joie.

Les yeux d'Austin se posent sur moi et je forme les mots *Pas de conneries* avec la bouche, avant de refermer la baie coulissante, laissant les filles à leurs retrouvailles.

— Pike, t'as cinq minutes ? me demande James.

Je manque de sauter au plafond. Le bougre a surgi de nulle part.

— Ça roule ? dis-je, tentant de prendre un air dégagé, comme s'il ne venait pas de me foutre la trouille de má vie.

— J'ai du nouveau, déclare-t-il, un sourcil relevé comme s'il me transmettait un message codé, le bras levé en direction de la salle à manger, attendant visiblement que je fasse le premier pas.

James a toujours du nouveau. Ce type ne s'arrête jamais et, avec tous les contacts dont il dispose au sein des autorités aussi bien que dans le milieu du crime organisé, je suis certain qu'il voit constamment passer des informations.

— Thomas, tu viens ? crie-t-il à son beau-frère qui est installé à l'autre bout de la pièce et regarde avec les autres les Cubs disputer leur match de baseball.

J'ai à peine posé le cul sur une chaise que James se met à parler.

— Ton père a été assigné à comparaître. Pas de mise en liberté provisoire, donc il restera derrière les barreaux jusqu'à son procès.

Je pose les mains à plat sur la table et m'efforce de prendre un air détaché, mais, intérieurement, je saute franchement de joie.

— Pour plus d'un chef d'accusation, j'espère ?

James acquiesce d'un signe de tête.

— Un tas, mais les plus costauds sont le blanchiment d'argent, l'association de malfaiteurs, la tentative de meurtre et le meurtre.

Interloqué, je hausse les sourcils.

— Le meurtre ?

— Il a buté un type au Tennessee et lui a tiré sa caisse pour venir ici, m'explique James, avant de pousser un long soupir.

— Il est sans pitié, ce fils de pute, murmuré-je pour moi-même.

Colton Moore est comme ça. Ce type n'a jamais eu de cœur.

— C'est peu de le dire, acquiesce Thomas, qui pose une main sur mon épaule comme si j'avais besoin de réconfort.

— On n'a pas réussi à savoir ce qu'il foutait chez Gigi ni pourquoi il a débarqué en Floride. On est certains que ça a à voir avec toi, mais on n'arrive pas à assembler les pièces du puzzle.

— Peut-être était-ce moi qu'il visait.

Tout est possible, surtout venant de lui.

Thomas recule d'un pas et me scrute, les bras croisés.

— Il pensait peut-être qu'il se trouvait dans ton appartement.

— C'est possible.

James tire une chaise en bout de table et s'assied à son tour.

— J'ai eu des nouvelles de Tiny et Morris. Ils sont en chemin. Pour affaires.

— D'accord, dis-je lentement tout en me penchant au-dessus de la table.

L'histoire ne doit pas s'arrêter là. Elle ne s'arrête jamais là.

James lance un bref regard à Thomas avant de m'expliquer :

— Ils vont vouloir te voir. Ils savent que tu es allé à l'enterrement de ta mère. Ils ont attendu ton retour pour venir sur la côte est. Ils devraient débarquer d'ici quelques jours.

J'acquiesce d'un hochement de tête. Ça me fait toujours plaisir de les voir, d'autant qu'ils nous ont sauvé les miches sans rien demander en retour.

— Morris va forcément te contacter.

James pose les mains sur la table, s'adosse à sa chaise et redresse les épaules.

— Ils vont réclamer vengeance, m'annonce-t-il avec le plus grand des naturels, comme s'il ne fallait pas s'en faire une montagne.

Or, c'est une putain d'*énorme* montagne.

— Vengeance de quoi ? demandé-je, regardant tour à tour James et Thomas.

— Ils ont perdu gros dans cette fusillade avec les lascars de DiSantis. Et tout ça a un prix.

Je me tords les mains. Ce que j'entends ne me plaît pas beaucoup. Comment peuvent-ils voler à mon secours de leur propre chef, prétendre qu'ils sont mes amis, et me demander quelque chose en retour ?

— Que veulent-ils ?

Loin d'être ébranlé, James lève les mains au ciel et hausse les épaules.

— Qu'est-ce que j'en sais, moi ? Ce qui est sûr, c'est que ce sera costaud.

— Y a pas marqué crésus sur mon front, dis-je.

J'ai suffisamment pour vivre, mais, en aucun cas, je n'ai de liasses qui dorment à la banque pour faire face à de pareilles situations.

Thomas s'esclaffe et secoue la tête comme si j'étais une andouille.

— Ce n'est pas de l'argent qu'ils vont te réclamer, c'est une faveur. Et, quand ils viendront te la demander, s'ils te la demandent directement à toi et pas à nous, viens nous en parler avant de leur donner une réponse. Pigé ?

Je croise les bras et essaie de ne pas me vexer.

— Je savais pas que je devais soumettre mes choix de vie à votre approbation.

Je suis un nigaud. Je le sais. Je ne devrais pas jouer au plus malin avec les deux types qui m'ont sauvé les fesses plus de fois que quiconque dans toute mon existence.

— Pike, commence Thomas, qui s'appuie sur la table et envahit du même coup mon espace. Tu as vécu avec ces types. Tu connais leurs méthodes. Tu veux te retrouver en cabane à côté de ton paternel, c'est ça ?

Je secoue la tête et marmonne entre mes dents serrées :

— Non.

Je garde les yeux braqués sur James et évite du regard le gaillard penché au-dessus de moi qui me fout les jetons.

— Alors viens nous en parler avant de faire quoi que ce soit, me chuchote Thomas d'une voix si calme que les poils de mes bras se dressent comme si, eux aussi, voulaient s'enfuir en courant.

— Quelque chose ne va pas ? s'inquiète Izzy sur le pas de la salle à manger, ses yeux passant de l'un à l'autre. Quand vous êtes à trois, comme ça, ce n'est jamais bon.

— Que se passe-t-il ? nous questionne Joe, qui apparaît

derrière elle et nous balaie du regard comme sa sœur vient de le faire.

Super. Je me masse les tempes. Si seulement cette famille ne passait pas son temps à fourrer son nez dans les affaires des uns et des autres. Attention, c'est sympa… *parfois.* Dans des moments comme ça, c'est un peu trop.

James se glisse hors de sa chaise et va rejoindre sa femme pour la pousser vers le salon.

— Rien. On discute avec le petit, c'est tout.

Joe avance et prend la place que James vient de libérer.

— J'aimerais discuter seul à seul avec Pike.

Il a posé cette question sans jamais me quitter de son regard glacial.

— Ça va aller ? nous demande Izzy.

Cette femme se préoccupe toujours du bien-être de tout le monde. Une véritable casse-bonbons, mais elle a bon cœur.

— Ça va aller, répond Joe pour nous deux.

Il attend que tout le monde nous laisse, ses yeux bouillant toujours de colère.

— Désolé, lâché-je sitôt que les autres ont rejoint le salon. J'aurais pas dû amener Austin ici.

Joe se frotte lentement les mains et serre les dents comme si les mots qu'il s'apprêtait à me dire lui restaient coincés en travers de la gorge.

— J'ai parlé à Gigi et elle m'a sonné les cloches à propos de ce que je pense de toi et de la manière dont je parle de toi.

À part hausser les sourcils, je ne bouge aucun autre muscle.

— Ah oui ?

— Oui.

Il porte la main à son visage et ses doigts passent sur la barbe naissante de sa mâchoire.

— Ce n'était pas beau à voir, mais elle m'a rappelé deux ou trois choses. Écoute…

Il marque une pause et ravale ce que je suppose être sa fierté.

— Dès l'instant où j'ai appris que tu fréquentais ma fille, je n'ai pas été sympa avec toi. Seulement, il ne faut pas que j'oublie que ce n'est plus une petite fille.

Je lui adresse un sourire hésitant.

— Elle me le répète tout le temps.

C'est à son tour de hausser les sourcils.

— Enfin, elle me répète qu'elle est libre de faire ce qu'elle veut, ajouté-je. Elle n'en fait qu'à sa tête, ça ne fait pas un pli.

— Je lui ai appris à être indépendante. Je lui ai aussi appris ce qu'était la loyauté et l'amour.

— Ta fille est sincèrement la femme la plus fabuleuse que j'ai rencontrée, Joe. Elle est tout pour moi.

— Je vais vous laisser respirer, mais si tu fais le con…

Il pointe l'index vers moi.

— … je te botte le cul, crois-moi, me menace-t-il tout en se grattant la joue comme si notre conversation lui donnait de l'urticaire.

— Tu peux toujours essayer, plaisanté-je avec un clin d'œil.

Peut-être allons-nous retrouver ces rapports amicaux que nous avions noués à mon arrivée à Inked.

Il ne se fend même pas d'un sourire.

— Bon, parlons de ton frère à présent.

C'est parti.

— On aurait bien besoin d'une paire de bras supplémentaire à Inked. Il nous faut quelqu'un pour diriger l'accueil. J'imagine qu'il ne pourra pas rester tard lorsqu'il aura repris les cours, mais il peut peut-être bosser quelques heures les soirs et les week-ends.

Je cligne des yeux, ébahi.

— Tu pourras ainsi garder un œil sur lui, et ça lui laissera le temps d'apprendre à nous connaître.

Mais qui est cet homme ? J'ignore ce que Gigi lui a dit durant leur petite causerie, en tous les cas ça devait être chargé.

Je cligne à nouveau des yeux et m'attends à l'entendre ajouter qu'il se fout de ma poire.

— Tu veux vraiment qu'il travaille à Inked ? Si ça se trouve, c'est une véritable ordure.

Ses yeux restent parfaitement fixes lorsqu'il me répond :

— C'est ton frère, non ?

Je hoche lentement la tête, parce que, oui, c'est mon frère, mais…

— Il fait partie de ma famille et, maintenant que nos parents ne sont plus là pour l'élever, je me retrouve avec lui sur les bras, mais je connais à peine ce gosse, Joe. Comme je te l'ai dit, il pourrait être complètement instable.

— T'es sérieux ? Tonne Austin, qui se tient à quelques mètres et a visiblement écouté notre conversation. *Sur les bras ?*

Et merde. Je me lève brusquement de ma chaise pour tenter de le rejoindre, mais il est déjà en marche vers la sortie.

— Tu sais quoi, va te faire foutre ! me hurle-t-il, et tout le monde dans la pièce sursaute.

Puis il balaie d'un geste la famille de Gigi et lâche :

— Et qu'ils aillent se faire foutre aussi !

Mon estomac se noue lorsque je vois les regards inter-rogateurs sur le visage de chacun de Gallo. Ils se sont montrés gentils avec lui et ne méritent pas d'être traités comme ça.

— Austin, surveille ton langage !

J'essaie de l'attraper par le col, mais il est bien trop rapide.

Le petit merdeux m'esquive par la droite et s'en va d'un pas raide rejoindre la porte d'entrée.

— Je me tire d'ici. Je voudrais pas être un fardeau pour qui que ce soit, encore moins pour la chair de ma chair, éructe-t-il, avant de sortir en trombe et de claquer si violemment la porte d'entrée que les photos encadrées au mur tremblent sous l'impact.

Je m'apprête à courir le rattraper quand une main se pose sur mon épaule pour m'arrêter.

— Je vais lui parler, se propose Tamara, avec un sourire peiné. Il a besoin de quelques instants pour se calmer. C'est tout. Ça va s'arranger.

J'acquiesce d'un signe de tête, car je sais que sa colère trop fraîche pour qu'il m'écoute. Si j'étais à sa place, je serais fermé, moi aussi. J'ai vraiment merdé. Les mots n'étaient pas les bons et je ne m'attendais franchement pas à ce qu'il les entende.

Je promène le regard sur ces gens qui se sont montrés gentils, m'ont toujours réservé le meilleur accueil possible, et je m'excuse :

— Je suis vraiment désolé.

Gigi, qui se tient à mes côtés, passe un bras autour de ma taille et pose une main sur mon torse.

— Ne t'en fais pas, ça va aller, me dit-elle d'une voix tellement douce et tendre.

— Pike.

Joe me fait signe de revenir sur la scène du drame. Dans ses yeux brille toutefois une lueur bien différente. Ce n'est ni des envies de meurtre ni la haine, mais… de la compréhension et de la mélancolie ?

Je vais le rejoindre et Gigi me suit, surveillant son père des yeux, persuadée qu'il va me taxer d'enfoiré.

Joe se masse la nuque et fixe sa fille du regard, avant de tourner les yeux vers moi.

— J'ai eu à gérer une tripotée d'adolescents dans ma vie. Et des émotifs, tu peux me croire. Mets au monde trois filles, et tu verras la pagaille que c'est.

Il me sourit.

— Ton frère traverse une période difficile. Tes paroles l'ont blessé. Laisse-le se calmer et il reviendra vers toi, mais assure-toi de lui faire comprendre ce que tu ressens. Sois franc, mais ne lui donne pas matière à se nuire. Sois ferme et bienveillant à la fois. Ce qu'il s'est passé là ne doit jamais se reproduire.

Je hoche la tête et sens le nœud dans mon estomac se resserrer.

— Je sais. Je suis désolé.

— Ne t'excuse pas pour lui. Tu n'as rien fait de mal, mon fils.

Mon fils. Je cille, stupéfait. Joe Gallo vient de m'appeler *Mon fils* ? Personne, mais alors personne ne m'a appelé comme ça. Jamais. Pas même Colton Moore. J'avais toujours droit à un subtil mélange de *Bâtard* et de *Petit con*, mêlé à d'autres injures, pour me rappeler quelle insignifiante petite merde j'étais vraiment. Et là, mainte-

nant, cet homme qui est loin d'être mon plus grand fan…
m'appelle *Mon fils*.

Je déglutis et retrouve tant bien que mal ma langue.

— Combien de temps dois-je lui fiche la paix ?
croassé-je, m'efforçant de contenir l'émotion dans ma
voix, car… *c'est rien qu'un terme, crétin.*

— Laisse-le venir vers toi.

Joe fait un signe de tête en direction de la table où nous
étions assis quelques instants plus tôt.

— Mange, bois un verre et attends sagement. Tamara
va le raisonner.

— Et s'il ne revenait pas ?

Joe éclate de rire et me donne une bourrade amicale à
l'épaule.

— Où veux-tu qu'il aille ? On se trouve au beau milieu
de nulle part. Y a rien à des kilomètres à la ronde, hormis
des arbres et des bestioles.

Alors que je regarde son père s'éloigner vers le salon,
Gigi me tire la main pour attirer mon attention.

— Qu'est-ce qui a déclenché sa colère ? Il était dehors,
en train de flirter avec les filles, et, d'un coup, ça !

Elle fait un geste en direction de la porte, le nez froncé.

Je baisse les yeux sur mes pieds et secoue la tête.

— J'ai merdé.

— Ça, je le vois bien.

Elle vient se planter devant moi et me caresse le visage
du bout des doigts pour me forcer à la regarder.

— Ma question, c'est « comment » ?

— J'ai sorti des conneries, comme ça m'arrive tout le
temps, sauf que, là, il m'a entendu.

Elle fait une grimace.

— Ne sois pas si dur envers toi-même. Ça nous arrive

à tous de foirer. Une fois qu'il se sera calmé, tu pourras t'expliquer.

Je ferme les yeux et penche la tête en avant jusqu'à ce que nos fronts se touchent.

— Ta famille doit le détester.

Gigi renifle d'un air goguenard et s'écarte de moi pour que je puisse la regarder dans les yeux.

— Je t'en prie, les pétages de plombs, on connaît, ici. Bon, le sien s'est fait dans un langage plus fleuri que d'habitude, mais ce ne sera plus qu'un mauvais souvenir dans quelques semaines.

J'accroche un sourire à mon visage, mais il est complètement feint.

— Oui, peut-être.

— Eh !

Elle me donne un petit coup d'épaule, probablement parce qu'elle sent bien que je n'en crois pas un mot.

— On sait tous qu'il vient de perdre sa mère et son père. Ça doit vraiment lui peser. À sa place, je serais une véritable plaie.

Je secoue la tête et pousse un gros et long soupir pour tenter de me calmer.

— Tu as raison, admets-je, et je récolte un haussement de sourcils.

— Tu peux répéter ? me demande-t-elle, un sourire en coin lui barrant la joue.

— Pourquoi ?

Elle sort le téléphone de sa poche arrière et l'agite devant mon visage.

— Je veux enregistrer ça pour la postérité.

Bordel. Cette nana.

CHAPITRE
DIX
GIGI

— JE VAIS L'ÉTRANGLER.

Pike pose les coudes sur ses genoux et fait courir une main dans ses cheveux. Nous sommes assis dans le canapé de son salon.

— Je te jure que…

— Arrête un peu, le coupé-je.

Je lui frotte le dos et lève les yeux au ciel.

— Ils sont en chemin. Pas de quoi en faire *tout* un plat.

Austin n'était pas le premier à piquer sa crise et claquer la porte de chez mes grands-parents. Dieu sait qu'il ne sera pas le dernier. On fait tous dans le mélodrame, chez les Gallo, et il n'a pas fallu une heure à Austin pour se fondre dans le décor.

Pike lève la tête. Ses yeux étincellent de colère.

— Pas de quoi en faire tout un plat ?

J'appuie sur son crâne et lui baisse la tête.

— Austin est encore un ado, et les ados font ça tout le temps. Je suis sûre que ça t'est arrivé, à toi aussi.

Il marmonne et je sens les muscles de son dos se contracter sous mes doigts.

— Pas quand on veut éviter de se manger une raclée.

La moue sur mes lèvres ne se fait pas attendre.

— Promets-moi que tu ne le frapperas pas.

Ses yeux sont de nouveau braqués sur moi, le cou tendu dans ma direction, ses beaux sourcils bruns froncés.

— Tu me crois sincèrement capable de le frapper ?

Mon haussement d'épaules est infinitésimal, mais Pike l'a remarqué quand même. Je fais une grimace et essaie de me rattraper en disant :

— Jamais.

Il se redresse lorsque ma main retombe sur le canapé, près de ses fesses.

— Écoute-moi bien, ma belle…

Je hoche la tête au moment où il marque une pause et me redresse moi aussi, parce que je sais que cette conversion va être brève, mais intense.

— Je n'ai jamais levé la main sur un seul membre de ma famille. Je ne lèverai jamais la main sur mon frère.

Il me presse tendrement les doigts.

— Même si ce petit con me frappe en premier, jamais je ne répondrai par les coups.

— Je te crois.

Je n'ai jamais vu Pike s'en prendre physiquement à quelqu'un, à moins qu'il ait une dent contre le type ou que ce dernier mérite vraiment une correction.

— Jamais je ne toucherai à un de tes cheveux, non plus. Tu pourrais me planter un couteau à beurre dans la cuisse…

Je fais une grimace. Qui pourrait bien vouloir faire un truc pareil ?

— … tout ce que tu veux, il n'y a rien que tu puisses me faire qui me pousserait à te faire du mal.

— Je le sais.

L'homme aurait et a d'ailleurs failli se prendre une balle pour moi. Jamais, même quand j'ai fait mon emmerdeuse, il n'a montré la moindre colère ou hostilité à mon égard qui me fasse même sursauter. Il est toujours adorable à sa manière.

Du bout des doigts, il repousse les cheveux qui me barrent la joue, tandis que ses yeux fouillent les miens.

— Ce que je dis est vrai, tu dois me croire. Jamais, jamais, jamais je ne lèverai la main sur toi. Je ne suis pas fait de ce bois-là.

— Je le sais, répété-je.

Je suis à cent pour cent sincère, mais son regard laisse entendre qu'il n'en croit pas un mot.

— Non. Il faut que tu me croies. J'ai vu trop de saloperies dans ma vie. Il n'y a rien de pire que de recevoir une volée de quelqu'un qu'on aime et de ressentir non seulement la douleur des coups, mais aussi le venin des mots.

Mon estomac se noue.

— Pike, lui murmuré-je, ma joue allant au contact de sa main. Je sais parfaitement que tu ne me feras jamais de mal et je te crois. Tu as ma parole.

Je pose ma main sur la sienne et poursuis :

— Je n'imagine pas ce que tu as traversé petit et je veux que tu ne revives plus jamais ça.

— En dix ans, je n'ai jamais laissé personne devenir suffisamment proche de moi pour m'infliger ce genre de blessure.

Ses yeux balaient mon visage, tandis qu'il redessine le contour de mon menton avec le pouce.

— Hormis toi, Gigi.

— Moi seule ?

Je reste bouche bée. *Moi seule*. Ce n'est pas rien. Pike n'est pas le premier homme auquel j'ai ouvert mon cœur. J'ai à mon actif deux salauds et les cicatrices de ces effroyables ruptures pour le prouver.

Il hoche lentement la tête.

— Je n'ai jamais voulu donner à quiconque cette possibilité. Je me suis juré de ne jamais ouvrir mon cœur à qui que ce soit, mais toi…

Sa phrase reste en suspens.

Je plonge mon regard dans ces yeux verts qui m'avaient frappée à notre rencontre et lui murmure :

— Je suis heureuse que tu me l'aies ouvert.

On entend la porte d'entrée grincer. Ni lui ni moi ne bougeons.

— Reste zen, lui chuchoté-je, le dos tourné à l'entrée, lorsque je vois une de ses veines jugulaires se mettre à battre.

Quelques secondes plus tard, Pike tourne la tête en direction de la porte et je sens ses doigts se crisper près de ma gorge. Deux pas distincts martèlent le carrelage, suivis de deux gloussements.

— Yo, frérot, claironne Austin avant de se remettre à rire. Bien ou bien ?

— Aussie, qu'est-ce que je t'ai dit sur la manière de lui parler ? Le réprimande Tamara, l'élocution pâteuse.

Je ferme les yeux et compte jusqu'à cinq avant de rouvrir les paupières, parce que je sais que, quand je vais me retourner, ce que je vais voir ne va pas me plaire.

Comment je le sais ? Pike est presque aussi rigide qu'un bloc de granite et il respire à peine.

— Je kiffe quand tu m'appelles comme ça, répond Austin à Tamara.

J'entends alors un gros *fomp* et mon corps s'enfonce un peu plus dans le canapé creusé par la masse qui vient de s'y installer.

Pike suit le mouvement des yeux par-dessus mes épaules, comme si toutes les promesses qu'il venait de me faire étaient sur le point de partir en fumée.

Eh bien.

— Tu peux t'asseoir là, TamTam, propose Austin avec malice, et j'entends sa main tapoter sur quelque chose.

— Ne t'assoie pas sur ses genoux, gronde Pike, les yeux plissés, sans quitter son frère du regard.

— Quand est-ce que le Biker Rebelle a viré rabat-joie ? Plaisante Tamara, dont l'ombre vient s'installer au-dessus de moi, tandis qu'elle se tient quelque part dans mon dos.

— Tranquille, Musclor, se moque Austin. C'est pour rire, et puis Tam est ma nouvelle BFF.

Je ferme à nouveau les yeux et tente de garder mon calme, parce que, si on s'y met tous les deux… c'est la fin des haricots.

—En vrai, c'est ma seule copine ici.

— À la rentrée, toutes les filles vont te courir après, Aussie. Tellement, que tu seras obligé de les repousser par dizaine, lui assure Tamara.

Je soupire, exaspérée, et me retourne pour trouver ma cousine debout, la hanche appuyée contre le canapé juste au-dessus d'Austin qui se carre dans les coussins, une cheville posée sur l'autre genou.

— Si seulement, TamTam, murmure-t-il.

Sans-dé-con-ner !

Cinq heures plus tôt, ces deux-là ne se connaissaient ni

d'Ève et d'Adam, et là… ? Là, ils s'appellent par des petits surnoms ?

TamTam et Aussie.

Beurk.

Mes yeux remontent vers Tamara et s'arrêtent sur ses joues rosies d'avoir trop pris le soleil…

— Tu as bu ?

Elle hausse les épaules, incapable de contenir un petit sourire en coin.

— Il se peut qu'on ait bu quelques pintes, oui.

Je regarde tour à tour Austin et ma cousine avec de grands yeux.

— Mais enfin ! Vous n'avez pas encore l'âge requis pour ça !

Tamara tapote le sac qui lui pend à épaule.

— J'ai gardé ma fausse carte d'identité de Daytona, nous apprend-elle avec un clin d'œil.

Je lance un regard au plafond et marmonne dans ma barbe « Bon sang de bonsoir » avant de respirer un bon coup. Je suis à deux doigts de péter une durite.

— Il est encore lycée, Tam. Au lycée ! Je lui lance, avec des yeux assassins.

Elle fronce le nez et me renvoie mon regard accusateur.

— Hé, Miss Sainte-nitouche ! Ça t'est arrivé de t'enfiler bien plus que *quelques* binouzes quand tu avais son âge, ou même le mien, d'ailleurs.

Elle pointe le menton en direction de Pike et je comprends qu'elle fait référence à *cette nuit-là*.

— C'est pas un peu hypocrite, ça ?

Nom de Dieu.

Quand j'ai parlé, on aurait dit mon père ou ma mère. À vous de choisir. Que ce soit l'un ou l'autre, ils tenaient le même discours sur l'alcool et la fête. Et voilà que je ressors les mêmes mots à une mioche qui n'est même pas la mienne. Je secoue la tête et m'efforce de me rappeler que je ne suis pas la mère de ces deux abrutis.

— Je ne suis pas une hypocrite.

— Bien sûr que si, réplique-t-elle tout en appuyant un bras replié sur les épaules d'Austin, un petit sourire arrogant aux lèvres. Je n'aurais jamais cru voir de mon vivant le jour où tu te changerais en Suzy.

La main de Pike se pose sur ma cuisse et me la presse pour détourner mon attention des deux oies.

— Laisse couler, me souffle-t-il. Laisse-cou-ler.

Tamara se penche et se glisse entre Austin et moi.

— Bon, qu'est-ce qu'on fait ce soir ? me demande-t-elle, comme si de rien n'était.

— On rentre chez moi, lui dis-je tout en lui jetant un regard autoritaire par-dessus l'épaule.

Elle lève les yeux au ciel et renverse la tête.

— La soirée ne fait que commencer, la couz'. Et puis, y a *rien* chez toi, nan ?

Elle n'a pas tort. Je n'ai pas encore eu le temps de meubler cet appartement. Je n'ai même pas une cuiller ou une tasse à café dans les tiroirs de la cuisine. Tout est dans le garage de mes parents. Enfin, pas tout. J'ai encore des choses à acheter. Tellement de choses. Seulement, qui trouve le temps de faire du shopping quand les enfers se déchaînent ? Pas moi, en tout cas.

— OK, je te ramène chez tes parents, alors, décrété-je, tout en l'écartant de moi pour me lever.

Je ne suis pas encore debout que Pike me saisit par le poignet et m'oblige à me rasseoir.

— Dors ici cette nuit.

Je cligne des yeux, interloquée.

— Ici ? répété-je.

— S'il te plaît, me supplie-t-il.

— J'ai Tam à prendre en considération.

— Et alors ? Moi, j'ai bien Austin.

— Soirée-pyjama ! s'écrie ma cousine, le poing en l'air.

Austin approuve d'un hochement de tête et je rêverais de lui faire ravaler ce petit rictus qu'il a au coin des lèvres.

— Chouettos.

Nom d'un petit Jésus. Cette idée est loin d'être *chouettos*.

Je commence à marmonner :

— Je ne crois pas que…

— Je serai plus en paix de te savoir ici, m'interromps Pike, et je referme aussi sec la bouche, car je me sens, moi aussi, plus en sécurité chez lui.

— Pike, insisté-je tout de même.

— J'ai besoin de toi cette nuit, me confesse-t-il, le regard implorant.

— Beurk, lance Tamara, avec un haut-le-cœur. Je veux pas vous entendre faire des cochonneries toute la nuit.

Je lui décoche un regard assassin.

— Tu ferais bien de te la boucler avant que je te fasse passer l'envie de l'ouvrir.

Elle me tire la langue et prouve justement que nous sommes bien trop vieilles pour de telles chamailleries.

— Cours toujours, marmonne-t-elle, un peu trop blottie contre Austin.

Je lui lance sèchement :

— Tu aimes porter de l'orange ?

Son nez tout mignon se fronce au centre de son joli minois.

— Je hais l'orange, mais ça me va bien au teint.

Pas une seule couleur ici-bas ne fait défaut à sa peau mate, un cocktail qui réunit à la perfection les racines italiennes de son père et celles Afro-Américaines de sa mère. Elle semble bronzée hiver comme été, quand moi, à cause de ma blonde de mère et sa peau diaphane, pas.

— Si tu continues de le peloter, tu vas finir derrière les barreaux, puisqu'il n'a que dix-sept ans.

Austin passe un bras autour de sa taille.

— Nan, bébé. J'ai vérifié la loi. C'est bon.

Ma cousine baisse lentement les yeux vers le frère de Pike.

— N'y compte pas, petit gars.

Il hausse les épaules.

— Je peux attendre un an.

Elle lui administre une tape sur le torse, rehaussé d'un gloussement, parce qu'elle est éméchée et que c'est une idiote.

— T'es bête.

— Reste ici ce soir pour m'empêcher de l'étriper, me souffle Pike, la bouche tout près de mon oreille.

Je glousse à l'image de mon attardée de cousine, et tourne la tête vers lui, nos lèvres se touchant presque.

— T'inquiète, elle les aime un peu plus vieux.

Je remue les sourcils, car par *vieux*, j'entends *vraiment vieux*.

— Elle veut jouer les enquiquineuses, c'est tout, conclus-je.

— Tamara peut prendre la chambre d'amis.

Il fronce les sourcils et se reprend immédiatement, puisqu'on sait tous que ce n'est plus une chambre d'amis :

— Je voulais dire la chambre d'Austin, et lui peut dormir sur le canapé.

— Et Gigi ? demande Austin uniquement pour empoisonner son frère, un sourcil arqué et le menton levé.

— Je dormirai avec Tam, dis-je tout de go pour couper court à son petit jeu.

— Petit con, grognonne Pike.

D'un coup de bassin, Tamara s'écarte du canapé et frappe dans ses mains.

— Hou ! Une comédie romantique et du pop-corn, ça vous dit ? Comme au bon vieux temps, Gig.

Elle me donne un coup de hanche à l'épaule. Elle sait que, dès que ça parle d'amour, je me laisse complètement embobiner.

— Je veux un bol pour moi tout seul, annonce Austin tout en relevant nonchalamment son tee-shirt pour gratter ses tablettes de chocolat. Je ne partage pas !

— Honteux, lui réplique Tamara avec un clin d'œil.

— Que voulez-vous que je vous dise ? renchérit-il, alors qu'il tire un peu plus haut son tee-shirt pour s'exhiber. Je suis gourmand.

Je lève les yeux au ciel.

— Tout le monde aura son propre bol, promet Pike sur ton détaché, comme s'il n'était pas crispé au point de friser l'implosion. Les garçons par terre et les filles sur le canapé.

Austin lui jette un regard oblique.

— Je ne veux pas de mains baladeuses, bougonne Pike.

Tamara éclate de rire, littéralement pliée en deux.

— Franchement…

Elle se tape le genou d'une main et renifle entre deux rires.

— … Austin est mignon et tout…

— Mignon ?

Le frère de Pike a les yeux comme des soucoupes, l'air véritablement outragé.

— Je suis grave canon, TamTam.

— Si tu le dis, le taquine-t-elle, accompagnant la parole d'un geste de main désinvolte. Moi, j'aime les hommes avec un peu plus de…

Elle marque une pause et balaie du regard son corps et ses abdominaux qu'il nous expose toujours.

— … poils sur le torse.

— Poupée, lui lance-t-il sur un ton malicieux, le sourire suffisant de retour sur ses lèvres. J'ai tous les poils dont tu pourrais avoir besoin.

Je ricane devant l'aberration de la scène et je me dis qu'il vaut encore mieux que je leur balance les petites affaires de ma cousine de sorte à ne laisser aucune place aux malentendus.

— Elle les aime plus *vieux*, Austin. Vieux de chez vieux.

Tamara dresse une jambe en arrière et me frappe l'intérieur du mollet.

— Arrête un peu, Pike n'est pas de première jeunesse.

Je frotte l'endroit où apparaîtront à coup sûr des ecchymoses laissées par les os pointus de ses doigts de pied.

— Pike n'a *que* cinq ans de plus que moi. Quel âge avait ce gars que tu fréquentais ?

Il n'a tellement pas fait long feu que je n'ai pas retenu son nom.

— Marcus ? demande-t-elle tout en se tapotant le menton avec l'index.

— Non. Je me souviens de Marcus. L'autre. Celui avec des cheveux blancs.

Austin blêmit et semble sur le point de vomir.

— Tam, pourquoi te tapes-tu de vieux débris ?

Elle lui flanque une tape derrière le crâne sans se soucier un instant de lui faire mal.

— Ferme ton clapet, le jeunot. Et son nom est George.

— George… je répète avec un air moqueur.

— Ouep, renchérit Austin, qui secoue lentement la tête et se frotte l'endroit de la taloche. George, c'est bien un prénom de vieux con.

Il s'écarte vivement lorsqu'elle lève la main, prête à lui asséner une nouvelle claque.

— Putain, maugrée Pike à côté de moi, et, lorsque je me tourne vers lui, il a les yeux fermés et ses narines sont gonflées comme s'il venait de humer un gigantesque tas de fumier.

— Bon, on se le lance, ce film, oui ou non ? s'irrite Tamara, les bras croisés, une épaule relâchée, visiblement agacée de nous voir débattre de ses goûts en matière d'homme.

— Ton daron est au courant pour les vieux ? lui demande Austin, à qui le langage corporel de Tamara échappe totalement.

— Nan, et s'il vient à l'apprendre…

Elle se penche vers lui, le visage bien en face du sien.

— … tu auras intérêt à ne dormir que d'un œil, Aussie.

Voyant l'expression d'horreur passer sur ses traits, elle lui ébouriffe gaiement les cheveux.

— Bien !

Elle s'éclaircit la voix et se redresse, un grand sourire placardé au visage.

— Où se trouve le pop-corn ?

Cette nuit va être foutrement longue.

CHAPITRE
ONZE

PIKE

— LES MIOCHES DORMENT ENCORE, murmuré-je à l'oreille de Gigi, tandis que je l'enlace.

Elle appuie une hanche contre le comptoir de la cuisine, les doigts enroulés autour de sa tasse à café, et me fixe avec des yeux ronds.

— Les mioches ?

J'acquiesce d'un hochement de tête.

— Ouep. Tamara et Austin sont KO. Je suis sûr qu'on a un peu de temps devant nous avant qu'ils se réveillent.

— Du temps pour quoi ?

Elle hausse un sourcil et je remue les miens, puis descends une main sur sa hanche et la presse.

— Tu sais bien.

Elle jette un coup d'œil à Austin qui est étendu sur le canapé, la bouche grande ouverte, un bras en travers du visage.

— On ne peut pas. Et s'ils nous entendaient ?

Je l'implore :

— OK, alors viens prendre une douche avec moi, au moins.

Une fois que je l'aurai déshabillée, toutes ses bonnes résolutions tomberont à l'eau, je le sais.

Durant quelques instants, elle me fixe du regard, me scrute, seulement je ne compte pas abandonner.

— Je dois aller me doucher, c'est sûr, mais Tam et moi allons bientôt partir faire du shopping.

Je prends la tasse de café dans ses mains et la pose sur le comptoir.

— Elle dort à poings fermés. Vous n'allez pas vous mettre en route de si tôt et je sais être rapide.

— Tu as intérêt à bien te conduire, m'avertit-elle, un doigt pointé contre mon torse.

J'esquisse un sourire en coin.

— Parce qu'il m'arrive de ne pas bien me conduire ?

— Toujours, réplique-t-elle tout en roulant des yeux.

D'un geste vif, je trouve l'élastique de son short et je plonge les doigts sous le tissu, suffisamment pour dénicher à ce carré de peau et de chair qui me rend fou.

— Parole de scout.

Je l'entraîne dans le couloir, avant qu'elle ait le temps de protester. Elle s'arrête sur le seuil de la chambre d'Austin et y jette un coup d'œil pour s'assurer que sa sœur dort toujours.

Je la tire à nouveau par le bras.

— Tu perds du temps, ma belle.

Une fois dans la chambre, je referme la porte d'un coup de bassin, glisse les doigts dans la ceinture de mon jogging et le baisse d'un coup sec.

Elle secoue la tête avec un petit rire et rougit comme si elle n'avait jamais vu mon sexe auparavant.

— Très sérieusement, on ne peut pas faire ça.

Je pointe un pouce en direction de la porte, le pantalon de survêtement à mes chevilles et ma queue au garde-à-vous, et l'entraîne dans la salle de bain attenante.

— Ils n'entendront rien. Ouvre les robinets.

Elle passe un bras derrière moi et s'exécute. Elle n'a pas le temps d'avancer une autre excuse que je place les mains de chaque côté de sa taille et lui ôte son débardeur, exposant ainsi ses magnifiques seins.

— Bon sang, qu'ils m'ont manqué !

Elle les prend au creux des mains et me nargue en passant les pouces sur leur pointe durcie.

— Tu dis ça comme si tu n'avais pas vu ma poitrine depuis des lustres.

Mon sexe a un tressaut. Il partage ma joie de revoir ma nana nue.

— J'ai l'impression que ça remonte à une éternité. La dernière fois, il faisait noir.

Les yeux braqués sur moi, elle baisse son short et l'écarte du pied.

— Verrouille la porte. Je ne voudrais pas qu'ils nous surprennent.

Je tends un bras en arrière et, sans la quitter des yeux, je pousse le verrou.

— Ils ont leur propre salle de bain.

Elle me lance un drôle de regard. Je ne sais pas bien ce qu'il signifie, mais je comprends que j'ai dit quelque chose de mal.

— Ils n'ont pas intérêt à baiser dans la salle de bain, eux.

— Mais non, voyons.

J'ai eu une petite discussion la nuit dernière avec

Austin, une fois que cet idiot avait dessaoulé. Il a interdiction de poser une main sur Tamara Gallo, ou tout autre Gallo d'ailleurs.

— Ce n'est pas ce que j'ai voulu dire, poursuis-je. Maintenant, embrasse-moi. L'heure tourne.

Elle fait un pas en arrière et me fais signe de la rejoindre sous le pommeau. Je n'hésite pas une seconde à entrer dans la minuscule douche. L'eau chaude ruisselant sur ma peau, je passe les bras autour de sa taille et presse son corps contre le mien.

— Ça fait un moment que j'attends ça, murmuré-je contre ses lèvres.

Sa bouche, la chaleur de sa peau, ses mains m'ont manqué.

Elle s'écarte et s'agenouille, tandis qu'une de ses mains enveloppe mon sexe et se met à faire des va-et-vient.

— Et moi j'ai attendu *ça*, me réplique-t-elle.

Elle s'humecte les lèvres, penche la tête vers mon bassin, et je prends sur moi pour ne pas lui empoigner la tête et lui fourrer ma queue droit dans la bouche.

Ses lèvres se referment autour de mon gland et je donne un coup de reins en avant, dans une supplique silencieuse. Elle pousse un gémissement, tandis que sa main monte et redescend le long de ma verge, et je ferme les yeux pour m'empêcher de jouir : la voir ainsi agenouillée devant moi, en train de me sucer, c'est trop. La dernière chose dont j'ai envie, c'est de jouer les éjaculateurs précoces, de décharger dans sa gorge avant même qu'elle ait eu le temps de commencer.

La chaleur moite de sa bouche mêlée au jet brûlant de la douche m'excite terriblement. Je passe les doigts dans sa chevelure et lui touche délicatement la tête, tandis que mon bassin se cambre en avant. J'ai envie qu'elle me suce encore plus.

Je l'entends à nouveau gémir son plaisir. Elle se délecte probablement de voir que mes jambes tremblent presque. Une main appuyée contre le mur, j'essaie de garder l'équilibre et contracte tous mes muscles pour que mon corps puisse tenir debout.

— Je le fais bien ? me demande-t-elle malicieusement, interrompant sa délicieuse succion, ce qui me force à ouvrir les paupières.

— À la perfection. À la putain de perfection.

Elle me sourit, tandis qu'elle continue de me caresser d'une main et place l'autre entre ses cuisses.

Bordel. Je ne peux pas attendre. Je-ne-peux-pas. Pourtant, j'ai vraiment envie de tenir. Adossé au mur, je baisse la tête et regarde ses doigts jouer avec son intimité, pendant que ses lèvres se referment autour de ma queue.

Si, ça, ce n'est pas le paradis, alors je refuse d'y mettre un pied. La sublime créature qui se tient devant moi, toute douce et mignonne qu'elle est, a la fâcheuse manie de me faire bander sans même lever le petit doigt. Seulement, le fait de l'avoir à genoux devant moi, l'eau ruisselant sur ses seins, ses doigts en train de se toucher, c'est, à peu de choses près, le meilleur moment de ma vie.

— Arrête-toi, gémis-je, n'y tenant plus. J'en peux plus…

Elle relève la tête, mon sexe entre ses lèvres, les yeux écarquillés.

— Qu'y a-t-il ? me demande-t-elle, ses paroles presque inaudibles étant donné qu'elle parle avec ma queue dans sa bouche.

146

Je passe les mains sous ses aisselles et la soulève jusqu'à ce qu'elle referme les jambes autour de ma taille.

— C'était trop. Trop parfait, lui dis-je quand je vois briller l'inquiétude dans son regard. Tu savais qu'on devait bien se conduire. Tu as menti.

Elle me décoche un petit sourire malicieux et se mordille la lèvre.

Je passe un bras entre nous, j'empoigne mon sexe et l'aligne parfaitement à sa jolie et gourmande petite chatte.

— Pas de bruit, ajouté-je, et je fais un signe de tête en direction de la chambre pour lui rappeler que nous ne sommes pas seuls.

— Embrasse-moi, alors, me souffle-t-elle.

Mes lèvres s'emparent des siennes et je me glisse lentement en elle pour prendre ce qui m'appartient.

CHAPITRE
DOUZE

— J'EN CONNAIS une qui a pris son pied, lance Tamara par-dessus de son mug de café.

Elle est assise à la table de la cuisine, le sourcil en accent circonflexe.

— La ferme.

Je sens une rougeur envahir mon cou et s'installer sur mon visage.

Elle sirote son café sans me quitter des yeux, puis incline la tête sur le côté.

— Tu m'impressionnes, vraiment. J'aurais parié que tu faisais dans le bruyant.

Mes doigts se referment autour du torchon qui traîne sur le comptoir, avant de le balancer dans sa direction, la prenant par surprise. Le rectangle de toile l'atteint au visage et manque, par chance, sa tasse de café.

— Joli lancer, se moque-t-elle tout en jetant le torchon sur la table. T'es tellement une pipelette parfois, j'ai pensé que tu beuglerais des *Oh oui, vas-y, plus fort*.

Je la toise, les yeux plissés, parce qu'elle a bien trop braillé ces mots et que c'était carrément sexy aussi.

— C'est pas mon style.

Je lui tire la langue et retourne à cette tasse de café que j'ai commencé à boire une heure plus tôt.

Ses doigts pianotent contre le mug entre ses mains, tandis qu'elle m'observe. Je m'emploie à l'ignorer.

— Alors comme ça, tu es du genre silencieuse ?

Je roule des yeux et prends la verseuse pour compléter le fond de café dans ma tasse.

— Tu n'as pas besoin de savoir comment je suis au… enfin, tu vois, quoi.

Tamara éclate de rire et secoue la tête en me regardant.

— T'es trop nulle !

Je me penche en avant, la tasse enserrée dans les mains, et dévisage cette petite frimeuse.

— Et toi, tu gueules comme une truie ?

Elle a un sourire narquois.

— Tu vas le savoir, puisqu'on va être colocs.

Je réprime le haut-le-cœur que j'ai dans la gorge.

— Qu'est-il arrivé à ton mec ?

Elle hausse les épaules et sa bouche se tord.

— Je l'ai lourdé. J'ai donné avec les garçons. Il est temps que je me trouve à nouveau un homme, un vrai.

— Un vrai ? répété-je, un sourcil arqué, tandis que je la regarde dans son pyjama rose à tête de lapin faire la distinction entre les hommes, les vrais, et les garçons. Choupinet, le jyp !

— La ferme.

Elle me lance un regard noir avant d'éclater de rire.

— Il est confortable et je n'ai pas eu le temps de sortir

toutes mes affaires de la voiture. J'ai pris le premier truc que j'ai trouvé.

Elle se penche en avant, pose les coudes sur la table et pousse un gros soupir.

— Bon, que s'est-il vraiment passé ?

Je parle de son petit ami et elle le sait.

— Il devenait un peu trop possessif et j'en ai eu ma claque. Parfois, c'est adorable, mais d'autre fois…

Elle lève ses yeux noisette vers moi, le regard intense.

— Quand j'ai commencé à vouloir l'étouffer dans son sommeil, j'ai su qu'il était temps que je le quitte.

J'approuve d'un hochement de tête. Quand on en vient au meurtre, il vaut mieux plier bagage et passer à autre chose.

— Tu es enfin revenue à la raison.

— Et tu sais ce qu'on dit ?

Je hausse les épaules, car elle peut vouloir m'emmener sur n'importe quel terrain avec une question pareille. N'importe lequel.

— Les mecs tatoués sont mes jouets préférés, lâche-t-elle, avec un sourire entendu.

Je lève les yeux au ciel.

— T'es vraiment barjo.

— Pike est tatoué, me rappelle-t-elle, comme si j'avais oublié.

— Et ?

— C'est un putain de joujou, pas vrai ? Meilleur que… comment il s'appelait, déjà ?

Elle se tapote le menton avec l'index, comme si mon palmarès était trop fourni pour qu'elle se souvienne de son prénom.

Mon cul.

— Erik, croassé-je, même si elle ne l'a pas oublié.

— Et y avait aussi ce minable de Keith. C'était pas des vrais mecs. Pike, en revanche…

Ses yeux se posent derrière moi, et je sais qu'il est là. Je sens la chaleur et la présence de son corps avant même qu'il ait prononcé un mot.

— … il est viril.

Avec un marmonnement, il me prend la tasse à café des mains et la porte aux lèvres. Je n'ai pas le temps de le mettre en garde qu'il avale une grande gorgée et esquisse aussitôt une grimace.

— Bordel ! Ça a un goût de chiotte.

Je tends le bras pour récupérer ma tasse, mais il verse le contenu dans l'évier avant que je puisse voler au secours de mon café froid.

— J'étais en train de le boire, me lamenté-je.

— Il était froid et la quantité de sucre…

— J'aime que mon café soit sucré, dis-je sur un ton agressif, parce que j'avais besoin de ma dose de caféine et que, par deux fois ce matin, il m'en a privé.

D'abord avec des galipettes, non pas que je m'en plaigne, et en jetant maintenant mon café comme si c'était un vulgaire jus de chaussette, ce qu'il n'était pas.

Il nous tourne le dos sans répondre et s'affaire à refaire du café.

— Canon, me souffle Tamara, qui reluque ses fesses sans vergogne.

Ses yeux avides remontent lentement la colonne vertébrale de Pike et s'attardent sur sa peau nue par ailleurs tatouée.

— Trop, trop canon.

Elle lève ses deux pouces en l'air, un sourire jusqu'aux oreilles et les sourcils hauts.

— Quel est votre programme de la journée ? nous demande Pike, qui se tourne au moment où Tamara baisse les mains et qui ignore complètement qu'elle vient de le traiter comme un bout de viande.

— On va faire les magasins, dis-je tout en me blottissant contre lui, tandis que le café se met à passer derrière nous. Si j'arrive à boire une tasse de café un jour !

Il pose les mains sur ma taille et me serre doucement.

— Je vous dépose.

— Non, rétorque Tamara, qui secoue brièvement la tête. Je veux qu'on reste entre filles. On a beaucoup de trucs à se raconter.

Pike baisse les yeux vers moi et je hausse les épaules, parce que rien n'est gravé dans le marbre.

— Alors comme ça, vous allez parler de moi ? se réjouit-il avec un petit sourire.

— Entre autres, lui répond Tamara, tandis qu'elle se lève de table pour venir se tenir de l'autre côté du comptoir. Et, si tu es là, ça va être compliqué d'obtenir les détails croustillants.

— Il n'y a pas de détails croustillants, esquivé-je.

Bon sang, j'en ai tellement à lui raconter.

Son regard se promène à nouveau sur lui, sauf qu'à présent elle louche sur son torse, ses tatouages, et sa flèche de poil qui descend sous le jogging.

— Meuf, si tu n'as rien de croustillant à me raconter, c'est que tu t'y prends mal.

Pétasse.

— Va t'habiller avant d'avoir la honte.

— Bonjour, nous salue Austin d'une voix traînante.

Il vient d'entrer dans la cuisine d'un pas mou. Ses yeux sont deux fentes et il se gratte le ventre comme s'il avait la gale.

— Quelle heure est-il ?

Il cligne lentement des yeux lorsqu'il remarque que Tamara porte un short au ras des fesses et une brassière à tête de lapin qui moule les moindres renflements et mamelons de ses seins.

— Midi, lui répond-elle tout en posant brièvement le regard sur lui avant de revenir à mon mec. Ils sont levés depuis longtemps.

Je saisis ce qui se trouve devant moi et le jette dans sa direction. Une fois de plus, le projectile l'atteint en plein visage. Elle prend la manique et me la renvoie, mais je l'attrape au vol.

— Mais bon sang, va t'habiller, Tam !

Austin reste planté là, les yeux ronds, complètement hypnotisé par les tétons durcis qui pointent à travers le pyjama.

— Te sens pas obligée de le faire à cause de moi, lâche-t-il avec un grand sourire.

Si j'observais son visage de plus près, je suis certaine que je verrais de la bave couler au coin de ses lèvres.

Pike glisse une tasse de café chaud devant de moi. Je sens la vapeur sur mon visage.

— Austin et moi, on a aussi des trucs à faire.

Les yeux d'Austin quittent enfin les seins de Tamara pour se tourner vers son frère, tandis qu'il se laisse tomber sur un tabouret près du comptoir.

— Comme quoi ?

— Il faut qu'on refasse ta carte d'identité, et Joe a

parlé de t'embaucher à Inked, si ça te dit de te faire un peu d'argent.

— Arrête, murmure Austin, incrédule.

— Mon père a dit ça ? m'exclamé-je tout en clignant des yeux, surprise. Tu es sûr d'avoir bien compris ?

Pike hoche la tête. Ses yeux verts scrutent mon visage.

— Ce sont ces mots.

— Avant ou après le pétage de plomb ? demande Tam, qui nous rappelle la crise de la veille.

Je lui lance un regard en coin et elle hausse les épaules.

— Merde, marmonne Austin, le corps affaissé, sa posture témoignant d'un remords évident. Je suis désolé, putain. Vraiment, vraiment désolé.

— Tu devrais commencer par surveiller ton langage, petit, s'amuse Tamara. On aime les grossièretés dans la famille, je dis pas, mais, au salon, j'imagine qu'ils ont un peu de retenue.

— On tient pas une librairie, lui rappelé-je sur un ton railleur.

C'est un commerce, d'accord, mais ça reste un salon de tatouage.

— Mais si mon père t'engage, tu ferais peut-être bien d'enrichir ton vocabulaire.

— J'ai mer… j'ai tout fichu en l'air, pas vrai ?

Les yeux d'Austin me supplient de le contredire, mais je me dois d'être honnête.

— Un peu, mais…

Je lui adresse un petit sourire dans l'espoir de le réconforter un peu.

— … ça nous est tous arrivé. Ce n'est pas la fin du monde.

— Va prendre une douche. Après ça, on filera au salon pour évaluer l'ampleur des dégâts, lui dit Pike.

Austin acquiesce d'un bref hochement de tête, avant de repartir dans le couloir.

— Tu es certain d'avoir entendu mon père dire qu'il voulait l'embaucher ? demandé-je une nouvelle fois, le nez froncé. Parce que ça ne lui ressemble franchement pas.

Pike se masse la nuque et hausse une épaule.

— Il a besoin d'une personne à mi-temps pour diriger l'accueil, parce que tu as beaucoup de boulot avec ta propre clientèle maintenant.

Je cligne des yeux, sidérée. C'est certain, mais Austin ? Mon père n'est déjà pas très fan de Pike et, maintenant que son frère à piquer sa crise, je ne suis même pas sûre qu'il donnerait l'heure au gamin.

— Je me suis dit qu'on pouvait faire un crochet par le salon, prendre la température, et aviser ensuite.

Je me remets à boire lentement mon café et fais défiler dans ma tête toutes les tournures désastreuses que cette entrevue peut prendre. Lorsque Pike et mon père se trouvent dans la même pièce, j'aime être présente pour pouvoir jouer les arbitres, mais, aujourd'hui, c'est impossible.

— Je vais me préparer pour qu'on puisse se mettre en route, d'accord ? me lance Tamara, qui interrompt tous les scénarios catastrophes de cette halte au salon que mon cerveau élabore.

— OK. Je serais prête dans une demi-heure, lui dis-je.

Lorsqu'elle disparaît à son tour dans le couloir, je reporte mon attention sur Pike.

— Salut, ma louloute ! entends-je alors Austin clamer

de sa chambre, son accent traînard du Tennessee nous parvenant dans un filet.

— Change-toi dans la chambre de Pike ! hurlé-je à Tamara.

Et voilà que les deux zigotos éclatent de rire. Ils cherchaient tout bonnement à me provoquer et, moi, j'ai mordu à l'hameçon.

— Je devrais pas aller au salon, d'après toi ?

Voyant que j'ai le regard toujours braqué sur le couloir pour m'assurer que les deux larrons en foire se sont bien séparés et qu'il n'y a pas d'entourloupe, Pike me donne un coup de hanche.

— Si, bien sûr que si. Que pourrait-il arriver ?

Tout.

Il me sourit et hoche la tête comme s'il croyait à mes salades.

— On fera vite. On reviendra à temps pour t'aider à transporter tes achats à l'intérieur.

Je passe les bras autour de son cou et plonge mon regard dans ses yeux verts intenses.

— Il y aura beaucoup de choses, l'avertis-je.

— Ma belle, je serais prêt à porter le monde à bout de bras pour toi.

— Qui est Morris, déjà ? me demande Tamara, alors que nous sommes assises à la table d'un restaurant à recharger nos batteries pour pouvoir continuer nos emplettes.

Nous avons déjà réussi à acheter presque tout ce dont j'avais besoin pour la cuisine, c'est-à-dire pas grand-chose, car, comme ma mère, je suis nulle en cuisine. Et puis, des oreillers, des draps, des serviettes et quelques autres trucs, juste assez pour rendre cet appartement habitable et lui donner au moins le confort d'un dortoir. Plus tard, j'en ferai un vrai « chez moi », mais, pour l'heure, ça fera l'affaire.

— Il fait partie des Disciples. C'est un des amis proches de Pike.

Ses sourcils bruns se froncent, tandis qu'elle m'observe par-dessus son double hamburger.

— Si je comprends bien, il a tiré dans l'épaule de Pike, mais ils sont amis ?

Je sais ce qu'elle pense. Que c'est n'importe quoi et un mystère qu'on ne comprendra jamais chez les hommes.

— Ouep, je lance en marquant le P.

— Jamais je ne deviendrai amie avec une pétasse qui oserait même me regarder de travers. Alors si elle me tirait dessus…

Perplexe devant la mécanique du cerveau des hommes, elle secoue la tête et sa tignasse brune suit le mouvement de son crâne.

— … je l'étriperais.

Je hausse les épaules et cherche dans mes frites à la recherche d'une petite croustillante.

— Ça m'échappe aussi, Tam, mais je sais que ce type est vraiment gentil.

Elle cligne des yeux, dubitative, et baisse le menton.

— Gentil ?

Je hoche la tête.

— Il est adorable et il est drôle.

— Il a tiré sur Pike, me rappelle-t-elle, comme si je ne venais pas de le lui dire quelques secondes plus tôt.

— Je sais, mais c'était un accident.

Ses yeux noisette se remettent à cligner et elle repose son hamburger dans l'assiette.

— On croirait entendre Pike. Il lui a tiré dessus, mais ça fait rien parce qu'il ne l'a pas fait exprès et qu'il est gentil.

— Ben, oui ! dis-je, comme si c'était une évidence.

— Où est ma cousine et qu'avez-vous fait d'elle ?

Je sais que je passe pour une allumée.

— Arrête un peu…

Je lance une frite dans sa direction, frite qui était toute molle et que je ne comptais pas manger, de toute façon.

— … je t'explique simplement ce qui s'est passé.

— Est-ce que Morris est canon ? rebondit-elle, un sourcil arqué, son radar à hommes mûrs en action. Parce qu'il a l'air de déchirer grave.

— Ça va pas, la tête ?

Elle esquisse un petit sourire suffisant.

— Tu as dit qu'il était adorable et drôle. Et puis, si c'est un dur à cuire comme Pike, alors je dis carrément oui.

Je porte les mains à mes tempes pour me les masser et regrette aussitôt mon geste quand mes doigts pleins de graisse glissent sur ma peau.

— Morris pourrait être ton père.

Elle esquisse une grimace, mais rebondit aussi vite et me demande d'une voix délurée :

— Il a un fils ? Parce que si c'est le cas…

Elle remue les sourcils.

— … je veux faire sa connaissance.

— Qu'est-ce qui tourne pas rond chez toi ? rétorqué-je, avant de me remettre à farfouiller mes frites.

— Je dois aller de l'avant. Qu'a dit Mallory, déjà ?

Elle brandit un doigt et lève les yeux en l'air, tandis qu'elle se remémore les paroles prononcées il y a presque deux ans.

— « Le meilleur moyen de surmonter un chagrin d'amour, c'est de se remettre en selle ». On pourrait passer une soirée au QG, un de ses quatre.

Je laisse tomber la frite que j'ai entre les doigts, pousse l'assiette sur le côté, me penche en avant et murmure :

— Tu as perdu la tête ?

— Non, s'obstine-t-elle avec calme. Je cherche juste à passer du bon temps et, pour ça, il n'y a rien de mieux qu'une soirée de bikers.

Je ferme les yeux et respire un bon coup pour ne pas disjoncter au beau milieu du restaurant.

— Tu regardes beaucoup trop la télé. Les soirées de bikers sont…

— Tu comptes me faire croire qu'il n'y a pas de la quéquette à gogo dans ces soirées ?

— De la quéquette à gogo ? répété-je en gloussant. J'ai bien entendu ?

Elle hoche lentement la tête et repousse ses boucles brunes derrière l'épaule.

— Je ne cherche rien de sérieux. Tu me connais. J'ai eu ma dose de relations à la con. Moi, tout ce que je veux, c'est une queue.

La dame qui est assise à la table d'à côté s'étrangle. Visiblement, elle a entendu toutes les obscénités qui sont sorties de la bouche de ma délicate cousine. La seconde d'après, elle a ramassé son assiette et est partie se trouver une autre place.

— Bravo, dis-je tout en roulant des yeux.

Elle hausse les épaules.

— Si tu veux mon avis, cette dame aurait bien besoin d'une queue, elle aussi.

— Ça tourne vraiment pas rond là-haut, murmuré-je, et je me retiens de rire. Tu m'as manquée, crétine.

— Tu m'as manquée aussi.

Elle me sourit.

— Ça va être le meilleur été de notre vie !

Que le ciel me vienne en aide.

CHAPITRE
TREIZE
PIKE

AUSTIN ne m'a pas décroché un mot depuis nous sommes dans la voiture et semble bien plus intéressé par le paysage qui défile.

— Il faut qu'on parle d'hier.

— Je pense que tu en as assez dit, me rétorque-t-il, sans regarder dans ma direction.

C'est mérité. Je sais combien les mots peuvent blesser, parfois plus qu'un poing en pleine poire.

— Je regrette ce que j'ai dit, Austin. C'était vraiment stupide de ma part. Les mots ont dépassé ma pensée.

Il hausse une épaule, pose une joue dans une paume et réplique dans sa barbe :

— Ça fait rien.

— Non, ça fait pas rien. Au contraire.

Je tourne la tête vers lui dans l'espoir qu'il me regarde. Or, non.

Quand on était avec les filles, il était drôle et vif, mais dès qu'elles ont quitté l'appartement, il est devenu froid.

— Tu n'es pas un « fardeau ». J'avais envie que tu sois ici avec moi, admets-je, m'efforçant de sortir de ce silence dans lequel je me suis muré depuis la discussion avec Joe. Mamie aurait été plus qu'heureuse de te voir rester vivre chez elle, mais j'ai pensé qu'on avait été séparé suffisamment de temps. Te ramener avec moi était une évidence.

— Hourra, lâche-t-il avec une indolence débordante, la voix pleine de sarcasme. Quel chanceux je suis !

— Je sais que j'ai été un connard, reconnais-je.

— Tu l'as toujours été, me rétorque-t-il aussitôt.

Je me mords la lèvre pour m'empêcher de rembarrer ce petit morveux.

— C'est mérité.

Il se tourne enfin vers moi.

— Je t'admirais, que tu sois là ou pas. Et même avec tout ça, j'étais tellement excité à l'idée de revoir mon grand frère. Et toi, tu fais quoi ?

— Je merde.

— Est-ce que tu sais ce que ça fait de se sentir indésirable ?

C'est à mon tour de lui jeter un regard mauvais, car je n'ai connu que ça durant mon enfance. Chaque putain de jour qui passait.

Il ferme les yeux, car il sait qu'il vient de faire une bourde.

— Fais chier, marmonne-t-il.

— J'ai jamais voulu te traiter comme maman et…

Je m'interromps brusquement. J'ai manqué de dire Colton, mais je me rattrape à temps.

— … papa m'ont toujours traité. J'aimerais pouvoir retirer ce que j'ai dit. C'étaient les propos les plus stupides de toute mon existence.

— J'en doute, raille-t-il.

Je me gare sur le parking de Inked. J'ai conscience que je dois arranger les bidons avant qu'on franchisse la porte du salon. Si Austin est à cran et continue à tirer la tronche, il ne fera que m'enfoncer un plus. Du reste, je n'ai pas envie que mon frère se sente indésirable, même si je ne pensais pas me retrouver de si tôt avec un ado de dix-sept ans sur les bras.

— Je sais que tu n'es plus un gamin.

— Grave ! lâche-t-il.

Je résiste à l'envie de lever les yeux au ciel.

— Et je ne suis ni maman ni papa.

Bon sang, ce mot est comme une traînée d'acide sur ma langue qui me brûle la chair à chaque syllabe prononcée.

— Mais toi et moi, on est dans le même bateau. La grand-mère a veillé sur moi quand j'avais à peu près ton âge, avant que je mette les voiles, et je veux être là pour toi avant que tu en fasses de même à la fin de l'année scolaire.

Il ne répond rien, se borne à regarder par le pare-brise, examinant le salon qui se dresse à l'autre bout du capot.

Alors, je poursuis :

— Tu veux un boulot ?

— Et toi, as-tu envie de me voir bosser dans ce salon ?

Il incline la tête en direction de Inked et sa houppe brune lui retombe devant les yeux.

— Tu y travailles, non ? ajoute-t-il, le regard à nouveau tourné vers moi.

Je hoche la tête et pousse un long soupir.

— Oui, j'aimerais te voir ici. Je bosse souvent le soir, alors ce serait le seul moyen pour nous de passer plus de temps ensemble.

Sa bouche se tord et ses yeux se plissent, mais j'ai au moins gagné son attention.

— De pouvoir me surveiller, tu veux dire.

Je secoue la tête et esquisse une grimace.

— Tu n'es plus un petit garçon. On doit refaire connaissance, tous les deux, et on n'y arrivera pas si je travaille tous les soirs.

Il reporte les yeux sur le salon de tatouage et promène le regard sur la devanture et le remue-ménage qui s'opère derrière.

— Que dois-je faire ?

— Tenir l'accueil, recevoir les clients, répondre au téléphone. C'était le boulot de Gigi avant, mais, maintenant, elle a sa clientèle.

Austin laisse retomber la main qui tenait sa joue et il se redresse sur son siège.

— Tu crois qu'il voudra toujours de moi ?

— J'en sais rien, petit. Ce type me hait.

On peut lire *Sans blague* dans son regard.

— Tu enfiles sa gamine, en même temps.

Je le fusille des yeux.

— Ne t'avise plus jamais d'employer ce mot-là.

Il roule des billes.

— D'accord. Tu sors avec sa fille. C'est mieux ?

Je pointe un doigt en direction de Inked.

— Tous ces gens sont de sa famille. Cet endroit appartient à sa tante, son père et ses oncles. Tous y travaillent. Et moi, aussi. Si tu joues au con…

— Je sais comment bien conduire, Pike. Je travaille depuis que j'ai quinze ans, et je suis un putain d'employé modèle.

— Où ça ?

— À la ferme des Sander. Je bossais les soirs après l'école et les week-ends pour pouvoir m'acheter une bécane.

— Un vélo ? demandé-je, étonné.

Il fait « non » de la tête.

— Plus que 1 000 $, et j'aurais ma propre Harley !

— Tu ferais peut-être bien de commencer par une voiture de seconde main.

Il me jette ce regard que j'ai lancé à ma grand-mère quand elle m'a tenu ce discours. Bordel de Dieu, je me transforme en vieux.

— Les voitures, c'est trop cher, et puis je veux une Harley depuis que…

— Depuis que je t'ai emmené faire un tour sur la mienne, terminé-je.

Je me souviens de lui, petit, les bras enroulés autour de ma taille, en train de crier à plein poumon à l'arrière de ma moto.

Il sourit.

— Oui.

— Une Harley, donc.

L'idée ne me plaît pas plus que ça, mais qui suis-je pour le lui interdire ?

— Bon, on entre ?

Il pose la main sur la poignée de la portière et attend que je lui réponde avant d'ouvrir.

Nous n'avons pas fait deux pas à l'intérieur du salon de tatouage que Mike, oncle de Gigi et ancien boxeur de l'UFC, vient se planter devant nous, les yeux braqués sur mon petit frère.

165

Austin relève entièrement la tête et note l'envergure de l'homme à la corpulence titanesque.

— S-salut, bredouille mon frère, les yeux ronds comme des soucoupes.

— Tu ne vas pas remettre ça, hein ? menace Mike plus qu'il ne le questionne, la voix grave et, comme toujours, à vous filer la chair de poule.

— Non, monsieur, déglutit Austin.

Un sourire se dessine lentement sur le visage de Mike, tandis qu'il pose une main sur l'épaule de mon petit frère.

— Tu traverses une mauvaise passe, mais tes problèmes personnels n'ont rien à faire ici. Tu les gardes pour chez toi.

— Oui, murmure Austin. Pour chez moi.

Je vois mon frère se pisser virtuellement dessus lorsque Mike lui presse l'épaule suffisamment fort pour qu'il esquisse une grimace, et je ris sous cape.

— Bon gamin.

— Austin ! claironne Izzy de sa voix chantante, tandis qu'elle vient nous accueillir d'un pas pressé, poussant au passage son frère d'un coup de hanche.

Quelques secondes plus tard, elle a les bras grands ouverts et enlace mon frère comme s'il lui avait manqué.

Bon sang, cette femme ne m'a jamais serré dans ses bras, ne m'a jamais regardé comme elle le regarde. En dépit de toutes mes incartades, jamais je n'ai envoyé l'intégralité de cette famille se faire mettre comme il l'a fait. Et pourtant, voilà que Izzy se montre… maternelle ?

Elle s'écarte, mais ses mains restent posées sur les bras d'Austin et ne rompent jamais le contact.

— Est-ce que tu vas bien ? Nous étions inquiets.

— Je vais mieux, m'dame.

J'écarquille illico les yeux et m'attends à ce qu'elle le descende en flammes comme elle me l'a fait la première fois que je l'ai appelée *m'dame*.

Elle rit de bon cœur et lui assène une tape amicale au bras.

— Appelle Iz ou Izzy, petit.

Il lui décoche un sourire en coin, probablement distrait par son sex-appeal, même si la tante de Gigi est suffisamment vieille pour être sa mère.

— Iz, murmure-t-il.

Ses joues deviennent toutes roses et il se racle la gorge lorsqu'il s'aperçoit qu'il a l'air d'un crétin.

— Salut, Pike, me lance Izzy par-dessus l'épaule, m'accordant à peine un regard.

— Salut, dis-je tout en me frottant la nuque, décontenancé.

Jamais un membre de cette famille ne me réservera un accueil aussi chaleureux.

— Joe, Austin est là !

Izzy sourit à mon frère, toujours dans son rôle de sainte. Ce qu'elle n'est pas.

— Pike aussi.

Je les contourne et me dirige vers mon fauteuil. Autant m'installer confortablement. Avant de prendre sa décision, Joe risque de le cuisiner durant un long moment et lui remonter les bretelles pour son comportement de la vieille.

— Yo, murmure Anthony, qui m'adresse un salut de la tête sitôt qu'il m'aperçoit. Comment vont les filles ?

— Super, dis-je. Quoi de neuf ?

— J'attends qu'ils terminent, qu'on puisse se tirer d'ici. Je déteste ces réunions mensuelles, bougonne-t-il.

— Réunion mensuelle ?

Je hausse un sourcil. J'avais oublié qu'on était lundi. Quand j'ai dit à Gigi que j'emmenais Austin au salon aujourd'hui, je n'ai pas pensé au fait qu'Inked était fermé ce jour-là.

— Ouep. On se réunit entre gérants le troisième lundi du mois pour causer finance et affaires. Une idée de Mike. Un véritable casse-burnes.

J'acquiesce d'un air goguenard et gomme immédiatement l'expression moqueuse sur mon visage quand je vois Mike arriver dans son dos.

— De quoi ça discute, ici ?

— De ta réunion, rétorque Anthony du tac au tac tout en posant les pieds sur un tabouret à proximité, les mains croisées derrière la tête. C'est fini ? Ça fait presque deux heures que vous refaites le monde.

Je saisis le téléphone dans ma poche, ouvre la messagerie et les laisse discuter entre eux.

Moi : Ça donne quoi, ce shopping ?

— Dès que Joe a terminé avec Austin, on s'en va, annonce Mike, qui se laisse tomber si lourdement dans un des fauteuils que je suis surpris de ne pas le voir ployer sous son poids.

Gigi : Tamara est sur un coup.

Moi : Un service de vaisselle sympa ?

Je me gratte le visage et fixe l'écran, ignorant les deux gaillards qui se chamaillent de l'autre côté de la pièce.

Gigi : Un mec !!! Un putain de biker. Qu'est-ce qui tourne pas rond chez elle ?

Je ne trouve rien à dire. Que puis-je répondre à un truc pareil ?

Gigi : Autrement, ça va. On sera de retour d'ici quelques heures.

Moi : Nous serons prêts.

— Gigi ? demande Mike, ce qui me pousse à lever la tête de l'écran.

— Oui. Elles font les magasins.

Joe revient dans la pièce, Austin à ses côtés.

— On te formera dès que tu seras prêt à commencer.

— Je serai prêt dès que vous le serez, monsieur.

Mon frère sourit au colosse.

— Tu peux faire autant d'heures que tu le souhaites jusqu'à la rentrée. Ensuite, on réduira. Il n'y a rien de plus important que le travail scolaire.

L'espace d'un instant, Austin blêmit et se reprend aussitôt.

— Je suis bien d'accord, ment-il.

Je n'avais même pas songé aux devoirs, aux cours, aux bulletins de notes, et tout le tralala qu'implique l'éducation d'un adolescent de dix-sept ans. Austin était-il bon élève ? Je n'en ai aucune idée, mais mon petit doigt me dit qu'il n'apparaissait pas sur le tableau d'honneur.

Izzy arrive derrière Austin, passe un bras autour de ses épaules et le serre brièvement.

— Nous sommes heureux de t'accueillir dans notre famille.

Je devrais être vexé. Je n'ai pas eu le droit à un câlin, moi, mais tant pis. Je ne suis pas un môme, et le fait qu'ils soient disposés à ouvrir les bras et les portes de leur salon à mon frère me suffit amplement.

— Moi aussi, bafouille Austin, dont le visage se met littéralement à rayonner lorsque les seins d'Izzy s'écrasent contre son biceps.

Je me lève et fourre le téléphone dans ma poche.

— On décolle ? demandé-je à Austin, pressé de lever l'ancre.

— Les filles ont terminé ? s'enquiert Joe, le sourire qui flottait sur son visage s'évanouissant dès l'instant où il pose les yeux sur moi.

J'acquiesce d'un hochement de tête.

— Elles seront bientôt de retour.

Joe lance un regard à Anthony, avant de se tourner à nouveau vers moi.

— Anthony et moi allons vous suivre. J'ai une remorque pleine à craquer de meubles que Suzy a entassés au fur et à mesure des années pour ce jour. Un lit, un canapé, et tout le saint-frusquin.

Anthony s'est levé et se frotte les mains comme s'il était prêt à passer à l'action.

— À nous quatre, on devrait réussir à tout charger avant leur retour. Ça va être une belle surprise.

— Je marche ! s'exclame un Austin aimable, qui n'a plus rien du petit grincheux qui se trouvait dans la voiture avec moi. Vous voulez venir, Iz ?

Vous voulez venir, Iz ? J'ai toutes les peines à ne pas lever les yeux au ciel. Ce môme est un dragueur de première. Peu importe l'âge de la femme en face de lui, il y va.

— Je dois récupérer mes fils à leur entraînement de football et je rejoins ensuite mon mari pour dîner tôt. Il travaille tard ce soir.

Elle ébouriffe les cheveux d'Austin, ce qui le fait rougir.

— Mais merci pour l'invitation.

Il opine du chef et fourre les mains dans ses poches.

— Pas de quoi.

— Mike, tu viens ? interroge Joe tout en plongeant la main dans la poche arrière de son pantalon pour en sortir son téléphone portable.

— Je peux pas. Comme Lily est là, Mia veut qu'on aille dîner en famille à la plage devant le soleil couchant.

— C'est trop mignon. Je redoute le jour où Carm et Rocco entreront à l'université. Vraiment ! se lamente Izzy tout en secouant la tête. Je ne saurai pas quoi faire de mes dix doigts.

— Trace saura t'occuper, va ! ricane Anthony. Ce garçon est une tornade.

Elle roule des yeux.

— Il est comme son père. Ils vont m'achever.

— On se retrouve à l'appartement ! lancé-je à la ronde. J'ai eu mon compte de mièvreries à la Gallo.

Joe acquiesce d'un hochement de tête.

— On arrive d'ici cinq minutes.

— À demain, lance Austin à Izzy et Mike avec un salut de la main, tandis qu'on sort de Inked. Je les aime bien.

— Ah oui ? fais-je tout en me glissant sur le siège conducteur du pick-up de Gigi qu'elle a bien voulu me prêter, puisque Tam et elle prenaient la voiture de sa cousine. Ils sont pas trop mal.

Austin pousse un rire et claque la portière après s'être installé à côté de moi.

— Je me sens trop mal d'avoir fait ma tête de con hier.

— Tu peux, marmonné-je, tandis que je mets le contact.

— Connard, rispote-t-il tout bas. Dis, ça t'est déjà arrivé…

Il se passe une main sur le visage, le cou tendu vers moi, et semble hésiter avant de poursuivre.

— … de rêver d'avoir une grande famille comme celle-ci ?

Je tique d'abord, ne sachant pas trop comment répondre à cette question, puis me mets à parler ouvertement, lui expliquant exactement ce que je ressens, sans rien omettre.

— J'aurais aimé qu'on ait une famille comme ça.

Je pointe du doigt les gens qui se trouvent derrière la devanture face à nous.

— Est-ce que je rêverais d'avoir une grande famille, si elle était dysfonctionnelle à l'image de nos parents ?

Je marque une pause et secoue la tête.

— Certainement pas.

— J'aime bien les Gallo. J'aurais kiffé de grandir dans une famille pareille. Imagine un peu les anniversaires, les vacances… Bordel…

Il se fend d'un sourire.

— … imagine les Noël !

— Je sais, Austin, concédé-je, tandis que je sors de la place de parking en marche arrière. On s'est fait rouler sur ce coup-là, mais, au moins, on est ensemble maintenant.

— Tu peux me promettre un truc ? m'implore-t-il d'une voix brusquement sérieuse.

— Quoi ?

Je regarde dans sa direction avant de passer la première.

— Tu peux ne pas te foirer tout de suite avec Gigi, histoire qu'on ait au moins un beau Noël cette année ?

Je le regarde droit dans les yeux, sans une once de colère, avec la plus grande sincérité.

— Ça va dans les deux sens. Ne te foire pas non plus, dis-je, faisant référence à son numéro de la veille, et il y a de grandes chances que nos noms apparaissent sur la liste des invités.

Il hoche la tête et me sourit, tandis que nous prenons la direction de la maison.

— ON PEUT PAS DORMIR ICI cette nuit, déclare Tamara, plusieurs heures après le départ de nos pères.

Il règne un bazar sans nom dans l'appartement.

Je promène le regard autour de nous et prends note de l'état cataclysmique dans lequel se trouvent le salon et la salle à manger. Je n'ose même pas jeter un coup d'œil dans le couloir qui donne sur les chambres.

— Ça craint, Tam.

Des boîtes en carton à différentes étapes de déballage s'entassent un peu partout et la machine à laver et le sèche-linge tournent à plein régime pour laver les draps et serviettes de bain que nous venons d'acheter. On ne peut pas faire un pas sans tomber sur quelque chose à déplacer ou à nettoyer. Tout est entamé, rien n'est achevé.

Ma cousine se laisse tomber sur le canapé avec un grognement.

— Je pensais pas que ça demanderait autant de travail.

Elle jette un bras en travers du visage. Elle en fait des tonnes, mais je n'en attendais pas moins de sa part.

— S'installer dans une chambre d'étudiant, c'était bien plus facile. Je n'arrive plus à bouger une jambe.

— On n'a qu'à tout mettre par terre et dormir sur le canapé.

Son bras remonte pour dévoiler ses yeux noisette.

— Est-ce que tu sais au moins où se trouve le papier toilette ?

Je balaie du regard les divers cabas et cartons éparpillés un peu partout et hausse les épaules.

— Je sais où se trouve l'essuie-tout, dis-je pour tenter de la rassurer.

Elle aura au moins de quoi essuyer ses petites fesses.

Elle me lance un regard réprobateur.

— Mes parties intimes sont bien trop sensibles pour l'essuie-tout.

Je renifle d'un air moqueur, me laisse tomber à côté d'elle sur le canapé et lui frappe la cuisse du plat de la main.

— Je sais où ont traîné tes *parties intimes*, et *sensible* n'est pas le terme que j'utiliserai pour les décrire.

— Espèce de garce, me rétorque-t-elle tout en riant, car elle sait bien que je dis vrai. On devrait carrément refaire une soirée pyjama avec Aussie et Pike.

Je lève les yeux au ciel, me carre dans le canapé et lui lève les jambes pour les poser sur mes cuisses.

— On ferait mieux de les laisser respirer ce soir. Ça ne leur ferait pas de mal de passer du temps à deux.

C'est à son tour de renifler d'un air moqueur.

— Du temps à deux ?

Elle éclate de rire et me fait tomber sur le côté d'un méchant coup de coude à l'épaule.

— Ce ne sont pas des gonzesses. Ils ont une paire de

couilles, je te signale. Ils n'ont pas besoin de passer du temps à deux. Ils adoreraient qu'on vienne ce soir, je peux te le garantir.

Je me redresse et frotte l'endroit où elle m'a frappée.

— C'est notre première vraie soirée dans mon nouvel appart.

— On s'en tape, me balance-t-elle, avant de retirer les jambes de mes cuisses et de se lever d'un bond. On a toujours demain soir pour ça. J'ai plus envie de ranger.

Qu'elle peut faire sa chouineuse parfois ! Mais, je l'aime quand même. Je soupire et attrape un coussin à paillettes, qui gratte au possible et n'est pas très confortable, pour le serrer contre ma poitrine.

— On n'est pas obligées de ranger. On peut glander et regarder un truc sur Netflix. Je mettrai de l'ordre demain. Laissons les garçons entre eux ce soir.

— Je dois pisser, m'annonce-t-elle, avec cette classe qui la caractérise.

C'est ma Tamara tout craché.

— L'essuie-tout est dans la buanderie ! lui crié-je, tandis qu'elle remonte le couloir en martelant le sol dans son petit caprice.

Je sors le téléphone de ma poche. Je me demande comment la soirée se déroule à côté, puisque les garçons nous ont quittés il y a maintenant une heure. Aucun hurlement ne m'est parvenu, je suppose donc que ça se passe bien. C'est que, après les événements des derniers jours... tout est possible !

Moi : Vous faites quoi ?

Je vois aussitôt apparaître trois petits points, comme si Pike était sur le point de m'écrire quand je lui ai envoyé mon message.

Pike : Il est dans sa chambre. Je suis dans le canapé. Soirée de fous. Et vous ?

Je lève les yeux de l'écran et regarde le chaos qui m'entoure.

Moi : Tamara déclare forfait et je suis rincée.

Pike : Vous voulez de l'aide ?

Moi : Non. Ça va aller. Ce n'est pas à toi de faire ça.

Pike : Une seconde. Austin m'appelle.

Moi : Q

— Oh, Gigi ! crie Tamara du couloir, le pas plus léger. Devine !

— Tes parties intimes ne sont pas aussi sensibles que tu le pensais ?

Je ris jusqu'à ce que j'aperçoive son visage. Cette abrutie manigance quelque chose.

— Quoi ? répliqué-je en bougonnant.

Elle se contorsionne, les mains derrière le dos, à quelques mètres de moi.

— Les garçons veulent qu'on les rejoigne. Soirée-pyjama !

— Tu n'as pas fait ça !

— Oh, que si ! chantonne-t-elle, super fière d'elle.

— La garce, marmonné-je entre mes dents.

Je frappe du poing le coussin entre mes mains et lui jette la monstruosité pailletée au visage.

Elle se penche en avant et le coussin vole au-dessus d'elle pour atterrir en glissant sur le carrelage.

— Allez ! Tu pourras faire des câlins à Pike et on pourra s'essuyer avec du vrai papier toilette. C'est gagnant-gagnant !

— Si j'entends encore une fois ces débilités de « Aussie » et de « TamTam »…

Je mime un haut-le-cœur et me penche en avant, comme si j'allais rendre.

— T'es jalouse, voilà tout ! me réplique-t-elle, les bras croisés. Tu rêverais d'avoir des surnoms aussi mignons pour Pike et toi.

Je lui lance un regard noir. Elle est impossible.

Mon téléphone se met à vibrer près de moi.

Pike : *Venez.*

— Qu'est-ce qu'il dit ? me demande Tamara, qui se rapproche pour regarder mon téléphone.

— On va chez Pike. Mais…

Je baisse les yeux sur sa poitrine, en référence à ce matin.

— … pour l'amour du ciel, enfile une brassière de sport.

Elle regarde ses seins, qui débordent, comprimés par ses bras croisés.

— Pourquoi ?

— Tes nichons sont de vrais obus, et Austin n'a que dix-sept.

Je gesticule en direction de ses tétons, qui pointent comme si elle avait constamment froid.

— Il n'a pas besoin de voir ça.

Elle décroise les bras et prend ses seins au creux des paumes.

— Hors de question de les enfermer là-dedans. Une brassière de sport, ça comprime de trop.

Elle les fait rebondir dans ses mains, comme pour les soupeser.

— Je vais te dire ce qui comprime, moi, dis-je.

— Quoi ?

— Mes doigts autour de ton joli petit cou.

178

— D'accord, finit-elle par céder. Je vais la passer, cette foutue brassière de sport.

— Mon Dieu, merci ! murmuré-je, les yeux levés vers le plafond. Ne va pas donner des idées à ce gamin. Il est jeune, Tam. Beaucoup trop jeune.

— On est amis, c'est tout.

Je tends une main vers elle.

— Toi, tu le sais…

Puis, je me frappe la poitrine.

— … et moi, je le sais, mais l'ado en chaleur qui vit à côté, non.

— Ils seront soigneusement rangés, t'inquiète ! me lance-t-elle avec un rire.

Elle tourne les talons, part en direction de la chambre, et ajoute :

— J'enfile mon pyjama avant d'y aller.

Moi : On arrive. Laisse-nous cinq minutes.

Pike : Je t'attends, ma belle.

Mes organes génitaux se changent en guimauve quand je lis *ma belle*, tout comme chaque fois qu'il prononce ces mots.

Tam a raison. Passer la soirée blottie contre Pike est un programme bien plus alléchant que celui d'être assise au beau milieu de ce capharnaüm, à l'écouter pleurnicher toute la nuit.

Dix minutes plus tard, je me trouve sur le canapé de Pike, les genoux repliés contre le buste et le dos appuyé sur son torse. Tamara et Austin sont assis par terre, les jambes étendues. Ils forment une bien drôle paire de jumeaux.

— Nan, lance le frère de Pike à ma cousine, tandis

qu'il lui prend la télécommande des mains. Vous avez choisi le film hier soir. C'est à notre tour.

Tamara tire le boîtier noir vers elle, mais Austin ne le lâche pas.

— C'est n'importe quoi. On est vos invitées.

Il cligne des yeux d'un air circonspect, sans pour autant céder.

— C'est vous qui avez demandé à venir, ma jolie, pas l'inverse.

Bim. Il l'a bien mouchée.

Elle plisse les yeux sans dire un mot, avant de tirer brusquement la télécommande, ce qui a pour effet de déséquilibrer Austin qui se retrouve penché vers elle. Alors, en vraie peste qu'elle est, elle lâche subitement la télécommande et il s'affale sur elle.

— Comme tu voudras, le relou, lui lance-t-elle.

Je lève la tête vers Pike qui me regarde de ces beaux yeux verts et lui souffle :

— Je les hais.

— Moi, aussi, me répond-il.

— La ferme, merdeuse, réplique Austin, qui se redresse, non sans avoir reluqué ses pare-chocs avant.

Écœurant.

— Là, les yeux, lui rappelle-t-elle tout en lui tournant le visage vers le téléviseur. Sauf si tu veux les avoir au beurre noir une semaine.

Il fronce le nez.

— Tes lolos n'ont rien d'exceptionnel, TamTam. Je les ai eus pile sous le nez, je te signale.

Dire à Tamara que ses seins ne sont pas *la huitième merveille du monde*, cela revient à la traiter de moche. C'est de la provocation. Dix-sept ans ou pas, il va le payer.

180

Elle pousse un grognement et replie le bras en arrière comme si elle s'apprêtait à lui décocher une beigne. Lorsqu'Austin a un mouvement de recul, elle éclate de rire et le pointe du doigt.

— Flipette !

— Parfois, je déteste, bougonne-t-il, avant de lever la télécommande en direction de la télévision.

Elle se tourne vers l'écran, un sourire aux lèvres.

— Mais non.

— On regarde *Aquaman,* et on ne discute pas ! annonce-t-il avec le plus grand des sérieux.

Regarder ce film n'a rien d'une épreuve. En réalité, plus d'une fois Tamara a déclaré rêver de sauter Jason Momoa. Elle avait même un poster de lui, accroché au plafond, au-dessus de son lit, dans sa chambre d'étudiante.

— Arrête ! piaille-t-elle en tapant des mains comme si on venait de lui annoncer la plus grande nouvelle du siècle. Jason Momoa est ultra canon !

— Si on aime les vieux, marmonne Austin, qui presse sur le bouton de la télécommande pour lancer le film.

Je m'installe confortablement contre Pike, tandis qu'il enroule les bras autour de ma taille et que ses lèvres glissent contre ma nuque. Les yeux fermés, je pousse un petit soupir lorsque je sens la chaleur moite de sa bouche au contact de ma peau. Mes bras se couvrent de chair de poule.

Je tourne la tête vers lui et place ma bouche si près de la sienne que je peux sentir son souffle chaud sur mes lèvres.

— Arrête.

Le fourmillement entre mes cuisses me fait regretter la

présence imposée des deux guignols qui continuent de se chamailler comme frère et sœur.

— Chut, me susurre Pike, son souffle chaud sur la peau.

Du bout du nez, il pousse ma mâchoire et me force à tourner la tête vers le téléviseur.

Mon corps se raidit lorsqu'il place sa bouche près de mon oreille et que je sens l'air qui en sort chatouiller ma chair et transformer le fourmillement en pulsations.

— Laisse-moi profiter de ta peau, m'implore-t-il d'une voix si rauque que je suis traversée d'un frisson irrépressible. Reste immobile, et ils ne sauront pas ce qu'on fait.

Je lève aussitôt une main pour tirer à nous un des plaids qui traînent sur le canapé.

— Bon sang, que j'ai froid !

Je suis vraiment nulle.

Tamara jette un regard inquisiteur en arrière, avant de nous faire un clin d'œil et de se retourner vers la télé. Nous nous sommes déjà retrouvées dans la même pièce quand l'une de nous était littéralement en plein pelotage. C'est l'inconvénient avec la vie universitaire… zéro intimité.

— C'est qui, ton superhéros préféré ? demande Tamara à Austin, tandis que le générique touche à sa fin pour laisser place au film.

— Iron Man. Et toi ?

— Aquaman, clairement !

Je cesse de les écouter lorsque Pike glisse une main le long de mon buste et vient la poser sur mon bas ventre. Ma respiration s'entrecoupe quand sa bouche se fixe à cet endroit de mon épaule qui me plonge chaque fois dans un état d'hyperventilation.

Son sexe, tendu sous son jogging, vient se presser

contre mon dos et me met dans un état d'excitation extrême. J'ai furieusement envie de lui.

— Tu crois qu'on arriverait à s'éclipser sans qu'ils s'en aperçoivent ? me murmure-t-il lorsque j'ajuste ma position et sens sa queue tressaillir juste au-dessus de mes fesses.

Je secoue la tête, incapable de prononcer un mot sans passer pour une chaudasse.

— Fais chier, lâche-t-il. Ce film va être le plus long de toute ma vie.

Je glousse, mon corps secoué par le rire. Pike pousse un grognement et écarte le bassin de mon dos.

— Faut qu'on arrête, râle-t-il tout bas. Sinon, je vais claquer.

Je m'avance pour mettre le plus de distance possible entre nous et me retourne.

— Reste là où tu es, je lui souffle tout en calant mes pieds entre ses cuisses.

L'air renfrogné, il enroule ses longs doigts puissants autour d'un de mes pieds et se met à le masser, m'arrachant un gémissement bien audible.

Austin tourne brusquement la tête, baisse les yeux sur les mains de Pike, et esquisse une grimace.

— Bande de chelous, murmure-t-il avant de se remettre droit.

Pike me décoche un clin d'œil et je ne peux que rire.

J'ignore le moment où je me suis endormie, mais je suis réveillée par des mains puissantes qui se glissent sous mon derrière et une paire de bras chaud qui me soulève. Mon visage retombe contre ses pectoraux, et je pousse un râle à la déplaisante idée de rester sur ce canapé froid sans Pike pour me tenir chaud.

— Parti te coucher ? Murmure Tamara.

Je n'ai même pas l'énergie de répondre. Pike, oui.

— Je l'embarque avec moi. Vous deux, pas de bêtises, leur ordonne-t-il tout bas, avant de m'emporter dans ses bras fermes.

Je garde les yeux clos jusqu'à ce qu'il me dépose sur les draps frais de son lit et que sa chaleur corporelle vienne me recouvrir.

— J'ai attendu toute la soirée, me susurre-t-il dans le noir, son visage à hauteur du mien. Toute la foutue soirée pour te bouffer.

Un sourire indolent étire mes lèvres et j'écarte les jambes.

— Bouffe autant que tu veux.

Il descend lentement sur mon corps, plante de tendres baisers sur ma peau et prodigue des faveurs égales à chacun de mes seins. Je gémis et enfouis les doigts dans ses cheveux lorsqu'il aspire un de mes mamelons entre ses lèvres.

— Pas de bruit ! murmure-t-il contre ma chair, et je me rappelle la présence des deux autres dans le salon.

La chaleur de sa bouche a disparu et je sens les muscles fermes de ses épaules se glisser entre mes cuisses et m'ouvrir à lui.

Pike contemple ma peau à la lueur pâle de la lune.

— Tu es si belle, me souffle-t-il.

Il a relevé la tête et me regarde.

Je la rabats sur moi. Les compliments, c'est bon. J'ai besoin que sa bouche retourne sur mon corps. La fraîcheur de la pièce est alors remplacée par la chaleur moite de sa langue, qui m'arrache un sursaut du bassin.

Il ronronne son approbation et enroule les mains autour de mes cuisses pour m'immobiliser. Lorsque ses lèvres se referment sur ma chair, je pousse un gémissement et porte immédiatement la main à la bouche pour en étouffer le son.

Pike ne s'arrête pas. Il suce avec une ardeur redoublée et sa langue caresse le point magique.

— Oh, oui ! lâché-je dans ma paume. La vache !

Un nouveau gémissement s'échappe de mes lèvres, tandis que sa bouche envoie des vibrations dans tout mon corps. Mes orteils se crispent.

— Ça vient, chuchoté-je en me mordant les lèvres.

Ses doigts sont entre mes cuisses et s'enfoncent en moi, et je m'étire. Au moment où je crois avoir atteint le summum du plaisir, ma peau se couvre de chair de poule.

Ça y est. Impossible d'empêcher le déferlement des vagues de l'orgasme, qui gagnent en intensité chaque fois que ses longs doigts épais me pénètrent.

Je suis hors d'haleine et mon corps se rigidifie tandis que le grand frisson s'empare de moi et m'ôte jusqu'à la faculté de penser. Je rue du bassin, emportée par une passion que seules ses lèvres sont capables de me transmettre.

— Bordel, murmure-t-il, tandis qu'il se retire et que je m'effondre sur le matelas. C'était rapide.

— Désolée.

Je souris, trop comblée pour me soucier de la vitesse ou de la lenteur avec laquelle j'ai joui.

— On recommence, mais doucement cette fois.

Avec un grand sourire, il pose à nouveau ses lèvres sur moi.

Bon sang, j'aime cet homme.

CHAPITRE
QUINZE

PIKE

MORRIS : *20 h. Neon Cowboy.*

Je jette un regard à mon téléphone et relis le message pour la seconde fois, avant de relever la tête. *Merde.* Ils sont ici. James et Thomas m'avaient dit que les Disciples viendraient, qu'ils réclameraient la monnaie de leur pièce.

Moi : *J'y serai.*

Je tape le message et l'envoie sans même réfléchir. Si j'avais pris une minute ou ne seraient-ce que quelques secondes pour répondre, je me serais souvenu des paroles de James.

J'avais oublié qu'ils venaient. Du temps a passé. Les jours et les nuits se sont succédé et c'est ainsi que près d'une semaine s'est écoulée avant que Morris ne prenne enfin contact avec moi.

Morris : *Viens avec la petite chérie.*

— À qui écris-tu ? me demande Gigi.

Nous sommes assis dans le salon de sa grand-mère. C'est dimanche. Repas de famille. Le rassemblement hebdomadaire des Gallo. Austin a été accueilli comme s'il ne s'était rien passé le week-end dernier.

— Morris, lui soufflé-je veillant à ne pas attirer l'attention des autres dans la pièce.

Les yeux de Gigi s'écarquillent aussitôt que le nom franchit mes lèvres.

— Il faut qu'on prévienne…

Je lui touche la main pour l'arrêter. Je connais le protocole. La dernière chose dont j'ai envie, c'est de me foirer encore une fois auprès de cette famille.

Je me lève, me penche pour l'embrasser sur la joue et lui susurre à l'oreille :

— Je reviens. Laisse-moi m'entretenir avec tes oncles.

Elle hoche la tête en retour.

J'attire l'attention de James et lui fais un signe de tête en direction de la salle à manger. Je le vois taper sur l'épaule de Thomas. La seconde d'après, ils sont derrière moi.

— Les Disciples t'ont contacté ? me demande James, dès qu'on se retrouve dans la pièce, à l'écart du reste de la famille.

— Oui. Neon Cowboy. Ce soir.

Je tambourine des jointures sur la table. Les muscles de mes épaules commencent déjà à se crisper.

— Morris veut que je ramène Gigi.

Les beaux-frères se dévisagent, leur regard en dit long. Chacun tire une chaise et s'installe face à moi, parfaitement calme et maître de lui comme si je n'avais jamais annoncé qu'un retour de bâton pointait à l'horizon.

— Qu'est-ce que je fais ? les questionné-je tout en pliant et dépliant les doigts pour tenter de contenir ma nervosité.

Thomas se masse le menton et m'étudie du regard.

— S'ils tiennent à ce que Gigi vienne, y a de fortes chances pour qu'ils te disent ce qu'est cette faveur, sans que ça ait lieu ce soir.

Le ton grave et sérieux, je demande :

— Tu es sûr ? Et si c'était elle, la faveur ?

James hausse brusquement les sourcils et s'empresse de lancer :

— Ça va pas, non ? Tu les connais ! Jamais ils exigeraient un truc pareil. Ils savent bien qu'ils auraient à nous passer sur le corps avant et qu'ensuite, je leur en mettrai plein la gueule.

J'acquiesce aussitôt. Je connais Tiny, Morris et tous les autres Disciples, comme si c'étaient mes frères.

— Oui, tu as raison.

— Emmène-la, m'ordonne Thomas. Fais court. Que ça aille droit au but. Ne t'avise pas, et j'insiste là-dessus, d'aller où que ce soit sans nous prévenir avant.

— On déconne pas, Pike, aboie James, comme si j'étais un crétin incapable de suivre des directives.

— Je suis pas débile.

James plisse les yeux et pince les lèvres.

— Appelle-nous du Neon, et fais pas le con.

— Qui va au Neon ? demande Joe, qui écoutait visiblement aux portes.

Le type m'a cassé les burnes toute la semaine. Je suis surpris qu'il ne m'ait pas fait suivre par un drone pour vérifier que je filais droit.

— Pike et Gigi vont aller boire un verre plus tard, c'est tout, lui répond Thomas, qui omet le principal.

Je ferme les yeux, un poil agacé. Pourquoi n'a-t-il pas dit que j'y allais seul, tout simplement ? Joe n'avait pas besoin de savoir que Gigi m'accompagnerait. Qu'est-ce qui ne tourne pas rond dans cette famille ? Peut-on faire quoi que ce soit sans que tout le monde s'en mêle ?

Non, visiblement.

Joe vient de décroiser les bras et ses poings se serrent. Il rêve probablement de m'en coller un entre les yeux.

— Ce soir ? gronde-t-il.

— Ils ont rendez-vous avec Morris, lâche James, qui se lève sitôt qu'il voit Joe avancer vers moi comme s'il allait finalement me le balancer, ce poing. Calmos ! C'est pas un drame. Morris a sauvé la vie de ta fille, je te rappelle.

Interposé entre nous, James l'empêche de m'atteindre.

Les yeux de Joe passent de James à moi, puis à Thomas, avant de revenir au point de départ.

— *C'est* un putain de drame ! On parle de ma gosse, là, et ces types sont des…

Ses pupilles se durcissent et sa mâchoire se crispe. Il me fusille du regard.

— … des criminels.

Si les yeux avaient le pouvoir de tuer, je serais mort sur-le-champ. En vérité, je serais six pieds sous terre depuis bien longtemps, le corps en décomposition.

— Je la protégerai, lui assuré-je pour calmer le jeu, parce que j'ai suffisamment d'ennuis comme ça.

— Si elle y va, j'y vais, nous annonce-t-il, catégorique.

Thomas pousse un rire tonitruant.

— Ben oui, parce que les gens adorent se coltiner leur vieux, c'est bien connu.

La nuance de rouge aux joues de Joe correspond à celle de la sauce spaghetti dont je viens de m'empiffrer.

— Tu laisserais ta fille y aller seule ? lance-t-il.

Il marque une pause et toise son frère, avant de poursuivre :

— Ben, non ! Tu as un putain de fils, toi.

Sa colère n'a pas déstabilisé Thomas pour deux sous, qui rétorque, les mains levées au ciel :

— Très bien ! On ira tous au Neon, alors. On réunit les ALFA et on se pose à notre table habituelle pour garder un œil sur eux. Ça te convient ?

Dépité, je secoue la tête. Je sais d'ores et déjà que cette soirée ne va être rien de moins qu'un fiasco total. Un échec monumental. L'appréhension m'enrobe tout entier et me colle à l'échine comme une seconde peau.

— Ça va être génial, murmuré-je tout en me massant le front. Putain de génial.

— Hé, petit con ! lance Joe, et je sais qu'il s'adresse à moi.

Je lève les yeux, le regarde bien en face et grogne :

— Quoi ?

Je commence en avoir ma claque.

— Ce bar, c'était mon bar. Je sais exactement ce qu'il se passe dans un endroit pareil et je ne te laisserai pas y emmener ma gosse rencontrer les Disciples sans être dans les parages.

— M'emmener où ? demande Gigi, qui se tient derrière son père, sortie de nulle part, comme lui.

Bordel, il n'y a aucune pièce dans cette foutue maison où l'on trouve un tantinet d'intimité. Même si l'on croit avoir déniché un endroit, il y a toujours quelqu'un pour se pointer et vous rappeler combien rien n'est secret et à quel point ils fourrent leur nez partout.

— Pike…

Joe me désigne d'un geste.

190

— … t'embarque au Neon Cowboy ce soir pour rencontrer Morris.

Il a prononcé cette phrase sur un ton franchement merdique. On dirait que je l'emmène dans le pire endroit de la planète.

Les yeux de Gigi s'illuminent et elle saute pratiquement de joie.

— Trop bien ! J'adore Morris.

Elle vibre d'excitation à l'idée de revoir le bonhomme.

— Ce type est tellement drôle !

Le visage de Joe, lui, est fermé.

— Nom d'un chien, marmonne-t-il dans sa barbe, les yeux levés au ciel. Vous avez tous perdu la boule ?

— Papa, le tempère Gigi avec un sourire, avoue que tu aimes bien Morris.

— Je le tolère. Aimer est un bien grand mot.

Ce chameau ne m'aime pas alors même que j'ai failli clamser pour sa gamine. À coup sûr, il aurait fallu que je me prenne cette balle pour qu'il cesse d'avoir une dent contre moi. Et encore !

— On y va tous, annonce Thomas à sa nièce.

Avec une grimace, je ferme un œil, car je connais ma nana, et elle va…

— Ah, ça non ! beugle-t-elle tout en flanquant les mains aux hanches, les yeux étincelants de colère. Vous n'allez pas me foutre la honte !

— On ne ferait jamais ça, ma chérie.

Gigi tend le cou et lance un regard noir à son père.

— Tu ne viens pas…

Elle fait un signe de tête en direction de ses oncles sans le quitter du regard.

— … et eux, non plus. Toute ma vie, j'ai supporté ton côté surprotecteur à la noix.

Elle lève une main et plante un index sur son torse.

— J'ai eu ma dose.

Joe baisse les yeux sur le point de contact, sans esquisser le moindre autre mouvement.

— Je t'interdis d'y aller seule.

Gigi pousse un grognement sonore et excessif.

— Je ne serai pas seul, bon sang ! J'y vais avec Pike. Arrête d'être si méchant avec lui. Il est gentil, affectueux, et il est malheureusement aussi surprotecteur que toi, alors lâche-lui la grappe.

Je tourne le regard vers Joe, qui me dévisage. Des flots de colères se dégagent de lui.

— Personne ne peut te protéger comme je te protégerai, réplique-t-il en remuant à peine les lèvres.

Il est sur le point d'exploser. Aucun homme ne parle de cette façon, à moins d'être furieux au point de vouloir massacrer quelqu'un. Si j'en suis probablement la victime toute désignée, je me défendrais bec et ongle avant de pousser mon dernier soupir.

— Tu sais que tu as deux autres filles et une femme, rassure-moi ? lui rétorque-t-elle du tac au tac. Je suis certaine que l'une d'elles a besoin de toi. Moi, j'ai Pike, papa.

Elle retire l'index et pose la main sur son torse.

— Je t'aime de tout mon cœur. Tu es le père le plus merveilleux dont puisse rêver une fille. Je suis extrêmement chanceuse de vous avoir, maman et toi, pour parents. Mais, papa…

Gigi se blottit contre lui. Elle paraît toute petite contre ce grand costaud.

— Parfois, il faut savoir lâcher du lest. Pike ne te remplacera jamais. Je t'aime et je l'aime.

Joe braque des yeux durs sur moi. Puis, comme s'il était gagné par un sentiment nouveau, son regard s'adoucit l'espace de quelques secondes.

— Tu l'aimes ?

On dirait que ces mots l'étranglent.

Elle lève les yeux vers lui et hoche la tête.

— Je l'aime et je t'aime, répète-t-elle. Lâche la bride, papa. Laisse-moi grandir et trouver ma voie. Tu m'as bien éduquée. Je sais être prudente. Et quand je me plante, Pike est là.

— Bon sang de bonsoir, lâche-t-il tout en passant les bras autour de sa fille. Je n'aurais jamais imaginé que ce serait si dur.

— Je serai toujours ta petite fille, mais tu dois me laisser vivre ma vie, plaide-t-elle, tandis qu'elle serre son père dans ses bras, la tête posée contre son torse. Je promets de te rendre fier.

— Trésor, lui murmure-t-il, avant de planter un baiser sur son crâne, je suis déjà fier de toi. Je t'aime plus que tout au monde.

— Plus que maman ? demande-t-elle pour le taquiner, parce que c'est une enquiquineuse.

Trois heures plus tard, elle et moi marchons bras dessus bras dessous en direction de Neon Cowboy, un bar dans lequel je n'ai mis que quelques fois les pieds depuis mon arrivée à Tampa. C'est un troquet de motard pur jus : musique à fond, bières fraîches, et guère plus.

La conversation que Gigi a eue avec son père l'a convaincu, ainsi que ses oncles, de nous laisser respirer. Je leur ai juré sur ma tête de la protéger. Si je manque à mon serment, je m'attends à le payer de ma vie.

— Regardez qui voilà ! s'exclame Morris, qui s'écarte du bar dans un élan au moment où il aperçoit Gigi. Ravissante, comme toujours !

Il ouvre grand les bras comme un père qui aurait perdu de vue sa fille, et ma nana, elle, s'élance vers lui.

— Tu m'as manqué, lui dit-elle.

Gigi le serre de toutes ses forces dans ses bras, tandis qu'il lui rend son étreinte et lui fait décoller les pieds du sol.

Sans déconner.

— Salut, Pike, me lance-t-il du bout des lèvres, me jetant à peine un regard, toujours en train d'enlacer ma copine.

— Lâche-la, Morris, lui dis-je sur un ton qui ne se prête pas aux échanges de civilités.

Lorsqu'il me regarde et fait mine de ne pas avoir entendu un traître mot de ce que je viens de dire, je tends le bras et je la saisis par le poignet pour la tirer vers moi.

— Arrête un peu de faire ton rabat-joie, est la réponse de Gigi, qui me lance un regard réprobateur par-dessus l'épaule et se dégage de mon étreinte. Alors, Morris…

Elle passe un bras sous celui du motard et se met à marcher en direction de l'endroit où il a laissé sa bière.

— … quoi de neuf chez mes bikers préférés ?

Je les suis et me répète de ne pas m'énerver. C'est Gigi qui fait du Gigi. Elle va tester mes limites et, au fond, Morris n'a rien fait de mal. *Il nous a sauvé la vie.* C'est ce que je me suis rabâché durant tout le trajet. Il ne nous arrivera rien. Pas après tout ce que le club a perdu pour nous protéger.

— Après votre départ, une fois que ça s'est tassé, on a recruté de nouveaux membres.

Morris fait un signe au barman, lève trois doigts et pointe le comptoir devant lui.

Gigi hausse les sourcils.

— Vraiment ?

— Oui. Faut que vous veniez arroser ça, histoire de rencontrer les nouveaux. On fait une bringue le week-end de la fête du Travail[1], si ça vous dit.

Sûrement pas.

— Carrément ! s'exclame Gigi, qui répond pour nous deux et prend la bière que le barman a posée devant elle.

— Ma belle…

Je me glisse à côté d'elle, pose une main près de la sienne et me penche contre elle.

— … on passe le week-end avec ta famille.

Elle me regarde par-dessus l'épaule, le visage impassible.

— Non, me contredit-elle. On va au QG, bébé.

Mes doigts pincent le rebord en bois du comptoir et je serre les dents. Je fais mon possible pour garder la tête froide. *Reste calme, Pike. Respire.*

— On vient, affirme-t-elle à mon ami, avant de lui demander tout excitée, je peux amener deux personnes ?

— Non, aboyé-je en même temps que Morris dit « oui ».

M'ignorant à nouveau, Gigi lève sa bière en direction du motard et lance :

— Tu peux compter sur nous, vieille branche !

— On a un rencard.

Avec un clin d'œil, Morris trinque avec elle, avant de porter le verre à sa bouche.

195

J'en ai pratiquement l'écume aux lèvres. Que s'est-il passé, là ? J'avais promis à son père que je veillerais sur elle, promis à James et Thomas qu'on n'irait nulle part, qu'on ne ferait rien sans leur en parler avant, et Gigi vient de tout balayer en l'espace de soixante secondes. Une invitation lancée et acceptée au vol sans même prendre le temps de songer à la tournure que cette soirée pourrait prendre.

— Bordel de merde, marmonné-je dans mon coin.

Elle tourne la tête vers moi et cligne des yeux.

— C'est quoi, ton problème ? me murmure-t-elle.

— Oh, rien ! dis-je, après avoir jeté un coup d'œil à Morris, qui m'observe avec un regard de faucon. Rien du tout. Seulement, j'ai pas envie de décevoir ta famille.

— On va pas leur manquer. Et puis, c'est dans deux mois.

Voilà ce qu'elle me répond, avant de se focaliser de nouveau sur Morris. Je porte ma bière aux lèvres et murmure une bordée d'injures contre le verre. Je l'ai mise en garde contre les Disciples. Je lui ai dit qu'ils voulaient obtenir réparation et que Morris était ici pour réclamer leur dû. Elle ne m'a pas pris au sérieux, m'a rétorqué que je me faisais des films, parce qu'il était impossible que *le gaillard* attende une contrepartie de ma part.

Complètement naïve.

— Je n'emmène pas Austin, lui dis-je.

Les yeux de Morris s'arrondissent.

— Ton frère est avec toi ?

Je hoche la tête.

— Je l'ai ramené chez moi après les funérailles.

— Putain de merde, murmure Morris tout en secouant la tête.

Il pose son verre sur le comptoir, comme s'il était soufflé par la nouvelle.

— J'aurais jamais pensé que tu le ramènerais chez toi.

— C'est mon frère, lui dis-je.

Seulement, Morris me connaît mieux que personne. Il sait que je n'accordais aucune foutue importance à la famille, avant. Pourquoi m'en serais-je soucié ? Elle n'en avait rien à carrer de moi.

— Tu changes, tu t'adoucis, avance-t-il d'une voix toutefois dénuée de jugement.

Son regard passe sur Gigi avant de revenir à moi.

— C'est grâce à la miss.

Elle lui donne un coup de poing amical sur le bras.

— *La miss* a un nom.

— Je sais, ma jolie.

Il lui fait un clin d'œil, et elle est contente.

— Il emménage définitivement ? me demande-t-il.

J'acquiesce d'un hochement de tête et passe un bras ferme autour de la taille de Gigi, avant de plaquer le torse contre son dos.

— J'ai jamais vraiment eu de famille, Morris, et maintenant…

Je baisse les yeux vers Gigi qui a levé la tête vers moi.

— … maintenant, j'ai des gens que j'aime et auxquels je tiens. Alors, rien ni personne ne m'en détournera.

Morris ne cille même pas. Ce saligaud est un vrai bloc de marbre.

— Je vois bien, me répond-il sur un ton égal.

— Veuillez m'excuser, lance Gigi, qui se dérobe à moi. Je dois aller aux…

Elle lance un pouce au-dessus de l'épaule.

Je hoche la tête, content de me retrouver seul un instant avec Morris.

— C'est quoi, ce cirque ? lâché-je, aussitôt qu'elle est hors de portée de voix. Tu viens jusqu'ici pour me réclamer réparation et, ensuite, tu nous invites à une putain de fête ?

Il hausse les épaules, comme si c'était une broutille.

— Ce n'est pas parce que je suis ici au nom du club que ça signifie qu'on n'est plus amis.

Je m'approche de lui et repousse ma bière.

— Au départ, tu étais censé être mon ami. J'aurais jamais imaginé que tu serais venu me demander une contrepartie pour m'avoir sauvé la vie.

Il hoche la tête, un coude posé sur le bord du comptoir.

— Réveille-toi ! On a perdu un tas de gars ce soir-là. Ça va nous prendre une éternité pour nous remplumer et redevenir ce qu'on était avant ce coup fourré avec les DiSantis.

— Je n'ai pas d'argent.

Un sourire se dessine lentement sur le visage de Morris.

— On dit que ton paternel est entré par effraction chez Gigi. Qu'il lui a presque fait la peau.

Je cligne des yeux, stupéfait de voir qu'il est au courant, même si je ne devrais pas être étonné. Comme les flics, le club sait tout. Ils ont des yeux et des oreilles partout sur le territoire, des ripoux aux gangs rivaux en quête de la moindre opportunité.

— J'ai un gars en zonzon qui a eu une petite discussion avec ton padre. Il cherchait un truc.

Morris se frotte le menton et me regarde attentivement.

— Quelque chose de très important.

— Je suis au courant de rien.

Comment ai-je pu croire un instant que Morris était mon ami ?

Il tend le bras pour poser la main sur mon épaule et je recule. Je refuse qu'il me touche.

— Je ne vous ferais pas de mal. Ni à toi ni à ta nana. Je t'aime comme mon fils, et cette petite…

Il pointe le menton du côté où est partie Gigi.

— … c'est la meilleure chose qui te soit arrivée.

— Alors qu'est-ce que tu fous là, bordel ?

— La rumeur dit que ton père a un coffre plein à craquer de cocaïne et de biftons. Ce branquignol a dit à mon pote qu'il partagerait le magot avec lui s'il trouvait quelqu'un pour mettre la main sur toi et récupérer cette foutue clé.

— Je l'ai pas, sa clé.

Ce type ne m'a jamais rien donné, si ce n'est une vie de misères.

— Il l'a cachée, m'explique Morris tout en posant la main sur mon épaule. Dans une petite boîte qui a appartenu à ton grand-père. J'imagine qu'il l'a planquée là il y a des années. Après le meurtre de ta mère, il s'est dit qu'il la récupérerait et empocherait l'argent de la coke pour se foutre au vert.

— Quel fils de pute ! murmuré-je, réalisant tout à coup qu'il n'en avait pas après Gigi, mais après moi.

Il n'aurait pas hésité à me liquider pour mettre la main sur cette clé. J'en suis certain.

— Les enflures qui ont buté ta mère, me dit Morris, marquant une pause jusqu'à ce que je plisse les yeux, ils en avaient après la clé, eux aussi.

Je respire un grand coup. Mon frère a vécu l'enfer, y

est presque passé, lui aussi, et tout ça, pourquoi ? Pour de la foutue came.

— Tu comptes te trimballer longtemps avec cette épée de Damoclès au-dessus de la tête ? Tu tiens vraiment à écouler ce stock toi-même et à risquer de foutre en l'air la jolie histoire que tu as commencé à vivre avec ta copine ?

— Certainement pas !

Je serre le poing. J'aimerais pouvoir frapper quelque chose… n'importe quoi.

— Tu sais de quelle boîte je parle ?

J'acquiesce d'un hochement de tête.

La poigne de Morris se resserre sur mon épaule.

— Trouve la clé, donne-la-moi et on est quitte.

— J'en veux pas, de cette clé, mais…

Je tourne la tête vers lui et le regarde droit dans les yeux.

— … mais si tu comptes aider Colton avec l'argent…

Morris secoue la tête et éructe un rire.

— Cet enfoiré peut croupir en prison, petit. Je l'emmerde. Il mérite rien de moins que de se faire enfiler à sec pendant les vingt prochaines années.

L'image, certes immonde, me file le sourire.

— Apporte-moi la clé et on est quitte. C'est tout ce que je te demande. Jamais je ne ferais de mal à Gigi ou à toi, mais plus tu garderas cette clé, plus vous serez en danger. Il y a des yeux et des oreilles partout, m'avertit Morris, qui tape des jointures sur le bar pour souligner l'argument.

— Je te l'apporterai, lui promets-je.

CHAPITRE
SEIZE
PIKE

— JE NE VOIS PAS en quoi y aller seul était un problème.

Je regarde le paysage défiler par la vitre teintée, à l'arrière du SUV, agacé et en colère de ne pouvoir remettre cette clé moi-même.

— On te l'a expliqué. Tu n'y vas pas seul, point. Disciples ou pas, c'est comme ça qu'on fonctionne dans cette famille, lance Joe à côté de moi.

— J'avais juste à la déposer.

Jamais de ma vie, je n'ai eu besoin de baby-sitters. J'ai fait ce qu'on m'a demandé. J'ai répété à James et à Thomas ce que Morris, Tiny et les Disciples me réclamaient. Une clé qui menait probablement à un pactole en cash et en came. Tout ça acquit par le biais de la violence. Donc, rien que je veuille ou n'aie besoin.

Le fait qu'ils aient piqué une crise quand je leur ai annoncé que j'irai seul est risible. J'aurais pu enfourcher mon vélo et déposer cette clé au club il y a plusieurs jours.

Mais, non. Ça ne marche pas comme ça dans cette famille. Ils font tout en meute, comme les loups.

— Pike, me grogne James, va falloir que tu commences à te rentrer dans le crâne que t'es plus tout seul dans ta barque.

Je tourne la tête, croise son regard dans le rétroviseur et marmonne :

— Y avait pas besoin d'en faire une affaire de famille.

Je pose le menton sur le poing, tandis que les arbres défilent au-dehors à une vitesse telle qu'on ne distingue plus que des taches vertes.

J'ai toujours été seul. C'est ainsi que je fonctionne depuis que je suis tout petit. J'ai pris l'habitude de me débrouiller par moi-même, sans me soucier de ceux qui m'entourent.

— Y a toujours besoin, me contredit Thomas, qui tord le cou à l'avant du véhicule pour me lancer un regard noir par-dessus l'épaule.

— Les Gallo ne vont pas au-devant du danger sans renfort, renchérit Joe avec le plus grand des sérieux, le visage aussi grave que celui d'un fossoyeur.

— Mais je suis pas un…

— Ferme ta ganache, aboie Bear à mon oreille, entassé sur la troisième rangée de sièges, juste derrière moi. Dis merci, andouille.

— Merci, lâché-je sans grande conviction.

Je ne tiens pas à ce qu'il me colle une tarte à l'arrière du crâne.

— De rien, me répond Joe, qui se frotte probablement les mains de me voir en peine.

— On arrive dans cinq minutes, mais les Disciples auront du retard. Morris a dit qu'ils avaient rencontré un pépin sur la route et qu'ils seraient là dans vingt minutes, annonce Thomas.

— Ces foutus bikers ! bougonne James.

— Fais gaffe à ce que tu dis, gronde Bear. Nous ne sommes pas tous des demeurés.

J'ai un profond respect pour chacun des hommes dans ce SUV. Ils ont déjà volé à ma rescousse par le passé, lâchant tout ce qu'ils faisaient pour me venir en aide. Ils n'ont jamais rien demandé en retour et ne m'en ont pas trop fait voir, hormis Joe. Ça dépasse tout ce que quiconque de ma famille a pu faire pour moi.

— On se rapproche, ouvrez l'œil, nous avertit James, qui scrute la mer d'arbres flanquant le chemin.

— Tu penses à un traquenard ? demande Thomas, tandis qu'il regarde par la vitre passager, les yeux braqués sur la broussaille.

— Non, mais y a un truc qui tourne pas rond, confie James tout en ralentissant à l'approche du point de rendez-vous.

Ces paroles suffisent à tirer la sonnette d'alarme en moi. Thomas et James se sont retrouvés dans plus d'embrouilles que je ne saurais jamais l'imaginer.

— Tenez-vous prêts, nous ordonne Bear, le cliquetis familier de son arme résonnant derrière moi.

Je lève les yeux au plafond et secoue la tête, dépité.

— Quel merdier ! Voilà pourquoi j'aurais dû y aller seul.

Cette remarque me vaut un revers de main sur le torse.

— Arrête un peu tes conneries. S'il se trame quelque chose, mieux vaut qu'on soit là et que tu t'en sortes vivant, plutôt que de te pointer seul ici et d'y rester.

— Qu'est-ce que t'en as à foutre ? marmonné-je tout

en jetant un coup d'œil au père de Gigi, qui n'a cessé de me rentrer dans le mou dès lors qu'il a découvert que je couchais avec sa fille.

Joe prend une grande inspiration, plisse ses yeux bleus et fait courir une main dans ses cheveux brun foncé.

— Je l'ai mérité. J'ai souvent été un beau salaud avec toi.

Je hausse un sourcil et lui jette un regard du coin de l'œil.

— Sans blague.

— Mets-toi à ma place, petit. Je n'ai simplement pas envie que ma fille se retrouve un jour avec un canon pointé entre les deux yeux.

— Moi non plus, Joe. Je te l'ai déjà dit. Je ferai tout mon possible pour protéger Gigi.

— Je sais et je te crois, acquiesce-t-il avec un hochement de tête, mais je ne tiens pas non plus à me retrouver avec ma fille en pleur dans les bras, parce que son petit copain a voulu jouer les héros et s'est pris une balle dans le buffet quand il aurait pu rester en vie grâce à nous.

Je déglutis. Je m'imagine mourant et songe à la réaction qu'aurait Gigi.

— Je ne veux jamais avoir à la faire pleurer.

— Alors on règle cette affaire ensemble.

Lorsqu'il me regarde de travers et semble attendre une approbation quelconque, je hoche la tête.

— Compris.

James gare le SUV sur le même emplacement de ce parking abandonné où ils nous ont déposés, Gigi et moi, avant que ça ne dégénère avec les DiSantis. La nuit tombe et le bleu marine du ciel s'étend au-dessus de nos têtes à mesure que les secondes défilent, projetant ses ombres dans les arbres et les prés qui entourent notre carré de béton.

James coupe le moteur et se tourne sur son siège pour nous faire face.

— Ne baissez pas la garde. Sortez vos flingues, mais gardez-les dans la ceinture et préparez-vous à tout.

— Les emmerdes, ce n'est jamais une balade de santé, graille Joe.

— Les emmerdes, c'est ma passion, se vante Bear, le rire perçant dans sa voix, ce qui me confirme qu'il est aussi fêlé que je le croyais.

Joe tourne la tête et le fusille du regard comme il vient de le faire avec moi.

— On n'a pas ton âge, vieux croûton. On ne tient pas à mourir aujourd'hui.

— Moi non plus, corniaud. Je suis Iron Man. Les balles ricochent sur moi.

Bear se frappe la poitrine avec le poing pour mieux nous prouver à quel point il est viril.

Bon sang, je les aime, ces vieux cinglés. Ils ressemblent tellement aux Disciples, la drogue, les putes et les fêtes en moins.

Joe roule des yeux.

— Je ne sais même pas pourquoi on est amis, Bear.

— Tu m'adores, le taquine le vieux briscard, qui s'en donne à cœur joie dans son numéro avant que ça ne dégénère vraiment. Et on n'est pas seulement amis. Je suis ton oncle, je te rappelle.

Je pouffe, mais mon rire se meurt lorsque Joe tend le cou et pose ses petits yeux durs sur moi.

— Je dois sortir. Faut que je pisse, grommelle Bear, qui

nous pousse pour s'insérer entre nous et se penche au-dessus de moi pour attraper la poignée de la portière.

— Ne... commence James.

Or, Bear est déjà hors du SUV et a bien failli me mettre un coup de genou dans le paquet au passage.

— Eh, merde !

— La prostate, marmonne le doyen de la bande, avant que nous parvienne le bruit d'une fermeture éclair, suivi d'un soupir de soulagement, seuls sons hormis le braille-ment des oiseaux au loin. Tu comprendras quand tu seras vieux.

— Tout le monde dehors.

Thomas ouvre la portière et ses bottines s'abattent sur le gravier dans un nuage de poussière.

— Ouvrez l'œil.

Je sors et ignore Bear qui soupire d'aise et fait sa petite affaire près du SUV.

— Si tu pisses sur mon pneu, je te fais lécher ton urine, bougonne James, les yeux rivés au dos de Bear.

— Ne t'en fais pas, princesse. Je suis maître de la situation.

Il se balance de droite à gauche pour faire chier James. Il aime pousser les gens à bout.

James rejoint l'avant du véhicule et laisse Bear terminer ce qu'il a à faire.

— Va chier, toi et tes conneries de princesse.

— C'est calme, murmure Thomas, qui scrute les arbres au loin. Trop calme.

Joe ne me quitte pas des yeux tandis qu'on rejoint James et Thomas à l'avant. Nous sommes tous sur le qui-vive, sauf Bear. L'homme fait constamment ce qui lui plaît, sans se préoccuper pour deux ronds de ce qui l'entoure.

Il y a un mouvement sur la droite. Nos quatre paires d'yeux se tournent vers la source du bruit et l'on dégaine les armes. Il ne s'agit pas des Disciples. Il n'y a pas eu le rugissement des moteurs ni les vibrations familières au sol sous nos pieds.

Alors que nous brandissons les flingues, une petite armée d'hommes sort du bois, l'arme au poing, eux aussi.

— Eh merde ! lâché-je tout bas.

Je bloque les bras et vise d'un côté et de l'autre, ne sachant où pointer mon arme.

Ils sont tellement nombreux. Au moins une vingtaine, contre nous cinq. Nous sommes clairement en infériorité numérique et j'ai du plomb dans l'estomac. Il y a de fortes chances qu'on y reste.

Tout ça est de ma faute. Les histoires de ma famille me poursuivent et éclaboussent la seule qui m'ait jamais montré de l'amour.

— Fait chier, peste Thomas, les yeux rivés aux hommes qui progressent à travers champ.

— Qu'est-ce qu'on fait ? demande Joe, le flingue pointé devant lui, comme nous autres.

J'ai le cœur qui cogne dans la poitrine comme s'il cherchait à s'en échapper. Mes paumes sont moites, bien que mes mains ne tremblent pas. Ce n'est pas la première fois que je me retrouve dans des emmerdes de ce genre.

— Les gars, appelle Bear, un frémissement dans la voix.

— La ferme, Bear, gronde James, sans prendre la peine de se retourner.

On n'a pas de temps à perdre avec ses pitreries. C'est

une question de vie ou de mort. Des dizaines de revolvers chargés à bloc sont prêts à faire couler le sang.

— Baissez vos flingues, ordonne une voix derrière nous, en provenance de l'endroit où se trouve Bear.

Thomas tourne la tête et plisse aussitôt les yeux.

— Putain, Bear.

— On n'a pas le temps de jouer, là, aboie James, qui pivote en demi-cercle, l'arme au poing, car nous sommes encerclés, ça ne fait aucun doute.

J'ai les cheveux qui se dressent sur la nuque et les bras crispés, l'index se resserrant sur la détente. *Garde ton calme.* Les mots de Gigi, ces mots qu'elle m'a répétés tant de fois, flottent dans ma tête.

— Baissez vos flingues, avertit à nouveau la voix, cette fois plus proche de nous et plus forte.

— Vos flingues ! gueule Thomas, le regard toujours braqué en direction de Bear, le dos tourné aux autres types qui avancent vers nous. Ils ont Bear.

— On ne veut faire de mal à personne, on est là pour le p'tit, explique l'homme derrière nous.

Je me retourne, car je sais qu'ils me veulent, moi.

Je suis le *p'tit.*

Je suis celui qu'ils traquent.

Les hommes qui sont à mes côtés, les proches de Gigi, n'ont rien à voir avec tout ça. Ils n'auraient jamais dû se trouver là. Seulement, je me suis laissé convaincre par leur esprit de clan, convaincre qu'il valait mieux y aller en meute plutôt que j'aille déposer en coup de vent cette foutue clé au QG des Disciples.

— Je suis là ! croassé-je, avant de baisser mon arme.

S'ils me veulent, ils peuvent m'avoir.

— Relâchez-le.

L'homme à côté de Bear pointe une arme sur sa tête. Son regard perçant se pose sur moi et il me lance d'une voix mordante :

— Je savais que t'avais rien dans le calbar.

J'avance d'un pas, les bras écartés, et laisse rouler mon arme autour du doigt avant de la faire tomber à terre.

— Relâchez-le et je suis à vous ! l'imploré-je, parvenant, contre toute attente, à conserver une voix calme.

— Non ! s'écrie Joe, qui vient se planter devant moi et me barre le passage.

— À quoi tu joues ? crié-je, et mon estomac se soulève. C'est moi qu'ils veulent, Joe. Ne risque pas ta vie pour moi, je n'en vaux pas la peine.

— La ferme, petit, aboie-t-il, sans bouger d'un pouce ni baisser son arme.

C'est vraiment la merde. Plus que je l'aurais imaginé. Comment pourrais-je rentrer auprès de Gigi et lui expliquer que son père est mort par ma faute ? Jamais elle ne me le pardonnerait. Jamais elle ne pourrait à nouveau m'aimer. Quoi qu'on en dise, son père reste la prunelle de ses yeux et elle l'aime plus que tout au monde.

Je pose une main sur son épaule, la presse tendrement et lui murmure :

— Tu as des raisons de vivre. Ne fais pas l'idiot.

Ma voix s'est éraillée, parce que personne n'a jamais pris un tel risque pour moi.

Il ne bouge pas, solide comme un roc, figé.

— Hors de question que tu les suives.

— On est une trentaine de gars contre vous cinq, et on en a une trentaine supplémentaire qui attend derrière. Vous tenez vraiment à crever aujourd'hui ? demande l'enflure qui tient Bear en joue.

Non. Je n'ai pas franchement envie de mourir aujourd'hui ni d'aussi tôt. Seulement, je ne veux clairement pas laisser ces hommes, ceux qui ont gagné mon respect, casser leur pipe aujourd'hui non plus.

Je viens me placer à côté de Joe et l'implore des yeux.

— Laisse-moi faire ça, Joe. Tu as une femme et des enfants qui t'attendent. Je n'en vaux pas la peine. Tu ne mérites pas de payer de ta vie les ennuis que mes parents ont attirés jusqu'ici et qu'ils m'ont toujours causés.

Il y a une tendresse dans les yeux bleus de Joe, tandis qu'il m'observe, les mâchoires serrées par la colère.

— S'ils t'emmènent…

Je lui touche le bras pour l'arrêter, car il faut que sortent ces mots que je n'aurais peut-être plus l'occasion de lui dire.

— Je préfère qu'ils m'emmènent moi plutôt que toi. J'aime ta fille. Je l'aime plus que tout, mais je ne peux pas te laisser prendre une balle à ma place. Je ne peux pas les laisser, elle et le reste de ta famille, en sachant que nous sommes tous morts aujourd'hui par ma faute. Surtout quand j'ai le moyen d'empêcher tout ça. Je suis prêt à donner ma vie pour elle, pour toi, et pour eux.

Je fais un signe de tête en arrière.

— Simplement, dis-lui que je m'excuse et que je l'aime.

Joe pousse un soupir. Son visage tout entier est marqué par la douleur et un muscle tressaille à sa mâchoire.

— On va trouver une solution, insiste-t-il.

Je baisse son bras qui tient l'arme.

— *Je* vais trouver une solution. Mets simplement les filles et Austin en sécurité.

— S'il t'arrive…

Sa voix se brise.

— ... s'il t'arrive quelque chose, je te promets de placer Austin entre de bonnes mains.

Ses mots m'apportent du réconfort et un sentiment de paix. Je n'aurais jamais pensé vivre jusqu'à cet âge. Je me suis vu mourir le jour où Morris m'a collé une balle dans l'épaule. Les années que j'ai vécues depuis étaient du rab et le sablier est vide. Mon heure a sonné, mais, au moins, je ne rendrai pas mon dernier souffle pour rien. J'aurai sauvé la vie de quatre hommes, qui pourront rentrer auprès de leur famille pour continuer à les aimer.

— Je vous suis, à condition que vous les laissiez partir ! crié-je au groupe, écartant à nouveau les bras pour leur montrer qu'il n'y a pas d'entourloupe.

— Eh, merde, gronde Thomas.

L'homme aux cheveux gras, à la veste Viper, et à la barbe de grizzly pointe la tête en direction du SUV.

— On prend le môme, et tout ce qui va avec.

Mes compères ne bougent pas. Ils sont comme enracinés dans le sol et hésitent. C'est maintenant qu'ils doivent prendre leurs jambes à leur cou. C'est leur porte de sortie. Leur putain de liberté.

— Laissez-moi ! gueulé-je en me tournant vers les trois visages bouleversés, les yeux ronds, le corps parés à la fusillade. Je vous en prie. Je vous en supplie. Partez. Rentrez chez vous. Retournez auprès des vôtres.

— Estime-toi heureux qu'on ne soit pas ici pour te faire la peau, Thomas. On sait ce que t'as fait aux Sun Devils. T'es un traître, une balance. S'il...

L'homme me désigne d'un mouvement de tête.

— ... n'avait pas autant de valeur, on serait venu pour toi, à la place.

Morris nous aurait-il trahis ? Il ferait ça ? Il m'a rabâché que j'étais le fils qu'il n'avait jamais eu et qu'il avait rêvé d'avoir.

— Connards de Morris et de Tiny, grogne James, qui pense à la même chose que moi.

— Emmenez-le, lance Bear au type qui presse toujours le canon sur sa tempe.

Il lève un peu plus haut les mains, et je prie le seigneur qu'il ne nous fasse pas le coup du Iron Man, à vouloir faire le malin et frapper le gars.

L'homme pousse Bear vers nous et me fait signe avec son revolver de le rejoindre. Je jette un regard en arrière et tente de sourire à Joe.

— Dis-lui que je l'ai fait pour elle, je le supplie avant d'aller au-devant de ce qui sera, je le sais, une mort certaine.

Il acquiesce d'un hochement de tête, la mine sombre, sans dire un mot.

Alors, j'avance, la tête haute, sans regret. J'ai sauvé la vie de quatre hommes aujourd'hui et me suis sacrifié pour bien d'autres.

CHAPITRE
DIX-SEPT
GIGI

JE ME COUVRE la bouche et retiens la bile qui me monte à la gorge et le cri qui menace d'en jaillir.

Ils ont emmené Pike.

Les mots prononcés par mon père dans le haut-parleur résonnent en boucle dans ma tête et me narguent.

— Tu as intérêt à rentrer avec lui, chuchote ma mère dans le micro du téléphone tout en me regardant, avant de tourner le dos.

Ils ont emmené Pike.

Je me balance d'avant en arrière et murmure pour moi-même :

— Il va s'en sortir. C'est obligé.

Pike trouve toujours un moyen de se tirer d'affaire. Il l'a fait toute sa vie. Pourquoi cette fois serait-elle différente des autres ?

C'était censé être simple. Du moins, c'est ce qu'ils m'ont affirmé quand ils ont refusé que je vienne.

J'aurais dû me douter que non.

J'aurais dû insister pour être là.

Ça n'aurait pas été la première fois que je m'exposais à un danger. J'aurais été au moins présente et les choses auraient pu se passer différemment.

— Que comptez-vous faire ? demande maman.

Ma respiration s'accélère et je peine à faire entrer l'air dans mes poumons.

Ils ont emmené Pike.

Ma vision se trouble à cause des larmes qui remplissent mes yeux et la bile monte encore d'un cran dans ma gorge.

Pike va... Je secoue la tête et me refuse à penser au pire.

— C'est trop dangereux, chuchote ma mère.

Elle me jette un nouveau coup d'œil par-dessus l'épaule et esquisse une grimace en voyant mon visage.

— Oh, purée ! M'exclamé-je, et je me mets à courir en direction de la salle de bain, une main flanquée sur les lèvres pour ne pas vomir sur le parquet de ma mère.

Je relève la lunette des toilettes, me jette au-dessus de la cuvette et ouvre la bouche pour laisser passer ce qui doit sortir. Ma poitrine se soulève dans un haut-le-cœur et ma paroi abdominale se contracte. Les nerfs prennent alors le relais et toute rationalité quitte mon corps en même temps que le contenu de mon estomac.

Les larmes qui dévalent mes joues viennent s'écraser dans la cuvette, tandis que je me retire.

C'est donc ça.

Voilà ce qu'on ressent quand on aime quelqu'un et qu'on sait que sa vie va s'arrêter. Je n'aurai pas la possibilité de lui dire une dernière parole, de lui rappeler ce que j'éprouve pour lui. Ce que j'éprouverai toujours pour lui.

Ma mère entre dans la salle de bain et se laisse tomber

près de moi, ses genoux cognant contre le carrelage en marbre.

— Chérie, ton père veut te parler.

Je prends le téléphone, et elle saisit une serviette pour m'essuyer les lèvres, comme elle le ferait avec un bébé.

— Papa, croassé-je, incapable de contenir la panique dans ma voix. Que s'est-il passé ? Où est Pike ?

— Ma chérie.

Mon père garde toujours son calme. Son timbre grave résonne dans le haut-parleur.

— J'ignore pourquoi, mais d'autres hommes étaient là. Ne t'inquiète pas, trésor, on va le retrouver.

Ne pas m'inquiéter ?

— Mon Dieu, murmuré-je entre les sanglots qui continuent de couler, car les mots de mon père ne me rassurent pas du tout.

— Nous sommes avec Morris et les Disciples. On réfléchit à un plan. Je te promets, ma chérie…

Sa voix se brise et je comprends que les larmes lui montent aux yeux, ce qui lui arrive rarement.

— … je jure devant Dieu que je ramènerai Pike.

Je connais mon père. C'est un homme de parole, mais il n'est pas Superman.

— Tu n'en sais rien, dis-je sèchement, l'angoisse et le chagrin ayant raison de moi.

Il pousse un soupir. Il ressent sans doute le poids de ma douleur.

— Comment ça a pu dégénérer ainsi ?

J'essuie les larmes sur mes joues, regarde le téléphone et ajoute :

— Pike avait dit que ce serait simple.

— Rien n'est jamais simple, ma chérie. Surtout quand on traite avec des criminels.

Il marque une pause, et je renifle, car je sens qu'un nouveau flot de larmes arriver.

— Ces hommes nous auraient tous tués si Pike n'avait pas agi de cette manière, ma chérie. Il a été héroïque, aujourd'hui. Idiot, mais héroïque.

— C'est un homme bien, papa.

Je le lui ai répété des millions de fois. Il n'en a jamais cru un mot, trop aveuglé par sa rage de me voir grandir.

Ma mère me frotte le dos et me berce. Elle tente de me réconforter et fredonne un air qu'elle avait l'habitude de me chanter chaque soir au coucher.

— Je sais, ma chérie, murmure mon père, contrarié. Je sais. Je dois te laisser. On met au point un plan et, ensuite, on prend la route. Je vais le ramener à la maison.

On entend un bruissement et un cri en arrière-fond.

— Je t'appelle dès qu'on l'aura récupéré.

— Papa ! Crié-je, avant qu'il raccroche. Je t'aime.

— Je t'aime aussi, Gigi.

Puis, d'une voix incroyablement douce et calme, il appelle ma mère :

— Hé, sucre d'orge ?

Elle m'adresse un petit sourire triste et tente de faire bonne figure devant moi.

— Oui, chéri. Je suis là.

— Je t'aime, lui souffle-t-il.

— Je t'aime aussi. Rentre sain et sauf, City, c'est tout ce que je te demande. Ne joue pas les héros.

Son visage blêmit aussitôt qu'elle raccroche, bien qu'elle essaie de me le cacher en tournant la tête.

Je laisse tomber le téléphone sur le tapis de toilette et me jette dans ses bras.

— Ça va aller, me murmure-t-elle tout en me berçant contre elle comme elle avait coutume de le faire lorsque je faisais des cauchemars. Si quelqu'un peut sauver Pike, c'est certainement ton père.

Si.

Elle a dit « *si* quelqu'un peut sauver Pike ».

Même si j'étais morte de trouille au QG des Disciples, quand les DiSantis en avaient après nous, au moins j'étais présente.

J'étais au courant de ce qui se passait. Ne pas savoir est bien plus terrifiant.

— Ils vont rentrer à la maison.

Elle me caresse doucement la nuque.

— Je connais ton père, chérie, il est prêt à tout pour ton bonheur et rien ne l'arrêtera.

— Je ne veux pas qu'il lui arrive malheur non plus, je murmure tout en ravalant les larmes logées dans ma gorge.

Mon père a toujours été mon héros. À mes yeux, il est immortel. Or, je sais qu'il est comme tous les autres hommes.

Il saigne comme eux.

Éprouve la même douleur qu'eux.

Peut mourir comme n'importe quel autre être sur cette planète.

— Tout va bien se passer. Ce sont des hommes débrouillards. Ils sont tous avec lui, ma chérie. Ne te mets pas dans tous tes états.

Ne pas me mettre dans tous mes états ? Ce n'est pas une question de m'y mettre ou non. Je suis *déjà* dans tous mes états. Mon corps tout entier ressent le poids de ce qui se passe.

Je reste là, à laisser le doux bercement de ma mère sécher mes larmes, mais la panique… elle m'empoigne dès que je pense à Pike.

Est-il blessé ?

Est-il tout seul ?

A-t-il peur ?

Sont-ils en train de le torturer ?

Est-il déjà mort ?

Il y a tant de questions et chacune d'elles me remplit d'effroi et noue mon estomac en une boucle toute serrée.

— Y a quelqu'un ? crie Tamara.

J'entends alors la porte d'entrée se refermer avec un tel fracas que je serais surprise de trouver les cadres photo encore pendus aux murs du vestibule.

— On est venu dès qu'on a su, ajoute-t-elle.

Je pousse un râle. Je ne me sens pas la force de recevoir de la visite ni d'accrocher un sourire à mon visage et de masquer à quel point je suis terrifiée.

— Allez, chérie. Allons discuter avec Tam, me dit ma mère, tandis qu'elle me tire du sol et tente de se relever. Ce n'est pas bon de rester assise ici. Je sais que tu t'imagines déjà le pire.

Je me remets debout et passe le revers de mes doigts sur les joues. J'étale les larmes plus que je ne les essuie. Tout est confus autour de moi, comme dans un rêve, sauf que je sais que je suis bien réveillée. Ce n'est pas un cauchemar. C'est ma nouvelle réalité.

Nous retrouvons Tamara dans l'entrée de la maison parentale, qui tient une bouteille de Jack Daniel's dans une main et une boîte de chocolat dans l'autre.

— Je suis venue préparée.

Elle esquisse un faible sourire et se sert du cul de la bouteille en verre pour écarter de son visage une mèche brune.

— Je vais vous laisser entre vous. J'ai besoin d'un moment seule, bredouille ma mère, avant de partir dans la direction opposée sans même prendre la peine de saluer Tamara et Austin.

Je me retourne et suis le regard de Tam, qui l'observe d'un air hébété. J'aimerais pouvoir réconforter ma mère comme elle l'a fait avec moi. Je sais qu'elle est partie pleurer. Je la connais bien. Elle m'a consolé, mais elle aussi craint pour la vie de mon père.

Comment pourrait-il en être autrement ?

Il est tout pour elle, et ce depuis des décennies.

— C'est si grave ? me demande ma cousine, tandis que je me retourne vers elle.

— Oui, Tam. Très grave.

Je tords la bouche et cligne des yeux pour m'empêcher de pleurer à nouveau.

— Izzy m'a appelé et m'a dit que ça avait dégénéré. J'ai pas cherché à comprendre. J'ai embarqué Austin et j'ai aussitôt rappliqué ici…

Elle lève la bouteille de Jack et l'agite en l'air, sans toutefois sourire, Dieu merci.

— Un verre ?

— Plus qu'un, dis-je, avant de me diriger vers la cuisine ouverte d'un pas lent et lourd, comme si je portais toute la misère du monde sur mes épaules.

Austin s'est assis sur le canapé. Il est courbé en avant et se tient la tête.

Tamara va droit vers le placard, en ouvre une porte et

prend deux verres, pendant que je me glisse sur le tabouret sur lequel j'étais assise plus tôt.

— Que s'est-il passé ? demande-t-elle.

— Il y a eu une embuscade et ils ont emmené Pike.

Ça me paraît toujours irréel et le dire à haute voix n'y change rien. Mon regard se porte sur Austin. Il ne bouge pas, ne cille même pas.

Ma cousine écarquille les yeux, tandis qu'elle pose les verres devant elle et se fige.

— Merde. C'est mauvais.

Je hoche la tête et retiens mes larmes. Hors de question que je me remets à pleurer. Je passe mon temps à dire à Pike de garder son calme, alors ça vaut pour moi aussi.

— Ils sont en train de mettre au point un plan pour aller secourir Pike.

J'ai buté sur le mot « secourir », mais ai réussi je ne sais comment à rebondir et à terminer ma phrase.

— Ils vont le récupérer. Les hommes de la famille ne reviennent jamais les mains vides, me rappelle Tamara.

— Oui, j'acquiesce à demi-voix, sans grande conviction. Ça va, Austin ?

Il pousse un grognement, sans même nous regarder.

— Ça va, rétorque-t-il.

Or, on sait tous qu'il ment.

— C'est normal d'être inquiet, poursuis-je, mais je connais mes oncles et mon père. Ils iront jusqu'au bout pour le ramener.

Et c'est exactement ce qui me préoccupe. Ce n'est pas seulement la vie de Pike qui est en danger : ils sont tous en danger.

— Tout ça, c'est de la faute de mon père, lâche Austin

dans un murmure, avant de se lever et de quitter la maison en trombe.

— Laisse-le, me conseille Tamara quand je m'apprête à le rattraper. Il a besoin de temps pour digérer tout ça.

Elle presse la partie charnue de ses paumes contre ses yeux et pousse un soupir.

— Je suis pas sûre que le Jack Daniels soit le bon choix. Je pense que c'est plus une crise de type « téquila ». C'est une bonne murge qu'il te faut.

J'aurais ri si la situation n'était pas si grave. Les ruptures nécessitent toujours de sortir la grosse artillerie, car qui n'a pas envie d'oublier un chagrin d'amour ? Là, c'est différent. Je ne tiens pas à être dans le cirage quand...

— Le Jack, c'est bien, lui dis-je, alors que lui prend la bouteille des mains, sans nécessiter un verre.

Elle écarquille les yeux en me voyant dévisser le bouchon et porter le goulot aux lèvres.

— Tu ferais peut-être bien de...

Je la regarde de travers, ouvre la bouche et laisse le liquide ambré me glisser sur la langue et me couler dans le gosier. Je grimace un peu lorsque le mélange spiritueux et vomi me brûle la gorge.

— Putain, meuf, tu fais pas semblant ! se moque-t-elle les sourcils relevés, alors que j'avale gorgée après gorgée.

J'écarte la bouteille pour reprendre ma respiration et m'essuie les lèvres du revers de la main.

Elle me fait signe de la lui donner, parce que Tamara est toujours de la partie, événement heureux ou non.

Je plisse les yeux et lui tends la bouteille, sachant pertinemment qu'elle ne la prendra pas après ce que je m'apprête à lui dire.

— Je viens de gerber et je me suis pas rincé la bouche. Tu la veux toujours ?

Elle secoue la tête et ourle les lèvres.

— Connasse, t'aurais pu te servir d'un verre. C'est dégueu !

Je descends du tabouret, prends la bouteille et contourne le canapé avant de m'y affaler.

— Je ne me suis jamais sentie aussi impuissante, Tam. Ils ne savent même pas où il est.

La seconde d'après, elle est assise à côté de moi et déchire l'emballage plastique de la boîte de chocolats bon marché qu'elle a dû choper au drugstore du coin.

— Que s'est-il passé exactement ?

Je lui rapporte le peu de détails que mon père m'a donnés, sans rien omettre. Ses sourcils remuent en tous sens, comme s'ils étaient vivants, tandis qu'elle me regarde bouche bée. On dirait que je viens de lui raconter l'histoire la plus dingue de l'univers.

— Eh ben, lâche-t-elle tout bas, alors qu'elle tient un morceau de chocolat tout près de ses lèvres sans le croquer. Genre, il a pas une de ces montres connectées ultra-tendance ? Pourquoi ne le pistent-ils pas simplement grâce au GPS ?

J'étouffe une exclamation et me lève d'un bond. Je regrette instantanément tout le Jack que je me suis enfilé. Mes genoux se sont mis à trembler aussitôt que mes pieds ont touché le sol, toutefois j'ai pu me rattraper à l'accoudoir avant que mon visage n'ait le malheur de faire connaissance avec le sol.

— T'es un génie ! lui dis-je, repliée sur moi-même en attendant que la pièce s'arrête de tourner. Un putain de génie.

Elle fourre le carré de chocolat dans sa bouche et me sourit.

— Je sais, me réplique-t-elle tout en mâchant. Je l'ai toujours su.

Je balaie la salle à manger du regard, la vue brouillée par les larmes qui n'ont toujours pas cessé de couler et un tournis puissance dix.

— Mon téléphone. Où est mon téléphone ? Je dois appeler mon père et le lui dire.

Tamara pose les chocolats et cours vers la cuisine.

— Je m'en occupe !

Elle prend mon téléphone et se met à tapoter sur l'écran.

— Allô, trésor ? demande mon père avant que Tamara ne soit revenue vers moi.

— Papa, je sais comment trouver Pike.

J'ai parlé si vite que la phrase a résonné comme un long mot.

— Je t'écoute, me répond-il, et pour la première fois depuis ce qui me semble des heures, je ne me sens plus impuissante.

CHAPITRE
DIX-HUIT

PIKE

— TUE-LE, point barre, ordonne un homme, comme s'il ne parlait pas d'ôter une vie.

Ma vie.

Les voix sont étouffées et lointaines, comme dans un rêve, même si je sais que je suis bien vivant.

Je ne vois rien, mais je sens *tout*.

Le sang poisseux qui forme une flaque près de ma main, après qu'ils ont décrété qu'un coup de marteau sur le petit doigt me ferait parler.

Le béton froid contre ma joue, tandis que je suis étendu sur le flanc, en quête d'air après qu'ils se sont servis de mon ventre pour essuyer leurs bottines, me frappant tellement de fois que j'en ai perdu le compte.

— Il pourrait nous être utile, répond un autre homme, quelque part derrière moi.

— On a la clé. Qu'est-ce qu'il te faut de plus, bordel ? réplique l'enflure qui veut ma peau.

— Je sais que les Disciples tiennent à lui. On pourrait p't-être…

— Sois pas con ! Les Disciples fileront que dalle. Ils veulent la clé. Une chance que le daron de ce môme soit un putain de jacasseur.

— Ça coûte rien de demander à Chev de jouer les espions, avance le Con, et je comprends tout de suite de qui ils parlent.

Chev a obtenu son cuir après mon départ. Le type était un taiseux, mais il recevait les ordres sans poser de question et rapportait ce qu'on lui demandait. Quand les Disciples apprendront qu'ils ont une taupe dans leurs rangs, ils vont lui infliger une mort sacrément douloureuse.

S'ils l'apprennent.

Je tente d'ouvrir les yeux. Seulement, mes paupières sont tellement gonflées que je n'y vois rien.

Je n'ai que l'obscurité pour consolation.

— Tuez-moi, supplié-je d'une voix à peine audible.

Je préfère mourir que d'être un pion dans leur jeu tordu.

— La ferme ! Hurle un homme, avant qu'un truc entre en contact avec ma mâchoire et que ma tête se renverse violemment.

Une douleur cuisante s'ensuit et me vrille le système, du visage aux poumons. Je suffoque et m'étouffe dans mon propre sang. J'aurais préféré qu'il ait mis fin à mon calvaire.

— Il en a trop entendu et en a vu davantage, argue un autre homme d'une voix glaciale et posée. Balancez-le dans les Everglades. Vous savez où.

— On le tue ici ? demande le Con.

— Nan, réplique l'Enflure. Il a qu'à rejoindre son tombeau marin lui-même.

Je suis désolé sont les excuses muettes que je formule

pour ma Gigi, car je sais que je ne reverrai plus son beau visage. La douleur que j'ai endurée aux mains de mes ravisseurs n'est rien comparée à l'agonie que ma mort lui procurera.

Je ravale ce goût métallique qui enrobe ma langue et lutte contre la souffrance, tandis que je savoure mes derniers instants de vie.

Il y a tant de choses que j'aurais aimé modifier dans mon existence, mais si vivre plus longtemps signifiait de ne jamais être sorti avec Giovanna Gallo, alors je n'en changerais pas un iota. Je serais prêt à mourir pour connaître son amour. J'abrégerais volontiers mes jours contre une once de sa douceur. Elle est tout ce que j'ai toujours désiré et que je n'ai jamais eu jusqu'à peu.

Je vais peut-être rendre mon dernier soupir aujourd'-hui, je n'ai aucun regret. Ces hommes qui sont en vie parce que je suis ici, étendu au sol, ont une famille, et ils feront tout ce qui est en leur pouvoir pour veiller à ce que Gigi poursuive son existence. Un jour, elle se mariera et aura des bébés.

J'ai un pincement au cœur lorsque je songe à leur minuscule visage à l'image de leur mère et au fait que je ne serai pas leur père. C'est une pensée égoïste, mais je ne peux m'empêcher de l'avoir.

Des mains se glissent sous mes bras pour m'empoigner sans ménagement.

— Debout, princesse. Ton souhait va être exaucé.

Je grogne et recouvre l'équilibre bien que je sois encore incapable de discerner plus qu'un mince filet de lumière.

— Va te faire foutre ! j'aboie tout en tortillant des épaules lorsqu'il essaie de me redresser. Me touche pas.

— C'est qu'il a du tempérament, lui, lâche l'enfoiré qui m'a relevé. Il aurait fait une bonne recrue.

Une violente explosion me projette en arrière, renvoyant mes genoux et mon visage contre le béton. Je pousse un grognement en sentant le goût métallique du sang me remplir à nouveau la bouche et la douleur fulgurante d'avoir heurté le sol ricocher dans mes jambes.

Des tirs et des cris retentissent de toutes parts, en plus de l'acouphène provoqué par la détonation qui résonne dans mes oreilles sans que je puisse l'arrêter. Je m'écroule et m'étale sur le sol humide et frais, laissant l'exquise douleur de mes blessures me rappeler que je suis bien vivant.

Mais pas pour longtemps.

— Embarquez-le dehors ! hurle quelqu'un, une voix que je connais, que j'ai entendue des millions de fois. Sortez-le d'ici, et vite !

La fusillade ne s'arrête pas, alors que de lourdes bottes approchent.

— Bordel de Dieu, Pike, lâche Morris sur un ton médusé.

Ouais. Je dois avoir l'air aussi amoché que je le sens.

— Allez, viens, m'ordonne-t-il tout en posant délicatement une main sur mon bras, comme si aucune balle ne sifflait au-dessus de sa tête.

Je me relève sur les genoux et grimace lorsque la douleur m'irradie les cuisses et me coupe le souffle. Je tends un bras à l'aveuglette et trouve sa main dans l'obscurité, incapable d'y voir quoi que ce soit.

— Morris, murmuré-je, sans y croire.

— Oui, petit con. Lève-toi ou je te fous une mandale dans le coquillard pour que tu te bouges les fesses.

C'est du Morris tout craché. Un bon sadique. Je suis sûr à cent pour cent qu'il serait capable de me flanquer un gnon, tout ensanglanté et pété que je suis. Il m'a déjà collé une beigne la fois où je me suis fait tirer dessus. Qu'est-ce qui l'empêcherait d'en faire de même maintenant ?

Malgré la douleur, je parviens à décocher un sourire en coin.

— T'es venu.

— Si tu te mets pas à avancer maintenant, on va y rester tous les deux, me dit-il, tandis qu'il tire tout le poids de mon corps en avant jusqu'à ce que je recouvre l'équilibre.

Je me tiens à son bras et le laisse être mes yeux, parce que, j'ai beau y faire, j'y vois que dalle. Au moment où je sens la chaleur sur ma peau, je comprends qu'on est dehors, mais loin d'être en sécurité.

— Et les gars ? lancé-je, la respiration sifflante.

— C'est des grands garçons avec de gros flingues, réplique Morris tout en me tapotant la main. Tout ira bien pour eux.

— Laisse-moi ici et retournes-y.

Je m'arrête de marcher et lâche son bras.

— Ne va pas risquer leur vie pour me sauver. Si tu m'aimes vraiment, Morris, va les aider.

— Jamais content, marmonne-t-il, avant de poser sa grosse patte sur mon épaule. Bouge pas d'ici.

— Vas-y, dis-je, me laissant choir sur le gravier.

Où irais-je, sans déconner ? Je n'y vois pas à un mètre et encore moins pour m'éloigner comme un chaton égaré.

Morris ne répond pas, mais, au son du gravier sous ses bottes, il a manifestement fini par m'écouter.

Je me couche sur le dos et laisse la roche dure me

mordre la peau, savourant la chaleur des pierres impré-
gnées de soleil. Je laisse alors mon esprit partir à la dérive,
car la réalité est tout simplement trop dure à encaisser.

— Eh ben, il est en piteux état, murmure Bear au-
dessus de moi, me réveillant du même coup. Il n'avait rien
d'exceptionnel avant, mais maintenant…

— Va chier, marmonné-je avec une grimace de
douleur.

Le gravier crisse près de ma tête, suivi de mains qui
touchent avec délicatesse mon visage en compote.

— Appelle une ambulance.

Ma réponse est immédiate et ferme :

— Non. Pas de flics. Pas d'hôpitaux.

— Mets-le dans le pick-up, ordonne Morris. On va
faire venir le doc au QG pour l'examiner. Je l'appelle pour
qu'elle nous retrouve là-bas.

— Tu peux marcher ? demande Joe, tandis que ses
mains cheminent jusqu'à ma paume pour me la retourner.
Putain de merde !

— C'est bon…

Je replie le bras contre mon torse.

— … je suis pas gaucher.

— Ce n'est pas pour le boulot que je m'inquiète, fils,
me souffle-t-il, et je peux entendre la sincérité dans sa
voix. Aidez-moi à le porter.

— Non ! protesté-je, tandis que je me redresse pénible-
ment en poussant sur la main que mes ravisseurs n'ont pas
brisée en mille morceaux. Je peux marcher tout seul.

— On va se marrer, se moque Bear, en bon salopard
qu'il est.

— Arrête, le rabroue Joe. Viens, Pike. Fichons le camp
d'ici. J'appellerai Gigi dans la voiture.

— Gigi, murmuré-je en songeant à ma nana et l'angoisse qu'elle doit vivre. Appelle-la maintenant.

— Non.

Le halo de lumière va et vient, tandis qu'il se place devant moi.

— Tu montes d'abord dans le pick-up, et ensuite tu pourras lui parler. On n'a pas besoin d'être là quand les flics débarqueront.

Il a beau être un salaud, il a raison. La déflagration aura forcément attiré l'attention de quelqu'un. Cet endroit grouillera bientôt de policiers, c'est certain.

Je tends le bras et Joe glisse aussitôt sa main dans la mienne pour m'aider à me relever.

— James, amène le pick-up ici ! crie-t-il, tandis que nous faisons un pas en avant, et mon souffle se coupe.

— Putain, mes côtes ! lâché-je, un sifflement dans la voix. Elles sont pétées.

Joe passe un bras dans mon dos et, appuyé sur lui, je me laisse guider à l'aveugle.

— Il n'y a pas que tes côtes, fils. Il y a bien, bien plus.

— En voiture, petit, me dicte Thomas, une main sous mon avant-bras pour me faire monter dans le véhicule, pendant que Joe m'aide à garder l'équilibre.

Je m'installe sur le siège passager à l'avant et m'affale contre le dossier, aspirant le peu d'air que mes côtes brisées m'autorisent à respirer.

Je vais vivre.

Je n'ai jamais été du genre à braire, mais à cet instant, les gaillards s'entassant avec moi dans le SUV, je pourrais me mettre à chialer. Ils ont risqué leur vie pour la mienne. Jamais personne n'avait fait ça pour moi. Jamais personne ne s'est suffisamment soucié de moi pour faire un truc aussi profond et altruiste.

— Papa ? Résonne la voix de Gigi dans le haut-parleur du pick-up.

— On l'a récupéré, ma chérie. Il va bien.

— Pike ?

— Je suis là, ma belle, parviens-je à articuler, d'une voix un peu moins amochée que mon aspect général.

— Mon Dieu, j'étais tellement inquiète ! J'ai cru que tu…

— Non, je vais bien, mon amour.

Je voudrais continuer, seulement je suis trop ému par les Gallo et leur esprit de meute.

— Il est un peu secoué, explique Joe.

Secoué ? C'est une manière de voir les choses.

— On te rappelle quand on arrive au QG, d'accord, princesse ?

— Pike ?

— Oui ?

— Je t'aime, me souffle-t-elle, le timbre brisé.

— Je t'aime aussi, ma belle, bredouillé-je, incapable de contenir l'émotion dans ma voix.

— À tout à l'heure, ajoute Joe.

Alors, le silence vient compléter l'obscurité.

— Ça va quand je fais ça ? me demande la docteure, qui presse une serviette contre ma paupière après en avoir incisé la peau. Ça va réduire le gonflement et ça t'aidera à mieux voir.

— Ça va super, dis-je malgré moi.

Je prends la serviette de sa main et la tiens contre mon visage. Je me sens complètement bousillé. Au moins, je suis en vie. Je me raccroche à ça, tandis qu'elle m'examine des pieds à la tête et rafistole toutes les parties flinguées de mon corps.

— Il n'y a pas grand-chose à faire pour les côtes. Elles se rétabliront toutes seules, seulement, il va s'écouler quelques mois avant que tu te sentes à nouveau normal. Par chance, ta mâchoire n'est pas cassée, mais tu ferais bien de consulter rapidement un dentiste pour vérifier que ta dentition n'a pas été endommagée par le coup de botte que tu as reçu en plein visage.

Je la vois un peu flou, mais sa silhouette se précise à mesure que les secondes passent. Je peux distinguer l'ombre projetée par son corps et le rouge vif de son haut.

— Le petit doigt, c'est recousu et l'attelle est posée. Tu auras peut-être besoin d'un coup de bistouri s'il ne se remet pas droit. C'est à surveiller. Pour le reste, j'ai nettoyé tes plaies, mais elles sont minimes.

Elle me fait rire, elle. Minimes ?

— Il va vivre, Doc ? demande Morris, qui entre dans la pièce et se frotte nerveusement la nuque des deux mains.

— Il va vivre.

Mon ami pousse un soupir, visiblement soulagé.

— Putain, Dieu merci !

J'entends une succession de clics, puis elle s'écarte de moi, me laissant sur la table.

— Merci, Doc.

— Je t'enverrai la facture.

Elle lui tapote le torse et lui adresse un sourire lumineux, avant de disparaître par la porte.

— C'est ma faute, s'excuse-t-il, tandis qu'il traverse la

232

pièce pour me rejoindre et tire une chaise pour s'installer face à moi. J'ai merdé.

Je baisse les yeux et jette le morceau de linge sur la table à côté de moi pour pouvoir le voir.

— C'est la faute de mon père. Et de Chev.

— Chev ?

Il hausse un sourcil, la tête penchée sur le côté.

— C'est une taupe, Morris. Une putain de taupe.

Je fais une grimace et me tiens les côtes.

— C'est comme ça que les Viper ont su pour la clé.

— Je vais m'occuper de son cas, m'assure-t-il.

Il hoche la tête d'un air entendu et je sais ce que ça signifie. Chev est un homme mort.

— T'es un sacré veinard, poursuit-il, changeant de sujet.

Je hausse les épaules, mais je sais que c'est la vérité.

— Ces types, les oncles et le père de ta Nana, ils avaient pas l'intention de partir sans toi.

J'essaie de sourire, mais j'esquisse une nouvelle grimace. Je hais toute cette journée.

— Ce sont des gens bien.

— Les meilleurs, approuve Morris, avant de poser la main sur mon genou. Je savais que t'étais quelqu'un d'unique.

— Tu l'as su avant ou après m'avoir dérouillé l'épaule gratos ?

Il se fend la poire.

— Tu vas jamais me lâcher avec ça, pas vrai ?

Je secoue la tête.

— Jamais.

Son rire s'éteint tandis qu'il m'observe.

— J'ai bien cru que je te reverrai jamais vivant, Pike. J'suis content de m'être trompé.

— Moi, aussi, dis-je dans un murmure.

— Bon, y a une foule à côté qui veut te voir. Après ça, on te laisse te reposer. Tu vas passer la nuit ici. Tiny prépare ta chambre pour que tu te sentes comme chez toi.

— Merci, murmuré-je.

Je regarde attentivement l'homme qui a davantage été un père pour moi que le mien ne l'a jamais été. Lorsqu'il se lève, je sais qu'il reste des choses à dire. L'occasion de les exprimer ne se représentera peut-être plus. Sa vie, la vie d'un biker, n'est pas réputée pour sa longévité.

— Morris.

Il se retourne. Ses yeux noirs me regardent avec intensité.

— Qu'y a-t-il ?

— Merci d'être toujours là pour moi. J'aurais été honoré de pouvoir t'appeler « mon frère ».

Il me sourit.

— Et moi, j'aurais été heureux de t'appeler « mon fils », me répond-il, conscient de ce que ces mots signifient pour moi.

Je n'ajoute rien. Morris n'est pas le genre d'homme avec lequel on épanche ses sentiments. Je ne l'ai jamais entendu dire *je t'aime* à un autre homme et je ne le forcerai pas à prononcer ces mots maintenant.

Une minute après son départ, les quatre hommes qui sont venus me secourir entrent dans la pièce. Ils promènent le regard sur mon corps.

— Elle t'a bien rafistolé, affirme Joe, mais il ment. Tu n'as pas l'air trop mal en point.

Bear fait une grimace en me regardant.

— Il est dans un sale état.

James lui lance un regard noir et lui frappe le torse du revers de la main.

— C'est pas le moment de faire de l'humour, ducon.

Le doyen de la bande hausse les épaules.

— C'était pas de l'humour. Regarde-le…

Il pointe un bras dans ma direction.

— … si le purgatoire avait une trogne, ce serait celle-là.

Joe l'ignore et vient vers moi, ne s'arrêtant qu'à quelques centimètres de là où je me tiens. Je lève la tête et réussis à contenir une grimace de douleur.

— Tu nous as foutu une trouille pas possible, avoue-t-il tout en faisant courir une main dans ses cheveux. J'ai bien cru que j'allais devoir annoncer à ma fille que tu étais mort. Je me voyais déjà devoir vivre avec la culpabilité de t'avoir laissé partir à ma place.

— Je les ai suivis de mon plein gré.

Il pose une main sur mon épaule et me regarde avec une expression que j'ai rarement vue chez lui : le respect.

— C'était très honorable, Pike. Quelque chose que n'importe lequel d'entre nous…

Il fait un signe de tête en direction de James, Thomas et Bear.

— … ferait pour l'autre, mais tu n'avais pas à donner ta vie pour la nôtre.

— Je l'ai fait, c'est tout, dis-je tout en soutenant son regard. J'aime ta fille et je n'aurais jamais réussi à la regarder dans les yeux s'il était arrivé quelque chose à l'un de vous. Son monde tourne autour de sa famille.

Il m'adresse d'un sourire peiné.

— Nous serons toujours sa famille, Pike, mais c'est toi, son monde, maintenant.

Que répondre à un truc pareil ? Merci ne me semble pas adapté. C'est trop colossal pour un homme qui, il y a peu, voulait me voir sortir de la vie de sa fille aussi rapidement que j'y étais entré. Je n'ai pas de mots, rien qui puisse traduire de façon adéquate mes sentiments.

— Izzy va m'incendier, dit James à Thomas, le cou tourné vers la porte. Je lui ai dit que j'éviterais de buter quelqu'un à cette virée-ci.

— Faut jamais faire ce genre de promesses, le sermonne Thomas avec un haussement d'épaules. Je te l'ai déjà dit.

Toujours aussi flippants, ces deux-là. Famille ou pas, je ferais bien attention de ne jamais leur chier dans les bottes. Jamais.

— Tu ferais bien de reprendre ta femme en main, commande Bear, et c'est ainsi que tout le monde oublie le beau bordel que je suis.

CHAPITRE
DIX-NEUF

GIGI

— ON DIRAIT UN FEUILLETON, ta vie ! plaisante ma cousine sur le parking de l'immeuble. Je suis presque jalouse.

Je me tourne vers elle, les yeux plissés.

— Tu es vraiment nulle. On n'est pas à la télé, Tamara. Pike aurait pu y rester.

Elle fronce les sourcils et baisse les yeux sur ses sandales.

— Je sais, murmure-t-elle. Je m'excuse.

Je vibre de tout mon corps et j'ai de plus en plus de mal à me tenir debout chaque seconde qui passe.

— C'est rien. Je sais que toi, aussi, tu as eu peur pour lui.

Elle aime Pike tout autant que moi. Pas de la même façon, évidemment, mais elle a appris à l'apprécier. Au départ, elle était convaincue qu'il était incapable d'être l'homme d'une seule femme. À son corps défendant, je n'ai pas le meilleur historique en matière de relations amoureuses. J'aurais probablement pensé la même chose si j'avais été à sa place.

— Ils sont là ? demande Austin, qui arrive par-derrière, les cheveux en bataille, parce qu'il sort à peine du lit.

Je secoue la tête et tourne le visage vers la rue. Je ne vois rien.

— Ils seront là d'une minute à l'autre. Papa a dit qu'ils étaient au feu.

— Tu t'es jamais dit que tu avais besoin de vivre une aventure épique ?

Tamara récolte un regard assassin de ma part.

— T'es sérieuse, là ?

Elle hausse les épaules et me fait un sourire.

— Ma vie est ultra rasoir ! Genre, on devrait lire « nuance Tamara » sur les pots de peinture blanche.

Je pouffe, car son ânerie dépasse les bornes.

— T'es vraiment…

— TamTam, je peux mettre de la couleur dans ta vie si tu veux, offre Austin tout en passant un bras autour de ses épaules. Donne-moi simplement ma chance.

— Quand tu seras un biker, appelle-moi, le taquine-t-elle, avec un coup de coude dans les côtes. Lis ce qu'il y a écrit sur mon tee-shirt. Tout est dit.

— « Les mecs tatoués sont mes jouets préférés », déclame-t-il lentement, louchant davantage sur sa poitrine que sur les lettres blanches. Gigi peut me tatouer demain.

Il sourit et lui fait un clin d'œil.

— Je t'ai eu !

Elle roule des yeux et soupire :

— C'est un art de vie, Aussie, pas une déco. Y a rien de plus sexy qu'un mec couvert de tatouages sur une grosse Harley. Pas vrai, Gigi ?

— Oui, dis-je sans vraiment les écouter.

Je suis trop occupée à scruter la rue, à l'affût de mon tatoué préféré.

— Mais où sont-ils ?

Austin pose sa main puissante sur mon épaule.

— Ils seront bientôt là, t'inquiète. Il va bien.

Ça fait douze heures qu'il me le répète.

— Je sais…

Je me tords les mains et fais les cent pas pour garder la tête froide.

— … mais je n'y croirai que lorsque je le verrai de mes propres yeux.

C'est alors que le rugissement d'une dizaine de moteurs emplit l'air, et nous relevons tous les trois la tête pour voir le cortège de motos pénétrer dans le complexe résidentiel.

— Putain de merde ! s'écrie Tamara.

— On dirait que le président vient de débarquer, plaisante Austin au-dessus de mon épaule.

— Bordel, chuchoté-je, en voyant le SUV de James avancer au pas au milieu des motos qui l'encadrent.

Je retiens mon souffle. Le temps semble s'écouler plus lentement qu'à l'habitude.

Je n'ai jamais été quelqu'un de patient, mais le fait de me tenir là, à attendre de revoir Pike, est une véritable torture. Le sol tremble sous mes pieds quand le cordon de motos vient s'arrêter près du trottoir.

— Respire, Gigi ! me crie Austin dans l'oreille tout en me prenant la main.

Je serre ses doigts et inspire profondément pour ne pas tomber dans les pommes, avant de les lui lâcher.

Tranquille, Gigi. Il va bien.

Je ne sais plus à quand remonte la dernière fois où je me suis sentie aussi excitée et pétrifiée à la fois. Probablement jamais.

Lorsque le SUV noir s'arrête à ma hauteur, j'avance d'un pas, secoue les mains et l'angoisse qui me ronge.

Mon père est le premier à sortir. Il contourne le véhicule et m'évite du regard.

— Ma puce, me murmure-t-il. Bon, ne panique pas.

Ma tête a un mouvement de recul.

— Ne panique pas ? répété-je, les yeux écarquillés. Qu'est-ce que ça veut dire ?

— Oh, putain, lâche Tamara tout bas. C'est jamais bon, ça.

Elle sait vous remonter le moral. *La conne.*

Mon père sourit et me caresse tendrement la joue.

— Il va bien. Seulement, il n'en a pas l'air, alors je ne veux pas que tu t'affoles.

Je repousse sa main et avance en direction du SUV. Mes doigts tremblent lorsque j'agrippe la poignée de la portière et l'ouvre brusquement. Le sursaut est immédiat. L'exclamation de surprise arrive ensuite.

— La vache !

Les larmes me montent aux yeux devant l'horreur de son visage battu et le bonheur de le voir rentrer.

— Tu m'as manqué aussi, ma belle, me répond-il d'une voix traînante, tandis qu'il se tourne lentement pour passer une jambe hors du pick-up.

J'aimerais me jeter dans ses bras, lui couvrir le visage de baisers, seulement je suis incapable de bouger. Je suis comme figée sur place. La réalité des événements se lit sur son visage tout entier.

— Bébé, murmuré-je d'une voix brisée, tandis que je me couvre la bouche d'une main.

— Tu m'as pourtant dit que j'étais tout beau, Joe, lance Pike avec un rire dans la voix tout en posant un pied à terre. Elle a pas l'air emballée par mon relooking.

— J'ai essayé de la préparer, explique mon père avec un haussement d'épaules.

— Ça n'a pas marché, lui répond Pike avec une grimace lorsqu'il se redresse et commence à marcher.

Je vais vers lui et tends les bras.

— Je peux te toucher ?

Il acquiesce d'un hochement de tête et me décoche un sourire.

— Je ne vais pas me casser en mille morceaux.

— T'es déjà en mille morceaux, plaisante notre humoriste de Tamara.

— Ignore-la, maugréé-je.

Le sourire de Pike ne faiblit pas.

— C'est ce que je fais.

Il me sert contre lui avec un bras et me confie :

— J'ai jamais été aussi heureux d'être en vie.

— On vous laisse, annonce mon père qui me regarde aider Pike à monter le trottoir.

— Et eux ? demande Austin, le menton pointé en direction des bikers.

— Ils resteront dans les parages cette nuit.

Je lève les yeux et aperçois Morris à l'avant du cortège. Il nous regarde. Je lui souris, soulagée de le voir ici. Il me retourne aussitôt un clin d'œil.

Pike se tourne et m'entraîne avec lui.

— Joe ?

— Oui ?

— Merci, dit-il simplement.

Mon père me regarde, puis regarde Pike.

— Pas de remerciements quand c'est la famille, fils.

J'en reste bouche bée. Je me demande bien ce qui a pu se passer pour qu'il change ainsi d'attitude. Il a fallu que Pike manque d'y rester. Pourtant, ce n'était pas la première fois. Après la fusillade au QG des disciples, mon père n'était pas tout feu tout flamme avec lui. Bon, Pike n'était pas tout esquinté non plus, je vous l'accorde.

— C'était un beau merdier, là-bas, commente Tamara en battant des paupières, le regard tourné vers mon père, comme si elle s'était trouvée là.

— On a traversé beaucoup de choses, avoue Pike. Plus que je ne peux vous en dire.

J'agrippe un peu mieux la boucle de sa ceinture et prends soin de ne pas exercer trop de pression sur ses côtes.

— Je veux que tu me racontes tout.

Il fait « non » de la tête.

— Parfois, il vaut mieux taire certaines choses, ma belle.

— Chez nous ou chez elle ? Lance Austin, qui avance lentement à ses côtés.

Pike jette un regard en direction de son petit frère et lui sourit.

— Chez nous. Je veux mon lit et ma nana ce soir.

À la bonne heure.

Je loge une main sous ma joue et essaie de retenir mes larmes.

— J'ai eu tellement peur. Tellement tellement, peur.

— Viens pas là, me souffle-t-il, lorsqu'il me fait signe d'approcher.

— Je ne voudrais pas te faire mal.

— Tu ne vas pas me faire mal.

Je me rapproche, mais reste suffisamment à distance pour ne pas faire bouger son côté du lit.

Il me sourit.

— Ma belle, j'ai besoin de t'avoir contre moi.

— Mais tu es tout…

Je fais un geste en direction de son torse nu et esquisse une grimace de douleur.

— Je sais, mais tu ne peux pas me blesser plus que je ne le suis déjà. Viens là et arrête de faire ta tête de mule.

Offusquée, je me relève sur un coude.

— Je ne suis pas une tête de mule.

Il tend les doigts vers moi et écarte les cheveux de ma figure.

— J'ai bien cru ne jamais te revoir.

Ses yeux fouillent mon visage et je fais mon possible pour ne pas me mettre à sangloter, en vain.

— Ne te remets pas à pleurer, me supplie-t-il.

— Je suis pas très jolie à voir, balbutié-je tout en m'essuyant le visage. Pardon.

J'ai versé plus de larmes aujourd'hui qu'hier. Chaque fois que je l'ai regardé, j'ai été prise de sanglots. Ses yeux tuméfiés et sa mâchoire couverte d'ecchymoses sont un rappel constant de ce qui s'est passé.

Ses doigts glissent sur ma joue jusqu'à mes cheveux et mon visage vient se nicher dans sa paume.

— Tu n'as pas à être désolée.

Mes lèvres trouvent son poignet, l'un des rares endroits de son corps qui ne soit pas en miettes.

— Je t'aime tellement.

— Viens par là, m'ordonne-t-il à nouveau, ses doigts plongeant au creux de ma nuque. Je veux te tenir dans mes bras.

Cette fois, je ne discute pas. J'ai autant besoin que lui de cette peau à peau. Je presse la poitrine contre le flanc qui ne renferme pas de côtes cassées et pose la tête sur son épaule.

— Il faut qu'on parle, me dit-il sur ton grave si bien que je lève le visage vers lui pour regarder droit dans ses prunelles vertes et que je me ressaisis immédiatement.

— Qu'y a-t-il ? Je te fais mal ?

Je commence à reculer, quand il me retient, une main sur mon épaule.

— Non, tu ne me fais pas mal.

— Qu'y a-t-il, alors ?

— Quand je gisais là, persuadé que j'allais y rester, j'ai beaucoup réfléchi.

— Ah bon ?

Oh, my God ! Est-ce que le moment est venu ? Celui dont toutes les filles rêvent ? Celui que je raconterai un jour à mes enfants ?

— S'il m'arrivait de mourir, commence-t-il.

T'es nulle, Gigi. N'importe quoi.

— Tais-toi, chuchoté-je, avant de me redresser. Je ne veux rien entendre de plus.

— S'il m'arrivait de mourir, répète-t-il.

Je secoue la tête et ferme les paupières.

— C'est un cauchemar.

— Ma belle, écoute-moi.

Si ses caresses sont légères comme une plume, on ne peut pas les rater.

— J'ai besoin de le dire, poursuit-il.

Je prends une grande respiration et rouvre les yeux. Il mérite bien de dire ce qu'il a sur le cœur. Il a failli mourir, bon sang, et, bien que je n'aie absolument pas envie d'entendre ce qui va suivre, je dois le laisser parler.

— Je t'écoute.

— Je n'ai pas l'intention d'aller où que ce soit de si tôt, mais j'ai besoin de m'assurer que tu continueras ta vie s'il m'arrive quelque chose. Que tu trouveras un mari, feras des enfants, vieilliras et seras heureuse.

Je tords la bouche et le regarde en clignant des yeux.

— Tu t'entends, là ?

Il hoche la tête.

— Si, moi, je mourais, tu serais heureux ? le questionné-je.

— Non, reconnaît-il sans ciller.

— Eh bien, moi non plus. On peut changer de sujet ?

— Seulement si tu te rallonges.

— D'accord, à condition que tu arrêtes de parler de mourir.

Je porte une main à la poitrine et tente de me calmer.

— Mon cœur ne va pas tenir, sinon.

Il hoche la tête et me tire par le bras contre lui.

— C'est la dernière chose dont j'ai envie. J'ai l'impression que l'éternité avec toi ne me suffirait pas encore.

Je me blottis contre lui et presse les lèvres contre son épaule.

— Ça peut paraître bizarre, mais j'ai la sensation de te connaître depuis toujours.

— Et moi, je veux oublier ce qu'était ma vie avant toi.

Il fait courir ses doigts dans ma chevelure, et je ne peux retenir un soupir contenté.

— Jusqu'à ce que tu débarques dans ma vie, je ne vivais pas. J'existais. Il y a une différence.

— Je ne m'imagine pas vivre sans toi, Pike.

— Je t'aime, me chuchote-t-il.

Je lève les yeux vers lui et souris.

— Moi aussi.

Nous restons étendus là, en silence, à nous effleurer tendrement.

Pour un peu, je jurerais que je suis en train de rêver.

CHAPITRE
VINGT

GIGI

DEUX MOIS PLUS TARD…

Je me tourne sur le siège, la main chaude de Pike encore posée sur mon genou, pour défier du regard Austin, assis à l'arrière de mon pick-up.

— Si tu balances à nos parents notre première halte, tu ne verras jamais tes dix-huit ans.

Au mouvement de sa pomme d'Adam, je comprends qu'il déglutit.

— Allons, les filles ! s'exclame-t-il, après avoir passé un bras autour des épaules de Lily et de Tamara. Vous me croyez capable de faire un truc pareil ?

— Oui, répondons-nous à l'unisson.

Lily lui donne un coup de coude dans les côtes.

— On ne te tuera point, mais je te tiendrai pendant que Tamara t'arrachera les ongles un à un.

Austin blêmit, et je me mords la lèvre pour m'empêcher de rire. Elle y va fort et s'en tamponne le coquillard. Je l'aime tellement. Je regrette qu'elle fasse ses études loin de nous et parte seule à l'aventure. Foutues bourses d'études.

— Vous feriez pas ça, avance d'une voix éraillée Austin, qui persiste et signe. Vous m'adorez.

Tamara lui frotte la main.

— C'est pour cette raison qu'on se contentera de t'arracher les ongles et qu'on te laissera la vie sauve, Aussie. On ne te ferait jamais la peau, mais on n'a rien contre l'idée de te torturer.

Elle lui sourit, et je trouve ça si génialement diabolique que mon cœur triple de taille, comme celui du Grinch à la fin de mon conte de Noël préféré.

— Bande de sadiques, maugrée Austin, tandis qu'il replie les bras et cache les doigts entre ses cuisses. Je dirai rien. Faites-moi un peu confiance. J'ai appris par cœur toute l'histoire et l'ai recrachée à la perfection quand ils m'ont questionné au salon.

Ce n'est pas comme s'ils pouvaient nous interdire quoi que ce soit. Après tout, nous sommes adultes et menons notre petite vie. Et puis, quand bien même nos parents fourrent leur nez partout, ils n'ont pas à nous dire ce qu'on doit faire.

En revanche, on n'a pas envie d'entendre leurs sermons. Si mon père apprenait qu'on s'arrête au QG pour la nuit, il m'en foutrait plein les oreilles jusqu'à ce que je devienne sourde. D'ailleurs, il continuerait probablement de hurler, supposant que sa voix grave et gutturale parviendrait d'une manière ou d'une autre à passer.

Lily me décoche un clin d'œil. Elle sait comme moi que mettre un peu les jetons à Austin ne peut pas lui faire de mal. Durant ces deux décennies passées ensemble, nous avons appris une chose : ne jamais se dénoncer l'une et l'autre.

— Relax, Aussie. On va passer un week-end d'enfer.

Tamara tend la main et lui pince la joue pour qu'il se détende.

Austin secoue la tête et enfonce un peu plus les mains entre ses cuisses.

— Moi, ce que je voulais, c'était voir des petits culs et des seins. Je comptais pas cafter. P't-être qu'un jour, vous arriverez me faire confiance.

Lily passe un doigt sur son autre joue et sourit lorsqu'il remue comme une anguille :

— C'est du T et L que tu vas voir, mon petit gars, et puis c'est tout.

— Du « thé et elle » ?

— Tamara et Lily, explique ma cousine en riant.

Il lève les yeux au ciel.

— J'ai l'impression d'avoir deux sœurs.

Il fait mine d'avoir un haut-le-cœur, mais c'est de la comédie. Le chaud lapin ne s'est pas calmé, et même s'il est nerveux comme pas deux entre les deux filles, il adore être l'objet de leur attention.

— Bon, voici les règles, nous annonce Pike.

Il jette un coup d'œil dans le rétroviseur et me presse le genou.

— Et ça vaut pour tout le monde, pas simplement Austin, vous m'entendez ?

— Oui ! marmonne-t-on en chœur.

Papa Pike est sur le point de nous dérouler ses exhortations et ça va chiant à mourir.

— J'ai vécu avec ces types. Je les connais. C'est l'une

des fêtes les plus barbantes de l'année. Les mômes seront là, mais ça ne veut pas dire que cela ne peut pas partir en cacahuètes si vous cherchez les ennuis.

— Ah oui ? demande Lily, qui, piquée par la curiosité, se penche entre les sièges avant. Quel genre d'ennuis ?

— Tu n'iras pas t'y frotter, Lily, alors oublie ça, lui réplique-t-il, avant de regarder à nouveau la route.

— La drogue ? l'interroge Austin avec un peu trop d'enthousiasme.

Pike braque un regard sévère sur le rétroviseur.

— Approche à moins d'un mètre cinquante de drogue, et je te coupe l'asticot et te le fourre droit dans le gosier.

Je fais la grimace. J'imagine l'horreur de la scène et la douleur. Pike peut dire tout ce qu'il veut, il ne ferait jamais de mal à son frère… drogue ou non.

— T'es aussi relou que mamie, bougonne Austin.

— Ça vaut pour vous aussi les filles. Pas de drogue. Pas d'alcool fort. Je voudrais pas avoir à vous traîner hors de la piaule de je ne sais quel abruti ou de devoir vous tirer d'un gang-bang délirant auquel vous avez trouvé marrant de participer, parce que vous étiez trop raides pour capter ce que ça voulait dire.

— Hein ? m'exclamé-je en lui jetant un coup d'œil, carrément ébahie.

Il hausse les épaules et continue sur sa lancée.

— Ne me faites pas honte et, pour l'amour du ciel, ne vous rendez pas ridicules.

— Tu sais manier les mots, Shakespeare, se moque Lily, se couvrant aussitôt la bouche pour ricaner dans sa paume de main.

— Entendu, Joe, ajoute Tamara, en bonne enquiquineuse qu'elle est et parce qu'elle adore faire suer Pike. Comme tu voudras !

Le front de mon biker se creuse de rides.

— Comment m'as-tu appelé, là ?

Je pose une main sur son avant-bras et parviens, je ne sais pas comment à ne pas rire.

— On a compris, patron. Calme-toi un peu. C'est la fête du Travail. On est censé passer du temps.

— Du bon temps, répète-t-il dans sa barbe, les yeux levés au ciel. Ça m'intéresse pas de passer du bon temps, Gigi. Je voulais même pas y aller, à cette foutue fête. Seulement, tu t'es précipitée d'accepter l'offre de Morris.

Mes poils se hérissent devant le choix des mots et je resserre les doigts autour de son bras.

— Ces gens étaient tes acolytes autrefois, Pike, et ils t'ont sauvé la vie à deux reprises, lui rappelé-je. Relax ! On s'est bien bien marré la dernière fois qu'on est venus ici, non ?

Il tourne avec une incroyable lenteur la tête et braque sur moi un regard tellement glacial que mes cheveux se dressent sur ma nuque comme s'ils voulaient détaler.

— La dernière fois qu'on est venus ici…

Il pointe un doigt en direction du QG devant nouveau.

— … on a failli clamser.

Je hoche la tête. Je m'en souviens parfaitement et je suis heureuse qu'on ait survécu.

— Oui, mais on n'est pas morts.

J'accroche un sourire à visage dans l'espoir de le calmer.

— On a été exfiltré sans avoir la chance de remercier les hommes qui ont risqué leur vie pour sauver la nôtre. On pourrait au moins prendre le temps de boire une bière avec eux et de leur montrer que leur courage n'est pas passé inaperçu.

— Tu sais bien que j'aime ces gars. Ils ont été ma famille pendant des années, mais bordel, Gigi ! C'est pas une bande de joyeux drilles comme tu le penses. Ces types font partie des un pour cent.

— Nan ! couine Lily. Ils sont si riches que ça ?

Tamara se penche au-dessus d'Austin et son regard veut dire *T'es vraiment neu-neu*.

— Sérieux, faut que tu sortes de chez toi de temps en temps.

Je roule des yeux et choisis d'ignorer l'adorable crétine sur la banquette arrière. C'est l'intello dans toute sa splendeur : elle s'y connaît bien mieux en chimie qu'en jargon de motard. Pauvre Lily.

— Quoi ? s'exclame-t-elle en promenant le regard à la ronde, comme si on était censés tout lui expliquer.

Moi, je n'ai pas de temps pour ces conneries.

Austin sort enfin les doigts d'entre ses cuisses et lui tapote la main.

— T'inquiète, ma poulette. Je t'expliquerai.

— Bon ! aboie Pike, qui se tourne pour faire face aux trois andouilles à l'arrière. Vais-je être obligé de réclamer la protection des Gallo après cette escapade, parce que l'un de vous se sera comporté comme un manche ?

Trois têtes remuent aussitôt de gauche à droite. Il tourne alors son regard vers moi.

— Toi, aussi, tu vas bien te comporter ?

Je souris et hausse les épaules.

— C'est pas ce que je fais d'habitude ?

Pike cligne des yeux, comme s'il était excédé, mais j'aperçois un petit mouvement à la commissure de ses lèvres. Alors, je sais que je l'ai eu.

Je m'étale dans le fauteuil de jardin, confortablement assise entre les cuisses de Pike, et lève la tête pour contempler les étoiles dans le ciel.

— Je retire ce que j'ai dit plus tôt.

— Quoi donc ?

— Que cet endroit ressemblait au Disney World des camés et des criminels.

Je ris et pose la tête contre lui, tandis qu'il me caresse l'épaule.

— Et maintenant, tu en penses quoi ? me demande-t-il de sa voix rauque.

Ma peau nue me fourmille à chaque passage de ses doigts.

— Tout ça, là…

Je lève une main et pointe du doigt les châteaux gonflables et tout le bataclan qui recouvre le jardin du QG.

— … c'est carrément devenu Disney World pour leurs greluches. Avant, c'était, genre, l'aire de jeu chez McDo.

Mon corps tremblote lorsque Pike éclate de rire et son timbre grave et riche fait courir un frisson le long de ma colonne.

— T'es complètement barrée, ma belle !

— Mais tu m'aimes ?

Je tourne le visage pour regarder droit dans ses beaux yeux verts.

Il hoche la tête sans la moindre hésitation.

— Plus encore que l'air que je respire, me susurre-t-il, et des papillons se mettent à voleter dans mon ventre.

Je me love contre lui, et il baisse la main qui me caressait l'épaule pour passer un bras autour de moi.

— Ça y est ? Tu as détressé ? le questionné-je, tandis que je regarde les « brebis » du club se pavaner, étalant leurs marchandises à qui veut bien y jeter un œil. Tu étais tendu comme un string tout à l'heure.

Ses lèvres frôlent la peau près de mon oreille, et je ferme les yeux pour me perdre dans ses caresses.

— J'ai peur, voilà tout, confesse-t-il, et j'ouvre brusquement les yeux.

Pike ne dit que rarement ces mots. La dernière fois qu'il les a prononcés, c'était ici.

— Il n'y a pas à avoir peur de quoi que ce soit.

Son bras se resserre autour de moi et son souffle chaud glisse sur ma nuque.

— Ici, on est une cible. Ces types sont des bikers, Gigi. Ça n'a rien d'un hobby. Ça part tout le temps en vrille.

Il souffle et, m'entraînant avec lui, il se cale dans le fauteuil.

— Je n'ai pas vécu un jour ici sans qu'il se passe des trucs de dingues, et le fait d'être là avec vous, ça me stresse. Je serai tranquille que lorsqu'on aura mis les voiles et qu'on sera à au moins une demi-heure d'ici.

— On peut s'en aller maintenant.

— Non, restons ici. Il fait nuit, il est tard et je suis crevé. On va pioncer ici cette nuit. Par contre, on décampe à la première heure demain matin.

— J'ai demandé un check-in anticipé à Daytona.

— Bien vu, ma belle. Ça me fera du bien de lever le pied. J'ai l'impression qu'on n'arrête pas.

— Pike ?

— Oui ?

— Je suis en train de me dessécher alors est-ce que tu m'autorises, maintenant qu'on peut se détendre un peu, que j'aille me prendre une bière ?

Je souris dans la nuit.

— Va pour la bière, par contre évite la téquila, se moque-t-il, un rire dans la voix.

Je quitte la sécurité de ses bras pour me lever et roule des yeux si tôt que je me suis retournée pour lui faire face.

— Oublie pas que, sans la téquila, on serait pas là où on est aujourd'hui.

Il abandonne le fauteuil à son tour et pose les mains sur mes hanches sans me laisser le temps de réagir. Un lent sourire se dessine sur ses lèvres.

— Ma belle, les dés étaient jetés dès lors que j'ai posé les yeux sur toi. Téquila ou pas, on serait quand même exactement là où on se tient maintenant.

Je ravale ma salive, tandis que je sonde la profondeur de ces yeux d'un vert intense, et murmure :

— Oui.

Car, je sais que ce qu'il dit est vrai.

— Oui, répète-t-il tout en resserrant sa poigne autour de mes hanches. Il était hors de question que je te laisse ressortir de ce bar sans moi.

— Je te trouve bien sûr de toi.

Une de ses commissures remonte un plus haut.

— Je l'ai eu, ma nana, non ?

— C'est m'sieur José Cuervo qui te l'a offerte.

Pike glisse les mains à mes fesses et me presse contre sa queue.

— Continue à te raconter des histoires.

— Pike, appelle Austin derrière moi.

Pike relève immédiatement la tête et fouille des yeux les fêtards à la recherche de son frère.

— Par ici, crie notre ado casse-bonbons.

Pike baisse la tête vers moi et place ses lèvres si près des miennes que je ne peux respirer sans aspirer son odeur.

— Promets-moi qu'on attendra quelques années avant de faire des enfants. Je déteste partager mon temps entre les autres et toi.

Les papillons s'agitent à nouveau dans mon ventre, parce que, sacré nom de Dieu, il me parle de faire de bébés.

— Je te le promets, dis-je avec un hochement de tête.

— Pike !

— C'est pas vrai, maugrée Pike.

Il me fait faire un tour à cent quatre-vingts degrés et passe un bras autour de mon cou, la main posée sur mon épaule.

— Allons voir ce qu'il me veut.

— Mec !

Austin fait courir une main nerveuse dans ses cheveux, les yeux ronds de panique.

— Je trouve plus Tamara. Elle était là, y a même pas une minute, à parler à un gars, et puis…

Putain de merde. Je sens Pike se raidir et j'écarquille les yeux.

— Je vais la tuer…

— Bébé, je le supplie tout en lui prenant la main avant qu'il ait le temps de serrer le poing. Tam est une fille intelligente. Je suis certaine qu'elle est partie aux toilettes ou un truc du genre.

Je mens.

Je sais que cette petite chaudasse en mal de biker est probablement quelque part en train de galocher je ne sais quel crétin qui, manifestement, a des pulsions suicidaires.

Que le Ciel nous vienne en aide.

CHAPITRE
VINGT-ET-UN

PIKE

— OÙ EST TAMARA ?

Lily a les yeux ronds comme des soucoupes lorsqu'elle se retourne vers moi.

— Euh…

Elle regarde partout, sauf dans ma direction, et se tord les mains.

— … dans le coin, ment-elle.

Les doigts de Gigi se resserrent autour de mon biceps.

— Du calme, bébé. Elle est partie s'amuser, c'est tout.

— Partie s'amuser ? éructé-je.

Je lève la tête vers le ciel, prends une grande inspiration et pousse un grognement digne d'une bête sauvage.

— Les gens nous regardent, me chuchote Gigi.

— J'en ai rien à cirer qu'on nous regarde, dis-je, tandis que je ramène les yeux sur elle.

— Lily…

Austin s'est interposé entre elle et moi.

— … par où est-elle partie ?

Elle tend le doigt en direction du club-house et se hisse

sur la pointe des pieds pour me regarder par-dessus l'épaule de mon frère.

— S'il te plaît, ne pète pas un plomb contre elle, Pike.

Je passe une main dans mes cheveux et me concentre sur ma respiration. Je le pète déjà, le plomb. Ces femmes sont sous ma responsabilité. Peu importe leur âge, elles sont ici avec moi. Je ne peux pas retourner auprès du père de Tamara et lui dire « C'est une grande fille » si ça se barre en vrille. C'est à moi qu'on va le reprocher, et à moi seul.

— Elle est seule ? demandé-je, réussissant tant bien que mal à ne pas leur faire entendre que je suis au bord du meurtre.

Lily enroule les doigts dans ses cheveux, tandis qu'elle me dévisage, et couine :

— Non. Mais, elle est entre de bonnes mains.

Je ricane amèrement.

De bonnes mains ? Il n'y a aucun homme dans ce club-house que je qualifierais de *bonnes mains* devant une fille comme Tamara Gallo. Je me fous qu'elle ait chaud au cul. Il y a une différence entre un étudiant et un motard. Elle n'a jamais mis un pied dans un fief de bikers et, aussi gentil qu'un frère puisse être, il en a après la même chose.

— Peut-être que Lily et moi devrions aller la chercher, propose Gigi, voyant que je ne réponds rien. Ça ne prendra que quelques minutes.

— Non ! je réplique du tac au tac. Je vais entrer là-dedans, et vous trois…

Je promène le regard sur eux.

— … vous restez ici et ne bougez pas d'un pouce.

— Je les surveille, me promet Austin, qui s'efforce de jouer l'homme de la famille.

259

Il a un bon fond. Mes parents ne l'ont pas bousillé, Dieu merci, mais, pour l'heure, il reste un gamin.

— T'as, genre, dix ans, patate ! lui lance Lily en roulant des yeux.

Gigi pose à nouveau la main sur mon bras. Sa poigne est ferme.

— On ne bougera pas d'ici, mais promets-moi une chose.

— Quoi ? grogné-je, incapable de desserrer la mâchoire.

— Sois clément avec Tamara. Ne pars pas en guerre contre elle à cause de ce qui se passe là-dedans.

Elle pointe une main en direction du bâtiment et ajoute :

— C'est Tamara, et elle est adulte.

Je serre les dents et tente d'adresser un sourire à ma nana. J'échoue lamentablement.

— Ce n'est pas pour elle que tu dois t'inquiéter.

— Oh, merde… lâche Austin d'une voix traînante.

Il se passe la main dans les cheveux et tourne en rond comme s'il était au courant de ce qui se tramait là-dedans.

— Tu veux de l'aide ? me demande-t-il.

Je fais « non » de la tête, me penche en avant et place les doigts sous le menton de Gigi pour forcer ses yeux ronds de panique à me regarder.

— Je ne partirai pas en guerre contre elle et je ne lui ferais jamais de mal, mais le connard avec lequel elle est va y passer.

— Merde, chuchote Lily, qui recule vers la voiture et s'éloigne de notre petit groupe. On ferait peut-être bien d'attendre dans la voiture au cas où on serait obligés de déguerpir.

Quelque chose dans ses paroles stoppe ma fureur. J'éclate subitement de rire et secoue la tête.

— On ne va nulle part, Lily. Relax. Je vais juste entrer là-dedans pour en sortir Tamara. Elle ne devrait pas traîner à l'intérieur avec qui que ce soit, surtout un gars du club.

— Il avait l'air vraiment gentil, m'explique Lily tout en me décochant un sourire feint. Genre, vraiment adorable. Un bon gars.

Je parviens à ne pas lever les yeux au ciel devant la naïveté de sa remarque. Ted Bundy avait l'air sympa, lui aussi, et ça n'a pas réussi à ses victimes.

Gigi regarde sa cousine de travers.

— La ferme, Lily. Tu n'aimes pas.

Puis, elle lève la tête pour me regarder.

— Vas-y. Nous t'attendrons ici, mais reste calme, bébé. Tranquille.

Je plante un baiser sur ses lèvres et pars, sachant que j'ai trois paires d'yeux braquées sur mon dos tandis que je marche en direction du club-house. Je me répète les mots de Gigi avec sa voix douce.

Reste calme.

— Où vas-tu comme ça ? me demande Morris, lorsque j'arrive à la porte et tends la main pour saisir la poignée.

Je retourne uniquement la tête, sans bouger le reste du corps.

— Je cherche quelqu'un.

Il hausse un sourcil et attend que je m'explique.

— La cousine de Gigi est à l'intérieur avec un des frères.

Morris se met à rire et hoche la tête d'un air entendu.

— Je vois. Simplement, n'entreprends rien sans être prêt à aller jusqu'au bout.

Je le regarde avec un grand sérieux.

— J'entreprends jamais rien que je ne peux terminer.
Tu le sais.

Il m'observe attentivement, le rire encore aux lèvres.

— Je sais, Pike. Mais, c'est plus une gamine. Ne l'oublie pas.

Il pousse la porte, entre, me la tient ouverte et pointe la
tête sur le côté.

Mes yeux suivent le mouvement et je me raidis.
Tamara est au bar, assise sur les genoux d'un type que je
ne connais pas et dont les mains sont un peu trop près de
son cul à mon goût.

Elle renverse la tête et rit à gorge déployée.

— T'es pas croyable, Crow !

— Tu trouves, poupée ?

Les yeux du biker se promènent le long de sa gorge et
descendent directement à ses seins.

Le club-house est pratiquement désert. Tout le monde
est dehors et attend le feu d'artifice, à l'exception de
quelques traînards agglutinés autour du bar. Crow et
Tamara sont les seuls assis et ont l'air de passer du bon
temps.

Je pousse un soupir fébrile, soulagé à mort de ne pas
avoir surpris ce gars avec son braquemart enfoncé dans
Tamara jusqu'à la garde. J'aurais été obligé de lui démolir
le portrait et je me serais probablement fait botter le cul
par quelques frères en retour.

— Pike ! Appelle Tamara d'une voix suraiguë sitôt
qu'elle m'aperçoit.

Elle lève haut la main pour me faire signe, comme si
elle était excitée de me voir.

— Viens faire la connaissance de mon nouvel ami !

Ces bonnes femmes.

Crow tourne la tête et me lance un coup d'œil par-dessus l'épaule, tandis que ses mains se resserrent autour de Tamara.

— Ah, lâche-t-il dans sa barbe. L'homme. Le mythe. La légende.

Ses yeux ratissent mon corps comme s'il me jaugeait et attendait que je porte le premier coup.

J'ai deux solutions : je traverse la pièce, j'attrape Tamara par le col pour la faire descendre de ses genoux et je la fous dehors pour m'occuper ensuite de Crow ou bien je tente de rester courtois et l'attire gentiment vers la sortie sans en faire tout un foin pour m'éviter les foudres de Gigi.

J'avance d'un pas raide, les mains crispées, les muscles des épaules tendus.

— Tu peux m'appeler Pike.

Tamara lève une jambe et tape du bout du pied le tabouret à côté d'eux.

— Viens discuter avec nous, me dit-elle.

Elle est de si bonne humeur que je m'en veux de devoir lui gâcher la fête.

Je m'y installe et, les coudes posés sur le bar, j'observe le type qui sert de coussin à ses fesses.

— Tu me dis quelque chose, Crow.

Il me sourit de toutes ses dents, le blanc de l'émail contraste singulièrement avec le noir de sa barbe.

— On s'est croisés une fois ou deux, marmonne-t-il avec désinvolture, avant de ramener le regard sur la fille assise sur ses genoux.

Les yeux plissés, je fixe ses mains et le tatouage qui les recouvrent. Des ailes en à plat noir et dont les bouts effleurent la phalange de chaque doigt.

— Tu venais de New York, c'est ça ?

Il acquiesce d'un hochement de tête sans se donner la peine de me regarder.

— Après que ça s'est tassé, Tiny m'a proposé de rejoindre les Disciples, et j'ai accepté. Jusqu'ici…

Il remonte la main qui était posée à la taille de Tamara et ses doigts se retrouvent bien trop près de ses seins.

— … ça s'est passé à merveille.

J'ai déjà croisé Crow à plusieurs reprises et il m'a semblé être un type réglo. Différent des autres, même. Qui se fait discret, comme moi. Pas réservé, quand c'était nécessaire. En revanche, ça reste un biker. Un type pas fait pour Tamara, bien qu'il se fasse passer pour un gentil.

Elle le contemple en battant des paupières, comme si elle était dingue de son regard.

— Ça m'arrange bien, beau brun.

Elle lui décoche un clin d'œil et passe un bras autour de son cou comme s'ils étaient amis depuis toujours.

— Gigi te cherche, lâché-je, et Tamara tourne brusquement la tête vers moi.

— Fais chier, marmonne-t-elle aussitôt. Dis-lui de venir ici.

Je hausse un sourcil.

— Je crois que tu ferais mieux d'aller la voir, toi.

J'appuie sur le mot *aller*, mais elle me regarde en clignant des yeux comme si je parlais une autre langue.

— Fais pas ton rabat-joie, Pike. Je m'amuse comme une folle, là, et les cuisses de Crow sont…

Elle s'interrompt et rougit lorsqu'il lui fait un clin d'œil.

— … tellement confortables.

— Poupée, lui souffle Crow sur un ton presque suave.

Laisse-nous entre hommes cinq minutes. Va chercher ta cousine. On pourra boire un verre et discuter tous les quatre, comme ça, d'accord ?

Les yeux de Tamara s'écarquillent, tandis que le sourire à ses lèvres s'élargit.

— Bébé, ronronne-t-elle, et je manque de vomir. Je ferai tout ce que tu veux.

Je me racle la gorge. J'ai bien du mal à garder mon sang-froid. *Je ne vais pas le tuer. Je ne vais pas le tuer*. Je m'applique à répéter lentement les mots pour ne pas lui foncer dans le buffet et faire quelque chose que Gigi me fera regretter.

Tamara descend de ses cuisses et passe les doigts dans sa barbe, tandis que ses pieds touchent le sol.

— Promets-moi que tu n'iras nulle part.

Il baisse les yeux sur ses jambes.

— Je ne bouge pas d'un pouce, trésor. Mes cuisses vont s'ennuyer de ton joli petit cul. Alors, fais-moi plaisir et ne tarde pas.

Tamara ne cille même pas, ne semble même pas s'offusquer de s'être fait commander, tout ça parce qu'il a joliment tourné son ordre. Elle hoche la tête et part en direction de la porte sans même hésiter.

— Sérieux ? craché-je, les mâchoires tellement serrées que mes dents me font mal.

Crow penche la tête sur le côté, un petit rictus sous la barbe.

— Calmos, mon frère. On faisait que flirter. Je sais que cette nana…

Il pointe le menton en direction de la porte.

— … c'est pas une pute du club. Elle est mimi. Un peu naïve, mais mimi.

— Premièrement, je suis pas ton frère.

Je lui lance un regard noir, parce que, bordel de Dieu, j'ai envie de l'assassiner.

— Deuxième, elle est très naïve. Et troisième, elle est mimi, mais t'auras pas l'occasion d'y goûter tant que je serai de ce monde.

Il se lève, tend le bras au-dessus du bar et prend quelques bières qui s'y trouvent.

— Relax, me répond-il tout en m'offrant une bouteille. Je sais où tremper mon biscuit, et c'est pas dans son petit cul.

Je prends la bière et le dévisage, alors que je dévisse la capsule et la jette sur le comptoir.

— C'est une fille de ma famille, Crow. Je laisserai personne, ni toi ni un autre ici, s'approcher d'elle.

Il renverse la tête et ingurgite la moitié de sa bouteille, avant de reprendre la parole.

— Je cherche encore la place que je peux me faire parmi les Disciples. Je suis de la viande fraîche et, jusqu'ici, le buffet m'impressionne pas des masses.

— Pourquoi Tamara ? questionné-je de but en blanc.

— Elle est mignonne et authentique. Ça t'est déjà arrivé de posséder quelque chose de si parfait que tu veux faire ton possible pour t'y accrocher ?

— Tous les jours.

— Je cherche pas à faire des vagues. Je l'ai trouvée ici, une heure plus tôt, en train de causer avec Lefty, et j'ai fait ce que j'avais à faire pour l'éloigner de lui.

Mon estomac se révulse en entendant le nom de Lefty. Le mec le plus timbré du club. Lefty a plus de morts à son actif que quiconque ici et il n'a pas toujours les idées claires, trop défoncé à la coke la plupart du temps.

— Je t'ai rendu un fier service en allant parler à cette fille. Je ne savais pas que je m'en rendais un aussi.

Il sourit et retourne à sa bière.

— Putain ! grommelé-je.

Je comprends que j'aurais pu découvrir bien pire qu'une Tamara, le cul planté sur les genoux de Crow.

— Ouep ! claironne-t-il. Tu peux me remercier.

— Compte pas là-dessus, dis-je sèchement, même si je devrais lui dire merci pour l'avoir arrachée des pattes d'un fou à lier.

Crow pousse un rire et, le poing serré, me donne une bourrade à l'épaule, comme s'il taquinait un vieil ami.

— Laisse-moi flirter avec le joli cœur. Je suis pas méchant et, demain, je serai plus qu'un souvenir. Un peu de bonheur me ferait pas de mal, même si c'est que pour quelques heures.

J'inspire profondément et resserre les doigts autour de ma bouteille. Je suis sur le point de lui répliquer d'aller se faire foutre, quand Gigi, Tamara, Lily et Austin passent la porte du club-house. Ils font un tel boucan, à jacasser comme ils le font, qu'on croirait qu'une vingtaine de personnes vient de faire irruption dans la pièce, et non quatre.

— Voici Crow, lance Tamara à Gigi.

Elle le regarde comme s'il pouvait marcher sur l'eau. Ses longs cils noirs papillotent dans sa direction.

— C'est mon mec, ajoute-t-elle.

Je m'étouffe avec ma bière et tape du poing contre ma cage thoracique. Gigi me lance un regard en coin.

— Gigi, se présente ma nana, la main tendue, tandis qu'elle me flanque un coup de coude, parce que cette foutue bière n'est toujours pas passée.

— Je vois que la beauté est un trait de famille, la flatte Crow.

Il porte la main de Gigi à ses lèvres, comme si je n'étais pas à côté.

— Fais gaffe à ce que tu fais, mords-je, une fois que j'ai réussi me dégager la gorge.

Il lâche la main de Gigi et tourne le regard vers Lily.

— Et qui est cette ravissante créature ?

Lily pique aussitôt un fard et se ratatine en faisant de grands yeux, tel un agneau sur le chemin de l'abattoir.

— Je m'appelle Lily, répond-elle d'une petite voix, toute timide, à l'opposé total de sa cousine.

Crow n'a pas le temps d'ajouter quoi que ce soit ou de tendre une main à Lily, que Tamara grimpe sur ses genoux pour marquer son territoire.

— Tu m'as manqué, lui susurre-t-elle, portant la main à sa barbe pour y glisser ses longs doigts fins.

Ses yeux pétillent lorsqu'il la regarde.

— Tu m'as manqué aussi, ma jolie.

— Seigneur, murmure Gigi.

Ma main trouve sa taille et l'attire contre moi, pendant qu'elle les observe, bouche bée.

— Salut, lance Austin, tel le grand oublié du groupe.

C'est un mec et il n'a pas vraiment les bons attributs pour se faire remarquer par ici.

— Je suis son frère, ajoute-t-il avec un mouvement de tête dans ma direction.

Crow hausse les sourcils d'un air étonné.

— Frère biologique ?

— Biologique.

Austin sourit et, pour la première fois, il semble sincèrement fier d'être de ma famille.

— Du moins, c'est ce que dit mon acte de naissance.

À ce moment-là, je suis sûr d'une chose : je ne lui dirai jamais que nous n'avons pas le même père. Il n'a pas besoin de le savoir. Je suis tout ce qui lui reste dans ce bas monde et je ne veux pas lui farcir la tête de doutes ou d'interrogations. J'ai vécu le plus gros de mon existence avec l'idée que cette enflure de Colton Moore était mon paternel, et crier sur les toits le contraire ne changerait rien de rien à l'enfer qu'il m'a fait vivre.

— Y a une ressemblance, confirme Crow, avant de reporter son attention sur Tamara.

— Ça ne présage rien de bon, me chuchote Gigi, qui enfouit le visage au creux de mon cou pour que sa cousine ne l'entende pas.

— On a discuté, tous les deux. Il sait se tenir.

— C'est plus de Tam que j'ai peur.

Je ris et lui caresse le bras.

— On ne la quittera pas des yeux, ma belle.

— Génial, maugrée-t-elle, les sourcils froncés, tandis qu'elle lève le regard vers moi. Je suis devenue comme ma mère.

CHAPITRE
VINGT-DEUX

GIGI

NOUS AVONS REJOINT LA PLAGE, alors que les garçons sont restés à l'hôtel. Ils se sont affalés chacun dans leur lit dès lors que les chambres ont été prêtes.

L'océan. C'est exactement ce dont j'ai besoin après avoir passé une nuit blanche à surveiller Tamara et Crow, comme si j'étais mes parents.

Beurk.

— À qui parles-tu ?

Je jette un coup d'œil à Tamara, qui envoie frénétiquement des bisous à l'écran de son téléphone.

Elle n'a pas lâché son fichu portable depuis qu'on a quitté le QG. Elle l'a emporté partout, même aux toilettes, et elle devient euphorique chaque fois que ce foutu appareil vibre.

— Crow.

Elle me regarde en coin, un sourire bête aux lèvres.

— Il est trop, trop drôle.

Je sais à quel point les bad-boy sont attirants. J'ai été ensorcelé dès l'instant où j'ai posé les yeux sur Pike. Je m'étais toujours juré de ne jamais tomber amoureuse de quelqu'un comme mon père.

Et qu'est-ce qui s'est passé ?

Bim. Joe Junior est tombé du ciel.

Enfin, pas exactement. J'ai atterri dans son lit et planté mon cul une semaine entière, parce que ce type était tout simplement trop génial pour que je le quitte.

Et aujourd'hui… Aujourd'hui, je suis incapable d'imaginer la vie sans lui.

— « Drôle », c'est une manière de voir les choses, bougonne Lily, qui est allongée à côté de moi et s'étire sur la serviette. Je suis crevée à cause de vous.

— On n'avait pas besoin de baby-sitters, rétorque Tamara, sans prendre la peine de tourner la tête vers Lily. On est majeurs et vaccinés.

Au lieu de nous câliner dans l'ancienne de chambre de Pike comme on l'avait fait la fois précédente, lui et moi avons squatté les canapés de la pièce commune avec Tamara, Crow, Lily et Austin. J'ai fait mon possible pour ne pas repenser à la fois où ça avait mal tourné avant d'y poser les fesses.

— Ben, tiens ! s'exclame sèchement Lily. Je jurerais que tu fais ton possible pour rendre tous ceux qui gravitent autour de toi fous d'inquiétude et stressés comme pas deux.

Tamara roule des yeux, sa main retombant près des hanches.

— Je veux juste m'éclater, c'est tout. On n'est jeune qu'une seule fois. Regardez nos parents ! C'est factures, mômes en pleurs et autres corvées du quotidien. C'est la même rengaine tous les jours. C'est maintenant qu'il faut profiter de la vie et être libre avant que la vie d'adulte nous pompe toute l'énergie qu'on a en nous.

— Il y a une différence entre profiter de la vie et avoir des pulsions suicidaires, réplique Lily, tandis qu'elle dandine des fesses pour se replacer plus bas sur la serviette afin de protéger son visage du soleil grâce au parasol voisin.

— Tam n'a pas tort.

Je n'en reviens pas d'être d'accord avec elle sur ce point, mais je continue sur ma lancée et essaie de ne pas trop y penser.

— J'ai terminé la fac et, vous, il vous reste une année à tirer. On n'aura pas le temps de dire ouf qu'on sera déjà vieilles.

Lily soupire.

— J'aimerais pouvoir revenir au temps du lycée et tout recommencer.

— Putain, trop pas ! rétorqué-je, au souvenir des migraines et autres saloperies qu'on a dû endurer durant ces quatre années-là. Peut-être reprendre à la première année de fac, mais certainement pas le lycée.

— Pouah ! renchérit Tamara tout en remuant les orteils, les paillettes de son vernis argenté scintillant au soleil. J'ai détesté ces années-là.

Lily redresse le buste et s'appuie sur les coudes.

— C'était pas si horrible.

Tamara et moi tournons la tête vers elle pour la regarder, l'air ahuri. Elle doit être frappée d'amnésie pour trouver que le lycée était une époque dorée qu'on aimerait revivre.

— Ça puait du cul, Lil, lâche Tamara en riant. T'es malade ou quoi ?

Lily secoue la tête.

— La vie était plus simple. Qu'est-ce qui filait le plus un nœud au cerveau, hein ? Les devoirs. Franchement ! Pas de travail. Pas de responsabilités.

— La permission de minuit. Les parents. Les règles. Qu'est-ce que tu trouves sympa là-dedans ? demandé-je.

Lily hausse une épaule, le regard perdu dans le mouvement des vagues.

— Le temps passe trop vite et, pour la première fois de notre vie, on sera éparpillées à divers endroits du pays.

J'ai un pincement au cœur, car elle a raison. Quand Tamara et moi étions à l'université d'état de Floride, Lily nous rejoignait les week-ends et les vacances et on faisait la fête non-stop. À partir de maintenant, je serai à la maison et, elles, loin de moi.

Je regarde tour à tour mes sœurs de cœurs.

— Mais, dans un an, vous rentrerez toutes les deux, pas vrai ?

Je ne tiendrai pas longtemps sans les voir. Elles sont un prolongement de moi-même autant que mes sœurs. Nous avons grandi ensemble, fait les quatre cents coups, commencé à sortir avec des garçons à peu près en même temps, nous gardant bien de le dire à nos parents. On connaît tous les secrets de l'autre et il n'existe pas d'autres filles sur cette planète dont je suis aussi proche.

Lily pousse un soupir et Tamara hausse les épaules.

Je me redresse brusquement, pivote sur les fesses et agrippe ma serviette à deux mains.

— Vous déconnez ? Vous devez rentrer à Tampa. Vous pouvez pas m'abandonner.

— Tu as Pike, maintenant, suggère Tamara, comme s'il s'agissait d'un lot d'un produit de substitution.

Interloquée, je cligne des yeux.

— T'es sérieuse ? Jamais il ne pourra vous remplacer.

Lily me caresse la main avant d'entrelacer nos doigts.

— J'essaie d'intégrer l'université de Floride du Sud pour faire mon doctorat et j'ai bon espoir de devenir interne à l'hôpital de Tampa, mais on sait jamais ce que l'avenir nous réserve, Gigi.

Je sens les larmes me monter aux yeux et un picotement dans le nez.

— Vous devez rentrer.

— On essaie, bébé, m'assure Tamara. On essaie.

Son téléphone se met à vibrer, et elle le lève aussitôt au-dessus de son visage.

— Oh, putain ! s'exclama-t-elle, les yeux ronds comme des soucoupes.

— Quoi ?

Je lui assène une claque sur la cuisse et tente de voir son écran, mais elle tourne le téléphone dans l'autre sens.

— À partir de quand, dans une relation, on peut commencer à recevoir une dick pic ? nous demande-t-elle.

Elle promène les yeux sur son écran avec un sourire en coin.

J'esquisse une grimace. Il n'existe pas une queue dans ce monde qui soit jolie en selfie.

— Jamais, dis-je, désapprouvant carrément la conduite de Crow, alias le mec de rêve – ses mots, pas les miens. Pike ne m'en a jamais envoyé une seule.

Sans crier gare, Lily me passe par-dessus et arrache le téléphone des mains de Tamara pour regarder l'écran.

— Espèce de menteuse ! Que du vent.

Elle jette l'appareil en direction de Tamara pour le lui rendre.

— C'est naze.

— Je voulais voir votre réaction, explique Tamara. Ça vous est déjà arrivé de demander une dick pic à un mec ?

Elle nous regarde avec un air interrogateur, un sourcil arqué.

Écœurée, je secoue la tête.

— Pourquoi voudrais-je recevoir une dick pick ?

— T'es vraiment chelou, la raille Lily, le nez froncé. Je me demande comment on peut être cousine.

— Si tu sortais pas avec Pike aujourd'hui, me provoque Tamara en me regardant droit dans les yeux, j'aurais dit que Mallory s'était pas trompé sur ton compte. Mais, ça va, il dit que t'es cool quand même.

Pardon ? Mallory était un gros crétin et sans sa sœur Mary, je n'aurais même pas été amie avec lui. Tamara le sait bien. Elle le détestait autant que moi.

Je croise les bras, pince les lèvres et la regarde de travers.

— Mallory est con comme un manche à balai. Je *suis* une fille cool.

Je le suis vraiment. Je n'ai jamais été une nerd, trop coincée pour faire la fête. En soirée, je parle avec tout le monde et je me marre bien. Je n'ai pas peur de me la coller et de me lâcher. J'ai même couché avec Pike alors que je ne le connaissais ni d'Ève ni d'Adam, bordel ! Bon, c'était un peu la honte et ça aurait pu se terminer sur une tout autre note, mais si c'était à refaire, je le referais.

— Trop pas, objecte Tamara tout en secouant la tête. Mais tu crois l'être. Quant à toi…

Elle penche la tête et examine Lily du regard.

— … avant, tu déchirais grave. Aujourd'hui, tu es

toujours là, le nez plongé dans un bouquin, à vouloir décrocher la meilleure moyenne.

Lily esquisse un sourire. Ses doigts courent le long de ses jambes, comme si elle cherchait à se calmer.

— Le monde ne survivrait pas à trois Tamara.

— Un jour, tu déploieras tes ailes, Lil, et je serai là pour applaudir.

— Je n'ai pas le temps de déployer mes ailes, soupire Lily, qui se laisse retomber sur sa serviette de bain et s'étire de tout son long. Je suis trop lessivée pour ça.

— Ce qu'il nous faut, c'est vivre une grande aventure ! avance Tamara tout en se tapotant le menton.

Quand elle commence à partir dans ses délires, je sais qu'on est mal barrées.

— Gigi ne peut pas venir, parce qu'elle travaille, mais, toi et moi, on peut carrément faire ça.

Je serre les dents. Le fait d'être, en quelque sorte, l'adulte du groupe me fait rager.

— Je vous déteste.

— Mais non, me contredit-elle. Et puis, si j'avais un mec ultra canon comme le tien dans mon lit, je n'en sortirais pas, sauf pour aller choper un test de grossesse.

Je lève les yeux au ciel.

— Ça craint d'être adulte.

— Je n'ai pas le temps de vivre *une grande aventure*, soupire Lily. Peut-être l'été prochain.

— Ce sera peut-être Crow, mon aventure, commente Tamara, le regard perdu au loin.

— Ne fais pas quelque chose que tu vas regretter, l'avertis-je.

— Tu regrettes d'avoir rencontré Pike ? me rétorque-t-elle, arquant un sourcil parfaitement épilé.

— Bien sûr que non !

— Il n'est pas différent de Crow.

Je la regarde d'un air hébété.

— Si, il l'est.

D'un calme olympien, elle se rallonge et place une serviette roulée sous la tête.

— Et en quoi est-il différent ?

Je m'allonge sur le ventre, à deux doigts de tomber dans les vapes.

— Il l'est, point.

— C'est tous les deux des bikers. C'est tous les deux des Disciples.

— Pike n'a jamais été un Disciple.

— Tu joues sur les mots. Ils conduisent tous les deux une Harley.

Je balaie son argument d'un geste de la main.

— Tu dis n'importe quoi. Pike est plus qu'un biker.

— Comme Crow.

— Tu veux que ton père nous chie une pendule pour de vrai ? lui demandé-je de but en blanc.

Ma question la fait rire.

— Il s'en remettra.

— Je lui répéterai ce que tu viens de me dire quand tu vivras ta grande aventure avec ton biker.

Une ombre s'allonge tout à coup au-dessus de nous.

— Qui a besoin de crème solaire ? Retentit la voix d'Austin.

Je relève la tête pour découvrir notre ado en chaleur en train de baver devant tout cet étalage de peau. À voir ses yeux lui sortir pratiquement des orbites, on croirait être nues. Nos bikinis sont chastes comparés à d'autres sur cette plage. Ce n'est pas comme si nos seins débordaient de partout, en dépit de ce que suggère sa réaction.

— Ferme la bouche, Austin, lui lance Tamara tout en rabattant ses lunettes de soleil sur les yeux. Café.

Elle tend un bras et claque des doigts.

— Vos désirs sont des ordres, ma reine, répond-il, avant de s'agenouiller près d'elle.

Je marmonne dans ma barbe devant ce duo insupportable.

— Bébé, viens te baigner avec moi, me demande Pike, qui arrive derrière Austin, un porte-gobelet en carton à la main rempli de cafés.

Je lève une main dans un geste exagérément dramatique et bougonne :

— Un café d'abord.

Putain. J'ai l'impression qu'un train m'est passé dessus. Avant, j'étais capable de faire la fête jusqu'au bout de la nuit et de me réveiller comme une fleur pour aller en cours. Aujourd'hui, c'est le parcours du combattant.

Pike s'assoit juste près de ma tête et pousse une tasse de café devant mon visage.

— Bois, ma cocotte.

Je contemple ses tatouages et sa peau nue. La manière dont les rayons du soleil se réverbèrent sur le galbe de ses muscles a quelque chose de terriblement beau.

— Tu devrais peut-être te couvrir, lui dis-je, lui prenant le café des mains.

Il baisse les yeux sur moi, les sourcils froncés.

— Je me couvrirai quand tu en feras de même.

Ses yeux passent furtivement sur mes seins. Il crève de chaud. Pas question que j'enfile des couches supplémentaires.

Je promène mon regard sur la plage et remarque qu'on reluque et fantasme sur mon mec.

— Les femmes te regardent.

J'avale une gorgée de ce café frappé dont mon corps et mon cerveau ont besoin pour fonctionner.

— Mmh…

Il jette un coup d'œil à la ronde.

— Les hommes vous dévorent toutes les trois des yeux dans votre bikini-string, mais tu ne m'entends pas me plaindre.

Je lève les yeux au ciel et Tarama glousse, suivi du rire de Lily.

— On porte pas des bikinis-string, précisé-je.

J'avale une nouvelle gorgée et pousse un gémissement de plaisir.

— Ma belle, tu refais ce bruit, et ce n'est pas que mon torse que les femmes verront, lâche-t-il, sans se préoccuper le moins du monde de celles qui nous entourent.

Je hausse les sourcils et baisse droit les yeux sur son entrejambe.

— On devrait peut-être aller se baigner, finalement. Il commence à faire chaud.

Il remue les sourcils, un sourire suffisant aux lèvres.

— Vous êtes crades, nous raille Tamara. Si vous vous paluchez dans l'eau, j'y mets pas un pied.

— Y avait plus de sperme sur le canapé hier soir que dans l'océan, lui fait remarquer Pike, incapable de garder son sérieux en la voyant grimacer.

— Super crade, marmonne-t-elle.

— C'est ça, la vie de biker, dis-je, dans l'espoir de la dissuader de se lancer dans une histoire avec Crow.

Je pose mon gobelet de café sur le sable et suis Pike

qui part en direction de la mer. Alors que nous marchons, il fait un signe de tête en arrière et me demande :

— Pourquoi t'as dit ça ?

Je lui prends la main et traverse la plage aussi vite que je le peux. Le soleil au zénith a rendu le sable aussi brûlant que la lave.

— Elle textote avec Crow.

Pike s'arrête net, et je manque de valdinguer en avant lorsque sa main me retient sur place.

— Répète ? gronde-t-il.

Je le tire vers la mer, exécutant une danse sur place, parce que j'ai la plante des pieds en feu.

— Je te le dirai quand on sera dans l'eau, à moins que tu préfères les pieds écorchés à vif.

— OK, marmonne-t-il, comme décontenancé.

Pike n'est jamais dérouté, ne reste jamais sans voix. Or, je vois bien que quelque chose lui pèse.

— Qu'y a-t-il ? questionné-je, avant de pousser un soupir de soulagement lorsque mes orteils touchent enfin le sable frais et humide du rivage.

— Je n'aime pas l'idée qu'elle sorte avec Crow, m'avoue-t-il. Une fille comme elle avec un type comme lui, c'est synonyme d'ennuis, et rien d'autre.

J'avance dans l'eau et, lorsque nous nous enfonçons plus loin, je laisse le bout de mes orteils frôler la crête des vagues.

— Que sais-tu de lui ?

Je ne relève pas le *une fille comme elle*, car il ne pense pas à mal. Il sait que Tamara a un bon fond, mais il sait aussi qu'elle est plus déjantée que je ne l'ai jamais été.

Il se tait, le regard perdu au loin, dans le bruit des vagues qui s'écrasent tout proche.

Je tire sur son bras, en quête d'attention et d'explications.

— Vas-y, dis.

Avec un sourire, je m'immerge dans l'eau jusqu'à ce que ma poitrine flotte à la surface.

Il baisse les yeux, vois mes seins perlés de sueurs ondoyer au gré des vagues, et il sourit.

— Ma belle, comment veux-tu que je réussisse à te raconter quoi que ce soit quand tu m'allumes comme ça ?

— Allons, sois gentil. Dis-moi ce que tu sais sur Crow et tu pourras peut-être ressortir de l'eau sans cette gaule que je devine sous les vagues.

Je lui décoche un clin d'œil avec un regard amusé. Je vois bien que ses prunelles se sont assombries.

Il plonge en avant pour enrouler les bras autour de ma taille et ma poitrine vient s'écraser contre son torse. J'étouffe un hoquet et m'efforce de ne pas boire la tasse lorsque ses lèvres trouvent ma gorge et aspirent cette zone qui me met immanquablement dans tous mes états.

— Ça m'excite quand tu crois que c'est toi qui commandes, murmure-t-il contre ma peau.

— C'est moi qui commande, dis-je.

Je noue les jambes autour de sa taille, frotte mon entrejambe contre son érection, et ajoute :

— Maintenant, dis-moi tout ce que tu sais sur Crow.

— Et autoritaire avec ça, susurre-t-il dans mon cou.

J'éclate de rire et plante les talons dans ses fesses.

Bon sang, j'aime cet homme.

CHAPITRE
VINGT-TROIS

PIKE

— CET ENDROIT, ça rappelle des souvenirs, me lance Tamara avec un clin d'œil, de l'autre côté de la table. Pas vrai ?

Je ris de bon cœur. Ça me paraît tellement lointain. Reluquer Gigi pendant ce qu'il m'a semblé des heures, attendre qu'elle fasse enfin le premier pas.

— De bons souvenirs, je baragouine derrière le goulot de la bouteille de bière dans ma main.

— Je ne me souviens de rien, rétorque Gigi.

— Menteuse, lui rétorque sa cousine en secouant la tête. T'étais pas si bourrée que ça.

— Suffisamment pour cuver, nuancé-je.

Gigi me lance un regard de reproches.

— On t'a pas sonné, me réplique-t-elle, un brin amusée.

Elle s'est détendue depuis qu'on a eu cette discussion au sujet de Crow et qu'elle en a touché un mot à sa cousine.

Elles ont dû mettre les choses à plat. Avec un peu de

282

chance, ce que j'ai raconté à Gigi, et qu'elle a rapporté après coup à Tamara, aura remis à sa cousine les idées en place.

— Dommage qu'Austin et Lily ne soient pas venus, murmure Gigi tout en faisant tournoyer la bière dans sa bouteille.

— Des petites natures, commente Tamara. Franchement, qui voudrait rester dans une chambre d'hôtel à binge-watcher [1]*Game of Thrones* ?

— Ce sont des nerds, Tam, et c'est peut-être mieux comme ça pour Austin. Les gamins n'ont pas à traîner dans les bars.

La cousine de Gigi frappe la table du plat de la main, la tête renversée.

— Ben merde ! Quand est-ce que tu t'es transformée en Suzy ?

Je ferme les yeux et presse les doigts sur mes paupières. Tamara a dit *le* truc qui peut faire démarrer Gigi au quart de tour.

Ma nana renverse la tête et lâche :

— Mais quelle connasse !

Sa cousine hausse les épaules d'un air désinvolte.

— Ben, tu viens de comparer Austin à un môme et, à ma connaissance, il est presque un homme.

Je relève la tête, rouvre les yeux et grommelle :

— Presque. Il est encore au lycée et si je le surprends dans un bar…

— Il recevra une fessée ? me coupe Tamara, un sourcil relevé.

Elle cherche à me foutre en rogne, voilà tout.

Je lui lance un regard noir.

— T'en as pas marre parfois ?

— Vous êtes deux vieilles biques, rétorque-t-elle, le nez froncé. Vous allez bien ensemble.

Gigi me caresse le bras de sa paume chaude, et j'ai bien du mal à ne pas me dérider.

— Ignore-la, me dit-elle. On est génial et on le sait.

Alors, elle me sourit, et cette frimousse pourrait illuminer toute une pièce.

— Vous savez qui est génial ? demande Tamara, le regard pointé par-dessus mon épaule, un sourire satisfait aux lèvres.

Gigi se retourne et je sens ses doigts se resserrer autour de mon bras.

— Ne dis rien, maugré2-je, parce que je sais exactement qui elles regardent.

Elle est pas croyable, cette fille.

Gigi tourne brusquement le visage vers sa cousine et se penche au-dessus sur la table.

— Tu l'as invité ? feule-t-elle.

Curieusement, elle a réussi à ne pas crier, même si je sais qu'elle en meurt d'envie.

Tamara hoche la tête.

— Juste pour quelques verres. Le QG n'est pas très loin, et il m'a dit que je lui manquais.

Je serre les mâchoires et le poing qui ne tient pas ma bière. Chacun de mes muscles est si tendu que je pourrais me briser net.

— Putain ! crache Gigi. Tu es vraiment une tête à claques.

— Soyez sympas ! On repart demain, et je le reverrai plus après ça.

Tamara fait une moue, sauf que je ne suis pas ses parents : ça n'a pas d'effet sur moi.

— Tu ne ressors pas de ce bar avec lui, l'avertis-je, l'index pointé sur elle, ma bière à la main.

— Oui, papa, marmonne-t-elle en roulant des yeux. Pas besoin de faire un caca nerveux.

Voilà le supplice que doivent endurer les parents. Être constamment tiraillé entre l'envie de faire ce qui est juste pour votre enfant et lui offrir juste assez de liberté pour qu'il puisse vivre sa vie sans qu'il se tire une balle dans le pied. Tamara a dû être une enfant difficile. Elle, et son besoin compulsif d'enquiquiner le monde… J'ignore comment Anthony a pu survivre à ses vingt une années d'éducation.

— Hello, beau gosse ! lance Tamara, qui se lève d'un bond dès que Crow arrive de notre table.

Il glisse un bras nu autour de sa taille et l'attire contre lui, comme s'il retrouvait une de ses anciennes maîtresses.

— Tu m'as manqué, poupée, lui dit-il d'une voix suave, avant de frotter sa barbe au creux de la gorge de Tamara, ce qui la fait éclater de rire comme une enfant.

— Je vais vomir, murmure Gigi, qui pose une main sur mon genou et le serre fort.

Leur embrassade traîne en longueur. Ça renifle le cou de l'autre, se touche comme s'ils étaient plus que de simples amis.

— Je suis tellement contente que tu sois venu, lui répond Tamara tout en saisissant sa barbe pour plonger son regard dans le sien. Tellement tellement contente !

— J'irais n'importe où pour toi, joli cœur.

Il lui décoche un clin d'œil.

Lorsque Gigi se remet à marmonner à côté de moi, j'interromps leur conversation :

— Salut, Crow.

— Son père va nous assassiner, me murmure-t-elle en secouant la tête. On est morts.

Crow tourne les yeux vers nous et, les bras toujours enroulés autour de Tamara, il nous demande :

— Qu'est-ce qu'on boit ? Je paye ma tournée.

— N'est-il pas adorable ? s'exclame Tamara tout en me regardant.

Voyant mon absence de réaction, elle retourne à la contemplation de son barbu aux yeux noirs comme le charbon.

— C'est le meilleur ! renchérit-elle. Allons commander au bar. Je vais t'aider à prendre les verres pour papi et mamie.

Si Crow a l'air perplexe, il se contente de hausser les épaules et se laisse entraîner dans la nuée de clients.

Gigi pose la tête sur mon épaule dans un soupir.

— Elle veut vraiment notre mort.

Je ris doucement et me penche pour planter un baiser sur le haut de son crâne.

— Ça va aller. Après quelques verres, il commencera à regarder ailleurs. Il l'aura complètement oubliée, demain.

Elle lève ses yeux bleus vers moi et me dévisage.

— C'était si facile de m'oublier ?

— Bien sûr que non, ma belle. À peine tu m'avais quitté que tu me manquais déjà.

Elle me fait un grand sourire et mon cœur se réchauffe.

— Pareil, ment-elle.

— Tu ne m'as pas appelé, lui rappelé-je.

Elle toussote et baisse les yeux.

— J'étais gênée.

— Gênée de quoi ?

Elle hausse les épaules.

— Je n'avais jamais eu de coup d'un soir avant ça.

— Ce n'était pas un coup d'un soir, la reprends-je, le sourire fiché aux lèvres au souvenir de ces longues journées passées dans les bras l'un de l'autre.

Elle se met à rire, et ce son est encore aujourd'hui le plus doux que j'aie jamais entendu.

— Je m'en souviens, l'ancien, se moque-t-elle. Tu crois que la vie redeviendra aussi légère un jour ?

Avec un soupir, je passe un bras au dos de sa chaise et joue avec la pointe de ses cheveux.

— Je n'en sais rien, bébé. Mais, tant que tu seras à mes côtés, je surmonterai le pire pour n'en tirer que le meilleur.

— On a pris des bières, annonce Tamara, tandis que Crow pose au centre de notre table un seau à glace rempli de bouteilles.

Il retourne une chaise et s'y assoit à califourchon, un verre d'eau à la main.

— Servez-vous, nous dit-il.

— Tu ne bois pas ? l'interroge Tamara, qui le regarde, la bouche entrouverte.

Il secoue la tête.

— Je conduis ce soir. La picole et les motos, ça fait pas bon ménage, poupée.

C'est le premier truc qui sort de sa bouche et me laisse à penser qu'il n'est pas complètement con.

— Tu peux dormir dans ma chambre, lui propose-t-elle, avant de pousser le seau dans sa direction.

Il me jette un coup d'œil et secoue à nouveau la tête.

— Je pense qu'il vaut mieux pas.

Là encore, il se montre malin. Je n'allais certainement pas le laisser passer la nuit dans sa chambre. Rien à faire qu'elle soit majeure. Ç'aurait été un non ferme. J'y aurais mis Austin, histoire de refroidir leurs ardeurs.

— Je comprends, concède-t-elle tout en m'étudiant du coin de l'œil. Peut-être la prochaine fois.

— Bien sûr, poupée, murmure-t-il. La prochaine fois.

— Dis-moi, Crow, lance Gigi, tu as grandi à New York ?

Il secoue la tête et sourit lorsque Tamara lui touche le bras et se met à le caresser avec les ongles.

— Je suis môme de militaire. On déménageait souvent.

— T'as des frères et sœurs ? enchaîne-t-elle, à peine a-t-il répondu à la question précédente.

— Un frère, pas de sœur.

— T'as un boulot ? demande-t-elle encore, tandis qu'elle plonge le bras dans le seau à glace pour en retirer une bouteille.

Crow fourre la main dans la poche arrière de son jean et en ressort son portefeuille qu'il jette sur la table, près de Gigi.

— Tamara m'a parlé de vos oncles. Libre à toi de leur demander des renseignements sur moi.

Elle plisse le nez, vexée. Il a voulu la griller, conscient qu'elle lui faisait subir un interrogatoire.

— Elle fera pas ça, bébé, la défend Tamara.

Gigi prend le portefeuille, l'ouvre et en inspecte le contenu. Elle sort son permis de conduire, le tapote du bout de son index et lit tout haut :

— Logan Taylor.

— C'est mon nom, répond-il, sans se départir de son sourire, les doigts lissant sa barbe.

— Logan, c'est un prénom sexy, commente Tamara. Mais Crow, c'est carrément badass.

Il tourne le visage vers elle, le sourire solidement fiché aux lèvres.

— Appelle-moi comme tu voudras, joli cœur.

Je prends ce fichu portefeuille et le permis de conduire des mains de Gigi et remets tout en ordre.

— Lâche-lui la grappe.

Elle me regarde d'un air incrédule.

Je renvoie le portefeuille vers Crow.

— Ils sont juste amis.

Gigi cligne des yeux, ahurie, et secoue la tête, avant de me chuchoter à l'oreille :

— Mais qu'est-ce que tu fais ?

Je place les doigts sur son cou et pivote sa tête pour avoir son oreille près de ma bouche.

— Tu veux la pousser dans ses bras ?

— Non, chuchote-t-elle contre ma peau.

— Alors, arrête de jouer les empêcheuses de tourner en rond. Qu'est-ce qui se passait quand tes parents détestaient quelqu'un ?

— Pas faux, maugrée-t-elle, avant de s'écarter et de tourner les yeux vers sa cousine. Ça te dit d'aller danser, Tam ?

— Nan, réplique cette dernière, trop occupée à peloter Crow de partout.

Gigi se lève, fait le tour de la table et tire sur le bras de Tamara.

— Si, tu en as envie. Tu adores danser. T'as pas envie de montrer ton déhanché à Crow ?

Elle remue les hanches.

J'ai envie de la tirer par le poignet pour l'obliger à se rasseoir, lui interdire d'agiter son joli petit cul devant tous ces vicelards, mais je n'en fais rien.

— Ça te dérange si j'y vais ? demande Tamara à Crow, en quête de sa permission.

— Secoue-moi tout ça, répond-il en pointant le menton vers la petite piste de danse.

— Tu viens ?

Elle remue les doigts dans sa direction, mais il fait « non » de la tête.

— Je te regarde, bébé.

Je le fusille du regard lorsque je le vois reluquer le cul de Tamara.

— Qu'est-ce que tu fous ici ? demandé-je aussitôt que les filles ont rejoint la piste de danse..

Il hausse les épaules et porte le verre d'eau à ses lèvres. Il se contrefiche de voir que je ne veux pas de lui ici.

— J'essaie juste de me cramponner à mon petit bonheur.

Je me penche au-dessus de la table et pose ma bière sur le côté pour libérer l'espace devant moi.

— Bien que je comprenne que tu veuilles te cramponner à ton petit bonheur, il y a une ligne à pas franchir.

Il pose son verre d'eau sur la table devant lui et un bras sur le dossier de sa chaise.

— Quelle ligne ? Elle m'a invité à boire un verre. J'avais le choix entre venir ici et traîner avec les gars pour les regarder se mettre une mine. Qu'est-ce que t'aurais fait à ma place ?

— Hé, Crow ! lui crie Tamara.

Sitôt qu'il regarde dans sa direction, elle se retourne et remue les fesses d'une manière qui signifie autre chose que *potes*.

— Bordel, lâche-t-il, et ce n'est pas parce qu'il est énervé.

— Crow, écoute-moi.

Je prends une grande inspiration et fais mon possible pour ne pas jouer les hypocrites, parce qu'après tout je suis passé par là. Moi aussi, j'ai été attiré par toute cette gentillesse, ai risqué la vie de Gigi en cours de route.

— Ta vie ne colle pas avec la sienne.

Je tourne la tête vers les deux cousines qui rient et dansent sur les vieux tubes de heavy métal des années quatre-vingt sortant par les enceintes démesurées.

— Elle est bien celle que tu crois, gentille et tout le tralala, mais cette fille n'est pas pour toi. Elle ne le sera jamais.

Il plisse les yeux et m'observe attentivement, le pouce pointé par-dessus son épaule.

— Et ta nana ?

— Je ne la mérite pas. Je crois que je ne la mériterai jamais. Seulement, on a traversé l'enfer, elle et moi.

— Tamara m'a dit que vous travailliez ensemble.

Tamara est un peu trop bavarde, surtout que c'est un parfait inconnu.

— En effet.

— Et avant, tu créchais au QG.

J'acquiesce d'un hochement de tête et tâche de rester impassible.

— Elle m'a parlé de toi, Pike. Et de sa famille, aussi.

Un de mes genoux se met à trembler dans mon effort de rester assis.

— Ils ne t'aimeraient pas non plus.

Il me décoche un sourire arrogant.

— Jamais connu une famille qui m'a pas aimé.

— Qu'est-ce que tu fiches avec une gamine comme elle ?

— Une gamine ?

Il éclate de rire.

— C'est loin d'être une gamine. Regarde-la. Ta nana et elle ont le même âge, non ?

Je fouille du regard la piste de danse et aperçois Tamara et Gigi qui agitent leur cul et leurs seins pour le plaisir des yeux de tous. Elles n'ont rien d'enfantin, si ce n'est leur capacité à se chamailler et le fait d'être parfois des emmerdeuses comme pas deux.

— Elles ont un an de différence, le corrigé-je tout en ravalant ma salive, parce que je sais que je me comporte comme un enfoiré.

— Je sais d'où tu viens. Je sais que t'as pas envie que mes conneries lui retombent dessus, qu'elle soit obligée de fuir pour sauver sa peau.

C'est une pique dirigée contre moi. Je suis certain que Crow est au courant des pertes causées par l'attaque des DiSantis dans les rangs des Disciples.

— Je suis pas comme la plupart des gars du club, poursuit-il. Je reste dans mon coin. Je fais ce qui est nécessaire quand on me le demande et y a pas plus loyal que moi, mais les putes, la drogue et les beuveries quotidiennes, ça m'attire pas. Je me décarcasse sur les caisses que je rafistole et économise pour quand je me trouverai une régulière.

Il tourne la tête en direction de Tamara, le sourire revenu.

— J'aimerais avoir, un jour, un peu de bonheur dans la vie, moi aussi. Mais, je sais que cette fille-là…

Il marque une pause, avant de ramener les yeux sur moi.

— … c'est un sacré numéro et qu'elle n'a pas envie de

se caser. Je suis pas là pour lui briser le cœur. Je suis pas là pour la pervertir. Je lui ai évité des emmerdes avec Lefty, et tu le sais.

Il me pointe du doigt et je résiste à l'envie de le repousser d'un revers de main.

— Elle m'a demandé de venir, alors me voilà. Demain, elle aura tourné la page et jeté son dévolu sur quelqu'un d'autre. Mais, ce soir, je vais m'imprégner un peu de sa douceur et l'emmagasiner pour les fois où j'aurai besoin de me rappeler que je suis plus qu'un simple soldat au service d'une armée qui n'est pas la mienne.

— Me touche pas ! s'écrie Gigi sur la piste de danse, sa voix couvrant la musique.

Le type a un sourire en coin et semble ne pas se soucier qu'elle lui repousse les mains.

Elle n'a pas placé un autre mot que j'ai déjà quitté mon siège. Les lourdes bottes de Crow résonnent derrière moi.

J'attrape le type par le col et le tire en arrière jusqu'à ce qu'il perde l'équilibre et manque de tomber.

— La demoiselle a dit « pas touche ».

— T'es qui, toi ? croasse-t-il d'une voix avinée et crachoteuse.

— Son mec, dis-je, avant de tordre le tissu si fort autour de son cou, qu'il commence à manquer d'oxygène.

— On a de la compagnie ! me crie Crow, tandis que Tamara et Gigi sont écartées et qu'un petit groupe d'hommes avance vers nous.

— Qu'est-ce que tu lui veux, mec ?

Et rebelote. Jamais un moment tranquille. Jamais une soirée classique. Jamais la paix.

Le type que j'empoigne tente de me coller un pain,

alors je lui fais une balayette et ses jambes se dérobent sous lui.

— Oh, putain ! lâche Gigi, les yeux écarquillés, lorsque d'autres hommes avancent vers nous, les poings en l'air.

— Je couvre tes arrières, lance Crow à côté de moi.

Le chaos général éclate. Les poings, les pieds, les chaises, et à peu près tout ce qui est mobile volent à travers le bar. Une scène digne de *Road house*.

Alors que mon poing atteint la figure d'un type, je fouille des yeux la cohue, tandis que Tamara et Gigi foncent vers la sortie, les mains au-dessus de leur tête pour se protéger.

— Vous avez cherché des poux aux mauvais gars, annonce Crow à l'un des types avant de lui décocher un méchant uppercut, qui a pour effet de dévisser la tête du type dans un mouvement qui n'a rien de naturel.

À ce moment-là, je n'ai jamais été aussi content d'avoir cet enfoiré à mes côtés.

— Putain de sa mère !

J'ouvre brusquement les paupières et fais une grimace à cause des rayons de soleil qui s'immiscent par l'ouverture des rideaux.

— Que se passe-t-il ?

Je me retourne et vois Gigi, un petit morceau de papier à la main, les yeux ronds et la bouche entrouverte.

— Elle l'a fait, la garce ! Je vais la tuer.

Elle se met à marcher de long en large tout en secouant la tête.

— Fait quoi ? Qui ?

Je me frotte mes yeux encore ensommeillés et me redresse sur les coudes.

— Tamara, murmure-t-elle lorsqu'elle s'arrête de marcher et relit, incrédule, la petite note.

— Qu'est-ce qu'elle a fait ? redemandé-je.

Gigi me flanque le morceau de papier devant les yeux.

— Lis.

Couvre-moi !
Je suis partie vivre ma grande aventure.
Tam XOXO

Merci infiniment d'avoir lu *Feu*. J'espère que vous avez aimé Gigi et Pike autant que moi. Pas de panique : d'autres Gallo vous attendent.

L'histoire de Tamara Gallo est une virée sauvage à ne pas manquer. Cliquez ici pour obtenir *Brasier* ou rendez-vous sur *menofinked.com/hw-fr* et partez à la rencontre du seul alpha capable de lui faire chavirer le cœur.

… ou bien tournez la page pour découvrir le premier chapitre de *Brasier* !

BRASIER

Tamara Gallo
Chapitre premier

— Quoi que t'aies à vendre, trésor, ça nous intéresse pas, me lance le biker.

Il commence à me fermer la porte au nez.

— Je suis attendue par Crow.

Avec un grognement, il la rouvre lentement. Son regard passe sur mon corps, s'attarde sur ma poitrine avant de jauger le reste.

— Eh, Crow ! T'as de la compagnie ! beugle le baraqué, qui me bloque toujours le passage et m'empêche d'entrer.

— Il m'a dit de passer le voir à l'occasion, alors me voilà. Youpi.

Je lève les mains, comme une parfaite idiote, mais j'essaie de faire de mon mieux.

Un léger tressaillement apparaît au coin des lèvres du

grincheux, et je me dis qu'on progresse, jusqu'à ce qu'il hurle :

— Crow ! Ramène-toi, avant que cette fille se ridiculise un peu plus.

Mon sourire se fane et je fronce les sourcils. Si je faisais la même taille que lui, je lui mettrais une pastèque dans les gencives.

— C'est pas très sympa.

— Trésor, tu te pointes à ma porte en prétendant être une invitée de Crow et t'agites tes jolis nibards sous mon nez, comme si tu allais y gagner quelque chose. Je suis franc, c'est tout.

J'ouvre la bouche, prête à lui dire d'aller se faire foutre, mais la referme, parce qu'il a dit que j'avais de *jolis nibards*.

— Bordel de merde, peste Crow, dont le martèlement des bottes résonne contre le sol en béton derrière le grincheux.

J'ai l'estomac noué, mais je plaque un nouveau sourire sur mon visage et je mets de côté mon appréhension. Je sais que Crow sera excité de me voir. Il le sera forcément. La nuit dernière, avant de quitter le bar, il m'a dit que je pouvais passer à l'occasion, histoire de s'amuser un peu.

— Putain ! lâche-t-il, dès qu'il me voit. Qu'est-ce que tu fais là ?

— Surprise ! m'exclamé-je, les bras levés, tout comme mes seins, prête à me jeter au cou de mon biker sexy.

Mes mains n'ont pas le temps d'arriver à ses épaules que ses doigts s'enroulent autour de mes poignets.

— À quoi tu joues, là ?

Interloquée, je fronce les sourcils.

— À quoi je joue ?

— Oui.

Il baisse le menton et ses cheveux noirs retombent devant ses yeux sombres.

— À quoi tu joues ? répète-t-il en détachant chaque mot.

J'ai les bras encore en l'air, le corps qui oscille vers lui, puisqu'il retient captifs mes poignets.

— Tu m'as dit de passer te voir.

— Oui. Et alors ?

Ses yeux me détaillent entièrement et il me tire un peu plus haut les bras, raffermissant du même coup ma poitrine. Puis, il sort et me fait reculer à la force de ses mains autour de mes poignets.

— Je pensais que tu m'appellerais avant, un truc dans le genre. Tu peux pas te *pointer*, comme ça, au QG.

— Eh bien, trop tard.

Je tire les bras en arrière pour me dégager et le fusille du regard.

— Pourquoi t'es devenu le plus grand des connards tout à coup ?

J'entends l'enfoiré de grincheux, qui m'a ouvert la porte, renifler d'un air moqueur, mais il s'arrête dès l'instant où Crow lui lance un regard par-dessus l'épaule.

— Putain ! Rentre, Eagle ! gronde-t-il, avant de ramener le visage vers moi. Répète un peu pour voir.

Il hausse un sourcil, comme si j'allais réviser mon propos.

Eh bien, non. Je reste fidèle à ce que j'ai dit une seconde plus tôt et aboie :

— Tu fais ton connard.

Il fait son connard de premier ordre. Le Crow que j'ai rencontré quelques jours plus tôt, celui qui m'appelait *poupée*, s'est volatilisé. Me voilà coincée avec cet abruti qui fait comme s'il me connaissait ni d'Ève ni d'Adam. Comme s'il ne m'avait jamais proposé de venir passer un peu de bon temps. Comme si je n'étais qu'une enquiquineuse.

Il tend le bras en arrière et referme la porte, avant de tirer la cigarette coincée derrière son oreille.

— Je comprends que tout ça, c'est nouveau pour toi, et que t'entraves rien à la façon dont ça marche ici.

Il place la cigarette entre ses lèvres et la tournicote, les yeux plissés.

— Alors, je vais laisser couler pour cette fois, mais refais-moi ce coup-là…

Il marque une pause pour aller farfouiller dans sa poche avant de jean et en ressortir un briquet.

— … et je me montrerai pas aussi sympa.

Je cligne des yeux, ahurie, et le regarde frotter la pierre de son briquet avec le pouce et lever la flamme près de son visage.

— Sympa ? lâché-je, battant une fois de plus paupières lorsqu'il tire sur sa clope. Là, t'es sympa ?

— Poupée, me dit-il, la bouche tout entière qui forme un rond autour de la cigarette coincée entre ses lèvres. Là, je suis très sympa. Alors, je te laisse trente secondes pour traîner ton joli petit cul jusqu'au portail, monter dans ta caisse et disparaître.

Je serre les poings jusqu'à ce que mes ongles me rentrent dans la peau et lui lance un regard assassin, le souffle rauque. J'aimerais être un mec pour pouvoir lui mettre une raclée.

— Disparaître ? C'est tout ?

— Ouais, marmonne-t-il, haussant une épaule avec une totale désinvolture.

— Je les ai tous lâchés pour venir te voir ! Ils sont déjà rentrés. J'ai pris un taxi jusqu'ici. Tu m'avais fait miroiter la grande aventure, alors je me suis dit : « Pourquoi attendre ? »

Bon Dieu, que je suis bête ! Je pensais compter à ses yeux et qu'il irait au bout de toutes ses promesses. J'aurais dû me douter que non. Des hommes comme lui, j'en ai connu beaucoup, et ils sont tous les mêmes. Tout ce qui sort de leur bouche est un tissu de mensonges.

— Bébé…

Le ton est bref et sans douceur.

— … on déconnait, c'est tout. Je pensais pas que tu me prendrais au sérieux. T'étais là, à me parler de vouloir vivre la *grande aventure*, alors, moi, j'ai joué le jeu pour te faire plaisir, je me suis dit qu'on terminerait peut-être au lit, mais rien. Les allumeuses, c'est pas mon truc, et j'ai certainement autre chose à foutre que de m'embarquer dans ta *grande aventure,* avec les affaires du club à régler.

Chaque fois qu'il prononce les mots *grande aventure* pour m'imiter, sa voix part dans les aigus, comme si j'étais une nunuche.

— Une allumeuse ?

Je secoue la tête et tends le bras en arrière, comme pour lui balancer mon poing en pleine poire.

— Deux fois, on s'est vus. Deux fois, je suis reparti sans même une branlette. Si, ça, c'est pas être une allumeuse, alors je sais pas ce que c'est.

Il retire la cigarette de ses lèvres et la tapote pour faire tomber la cendre.

— Tu vas me cogner ou tu vas rester là, à faire encore une fois semblant que t'es une femme d'action ?

Je cligne des yeux et baisse le bras, ultra déroutée par son changement d'attitude et son comportement merdique envers moi.

— T'es vraiment une enflure.

— Brave fille.

Il replace le bout de sa clope entre les lèvres.

— Maintenant, saque ton joli petit cul d'ici, avant que je prenne les choses en main.

Je le regarde, bouche bée, et me demande si le type adorable des jours précédents n'était finalement pas le fruit de mon imagination. Étais-je complètement ivre durant l'intégralité du voyage au point de faire erreur sur toute la ligne ? Absolument pas. Et puis, il y a eu les textos mignons, les caresses, les murmures sexy… Tout ça, je m'en souviens parfaitement.

— Je compte jusqu'à dix, et si tu n'es pas pa…

La porte s'ouvre à la volée derrière lui et je fais de grands yeux ronds. Morris, l'ami de Pike, se tient dans l'entrée, les épaules carrées, et semble à deux doigts de sauter les marches pour venir m'étrangler.

— Salut, lâché-je d'une petite voix tout en reculant d'un pas. Je m'en allais.

Je pointe le pouce au-dessus de l'épaule, traînant des pieds dans la cendre.

— Je passais juste dire bonjour à Crow avant de rentrer chez moi.

— Arrête-toi là ! rugit Morris si fort que je sursaute et m'immobilise. Tamara, ramène tes fesses à l'intérieur !

Je regarde tour à tour les deux bikers.

— Mais Crow a dit que je devais m'en aller. Alors, j'étais…

Je me frotte la nuque et fais une grimace. Bon sang, la honte.

— … en train de m'en aller.

Je souris et rentre la tête dans les épaules. J'aimerais ramper à l'intérieur de moi-même et disparaître.

— T'as quoi dans le ciboulot ?

Il a le doigt pointé vers moi et fusille Crow du regard.

— Tu sais qui est cette fille. Tu comptes la laisser repartir toute seule chez elle ?

Crow hausse les épaules et continue de tourner la cigarette entre ses lèvres traîtresses, sans jamais me quitter des yeux.

— Je m'en cale de qui elle est, Morris. C'est pas mon problème et c'est certainement pas mon invitée.

Je marmonne entre mes dents serrées :

— Une belle enflure.

— Laisse-nous, feule Morris.

Je recule, les mains levées.

— J'y vais. J'y vais.

Crow me décoche un petit sourire arrogant et je lui lance un regard noir.

Morris pousse un grognement et secoue la tête.

— Pas toi, Tamara.

Je m'arrête de marcher, de respirer, et tourne les yeux vers Morris.

Il fait un signe de tête en direction du QG et regarde Crow, les sourcils froncés.

— Rentre, avant que je perde patience et fasse quelque chose que je vais regretter.

Crow jette sa cigarette à terre et l'écrabouille sous sa botte.

— Et tu vas laisser une greluche foutre la merde ? ricane-t-il.

— Je vais faire comme si j'avais pas entendu que tu l'avais traitée de greluche, lui rétorque Morris, les bras croisés, des fentes à la place des yeux. Maintenant, tu rentres et tu fermes ton claque-merde.

Lorsque Crow part en direction de la porte, je déglutis et mes genoux se mettent à trembler, mais je parviens curieusement à rester debout.

— Je peux repartir toute seule. C'est pas très grave.

— Reste ici, me lance Morris.

Son ton n'a rien d'implorant. Il me commande comme si j'étais une de leur recrue ou, pire, un toutou.

Putain. J'en ai fait, des trucs bêtes, dans ma vie, mais, là, ça remporte la palme. Au moins, personne n'est là pour assister à mon calvaire. Si Gigi se trouvait ici, elle ne me lâcherait pas la grappe avec ça. Et si c'était Pike, il m'enguirlanderait sévèrement.

Morris et moi nous dévisageons en silence jusqu'à ce que la porte claque et que nous nous retrouvions seuls.

Lorsque je le vois descendre les marches, je me mets à reculer.

— Je suis désolée. Je voulais pas causer d'ennuis. Laisse-moi partir, et je reviendrai plus jamais. Promis !

Il soupire et s'arrête à quelques mètres de moi.

— Où étais-tu, bon sang ?

Je penche la tête, déconcertée. J'ai dû mal comprendre.

— Pardon ?

— Pike a appelé il y a douze heures. Il te cherchait.

Il se masse lentement le front.

— Alors, je te repose la question. Où étais-tu ?

— Je, euh…

Je songe à détaler en courant, mais je sais que je n'irai pas loin. Morris me rattrapera vite. Il est beaucoup trop près de moi.

— J'ai passé un peu de temps à la plage, histoire de rassembler mon courage pour venir jusqu'ici. Et puis, j'ai pris un taxi. Mais, le chauffeur ne voulait pas me déposer devant le QG.

Je hausse les épaules.

— Alors, quand il m'a laissé sur la grande route, j'ai marché le reste du chemin.

— Il y a cinq kilomètres de marche.

Je hoche la tête. La plante de mes pieds les sent encore, ces cinq bornes.

— Bordel de Dieu, marmonne-t-il.

— La balade est pas si mal. J'ai juste à rejoindre la grande route et j'appellerai un Uber.

Je commence à pivoter, prête à retourner vers le portail.

— S'il te plaît, ne dis pas à Pike que je suis venue ici.

— Ne bouge pas de là, me dit Morris, qui fait un pas vers moi. Tu ne pars pas d'ici.

— Je t'en supplie. Je ne dirai rien à personne !

Je suis trop jeune pour mourir. Et puis, tout ça pour quoi ? Un connard dont la bistouquette n'est probablement même pas mémorable.

Sa main avance vers moi, alors je tressaille et presse les paupières en attendant qu'arrive la douleur.

— Qu'est-ce qui te prend ? me demande-t-il.

J'ouvre un œil et remarque sa main près de mon bras, figée à mi-parcours.

— Fais ça vite. Si tu me tues, s'il te plaît, tire-moi plutôt une balle.

Un rire rocailleux éclate de la gorge de Morris.

— J'allais pas te tuer, ma grande. J'allais simplement…

Il jette la main derrière sa tête et se frotte la nuque.

— J'allais te réconforter, passer un bras autour de toi et te ramener à l'intérieur jusqu'à ce qu'on trouve quelqu'un pour te ramener.

Je bats des paupières, étonnée, et décortique ce qu'il vient de me dire, la tête relevée pour le regarder dans les yeux.

— Tu allais me réconforter ?

Ma voix se brise sur le dernier mot.

— Tu n'allais pas me tuer ?

Il secoue la tête et fait une grimace.

— Pourquoi je ferais ça ?

— Parce que j'ai débarqué ici, sans y être invitée.

Je me cache le visage dans les mains et baragouine derrière mes paumes.

— Et parce que t'es un biker, et que c'est leurs méthodes.

Ses mains touchent les miennes et écartent les doigts de mon visage.

— Je ne te ferai jamais de mal. Jamais.

Je laisse échapper un soupir tremblant et murmure :

— OK.

— Allez, trésor.

Il fait un signe de tête en direction du QG.

— Rentrons et trouvons quelqu'un pour te ramener chez toi.

Au début, je ne bouge pas. Et puis, je me souviens de

tout ce que Gigi et Pike m'ont dit sur Morris. Ils l'encen-
saient, disaient de lui que c'était un homme d'honneur et
loyal. Je n'ai aucune raison de ne pas lui faire confiance.

— Il faut juste que quelqu'un me dépose à Daytona.

— Ils n'y sont plus. Ils sont rentrés depuis.

— Je sais.

Je souris et passe un bras sous le sien lorsqu'il me
l'offre.

— Je ne rentre pas tout de suite.

Il hausse les sourcils.

— Tu ne rentres pas tout de suite ?

— Il me reste quelques semaines de vacances avant la
rentrée, et je compte bien en profiter !

Morris pousse un juron dans sa barbe.

— Bon, on les appellera pour leur dire que tu vas bien.

Je secoue la tête et m'arrête juste devant les marches.

— Seulement si tu me promets de leur dire que je suis
partie, et que tu ne sais pas où je suis allée.

— Comme tu voudras, tant que je te dépose dans un
endroit sûr.

— Marché conclu, Morris !

*L'histoire de Tamara Gallo est une virée sauvage à ne pas
manquer. Cliquez ici pour obtenir* Brasier *ou rendez-vous
sur menofinked.com/hw-fr et partez à la rencontre du seul
alpha capable de lui faire chavirer le cœur.*

À PROPOS DE L'AUTEUR

Chelle est une écrivaine à temps éprise de légèreté, accro aux réseaux sociaux et au café.
C'est une ancienne professeur d'histoire.

Vous trouverez plus d'informations sur les livres de Chelle sur menofinked.com.
Recevez ma newsletter en vous inscrivant sur *menofinked.com/french*

Rejoignez mon Groupe de Lecteurs Privé sur Facebook - *facebook.com/groups/blisshangout*

f facebook.com/authorchellebliss1

instagram.com/authorchellebliss

BB bookbub.com/authors/chelle-bliss

g goodreads.com/chellebliss

a amazon.com/author/chellebliss

twitter.com/ChelleBliss1

P pinterest.com/chellebliss10

tiktok.com/@chelleblissauthor

DU MÊME AUTEUR

MEN OF INKED : CHICAGO SUD

Retrouvez la famille Gallo de Chicago avec leurs mâles alpha puissants, leurs femmes pleines d'esprit et de l'humour à revendre.

- •Tome 1 - Manoeuvre (Lucio)
- •Tome 2 - Confluence (Daphne)
- •Tome 3 - Accro (Angelo)
- •Tome 4 - Tumulte (Vinnie)
- •Tome 5 - Amour (Angelo)

TATOUEURS

« L'une des séries les plus sensuelles de tous les temps. »
- Bookbub Reviewers

- •Tome 1 - Secoue-Moi (Joe aka City)
- •Tome 2 - Retiens-Moi (Mike)
- •Tome 3 - Résiste-Moi (Izzy)

TATOUEURS DEUX

- •Tome 1 - A Découvert (Thomas)
- •Tome 2 - Laisse-Moi (Anthony)
- •Tome 3 - Honore-Moi (City)

•Tome 4 - Vénère-Moi (Izzy)

MEN OF INKED : TOUT FEU TOUT FLAMME

Même famille. Nouvelle génération.

•Tome 1 – Flamme (Gigi)

•Tome 2 - Feu (Gigi)

•Tome 3 - Fournaise (Tamara)

•Tome 4 - Brasier (Lily)

•Tome 5 - Chaleur (Tamara)

•Tome 6 - Étincelle (Nick)

•Tome 7 - Braise (Rocco)

•Tome 8 - Éclat (Carmello)

CONCLUSION

Chers Lecteurs, chères Lectrices,

J'aimerais pouvoir vous dire que j'ai écrit *Feu* les doigts dans le nez, mais ce serait un mensonge éhonté. Je sais combien vous vous êtes pris de passion pour Gigi & Pike dans *Flamme*, et la pression qui a suivi cette génialité était intense. Au bout du compte, j'ai livré mon petit cœur dans cet opus pour vous apporter de la joie, un peu de folie et d'humour sexy.

J'adore vivre dans l'univers des Tatoueurs. Ces fabuleux enquiquineurs de Gallo baignent dans l'amour et le rire. J'y saupoudre toujours un peu de ma cinglée de famille italienne.

Cette suite intitulée *Tout feu tout flamme* est loin d'être terminée. TREIZE enfants sont nés de la série originale *Men of Inked*. Pfiou ! C'est beaucoup.

Gigi me ressemble beaucoup : une fille à papa et au caractère bien trempé. En revanche, une chose est sûre… Suzy n'est pas ma mère. Rose est bien plus culottée et en découd constamment avec les mots. Elle est persuadée d'être la big boss de la famille, sauf que... ses sœurs pensent certainement l'être aussi.

Si vous avez aimé Gigi & Pike, pensez à laisser un commentaire ou parlez des Gallo aux lecteurs et lectrices de votre entourage. Ce serait super gentil et vraiment cool de votre part.

Et si vous aimez ma plume et souhaitez connaître les prochaines sorties :

- Abonnez-vous à ma newsletter
- Suivez-moi sur Bookbub
- Rejoignez mon groupe privé Facebook.

Avec amour,
Chelle *xoxo*

NOTES

CHAPITRE 15

1. La fête du Travail (Labor Day) a lieu le premier lundi de septembre aux États-Unis.

CHAPITRE 23

1. Le binge-watching, binge-viewing ou marathon-viewing, est la pratique qui consiste à regarder la télévision ou tout autre écran pendant de plus longues périodes que d'habitude, le plus souvent en visionnant à la suite les épisodes d'une même série.

www.ingramcontent.com/pod-product-compliance
Lightning Source LLC
Chambersburg PA
CBHW010733130726
47899CB00015B/3236